Elisabeth Ippen
Zum Glück in Prien
Ein Neubeginn

Elisabeth Ippen, geboren 1951 im Bergischen Land, studierte Pädagogik für Sonderschulen, lebte dreißig Jahre in Bonn, zunächst als Mutter und Hausfrau, schrieb nebenher zwei Jugendbücher, arbeitete dann in einer Buchhandlung und hielt an unterschiedlichen Bildungseinrichtungen Vorträge über Erziehung. 2011 zog sie nach Prien in ihr ganz persönliches Abenteuer und schrieb dort mehrere Bücher. Sie lebt heute wieder im Bergischen Land.

Bisher erschienen:
Ganz unverblümt. Sprüche und Aphorismen 2011
Zum Glück in Prien. Ein Neubeginn 2013
Der Weg ist das Ziel. 2014
Hanne – eine Rheinländerin im Chiemgau 2015
Ganz unverblümt 2. Sprüche und Aphorismen 2016
Sylt 2019

elisabeth.ippen@web.de

Elisabeth Ippen

Zum Glück in Prien

Ein Neubeginn

Glück ist in jedem Menschen selbst,
es beruht nicht auf äußeren Ursachen.

Ramani Maharshi

Prolog

Dreißig Jahre lebte ich in Bonn, zwanzig Jahre mit Mann und zwei Kindern, zehn Jahre allein. Bonn war ganz schön, die Umgebung auch, doch für immer bleiben wollte ich hier nie. Nach dem Auszug der Kinder und der Trennung vom Mann zog ich in eine kleine Wohnung, übergangsweise, wie ich dachte, da ich ja fortziehen würde. Was allerdings noch fehlte, war ein Grund für einen Umzug. Zehn Jahre lang saß ich auf „gepackten Koffern", doch nichts Bewegendes geschah. Ich arbeitete weiter im Buchladen meiner Schwester, bekam zusätzlich einen Job bei einer sehr alten Dame, hielt immer mal wieder Vorträge über Erziehung und behandelte Freundinnen mit Jin Shin Jyutsu*.

Es ging mir nicht schlecht, wirklich nicht, ich hatte in den zehn Jahren des Alleinseins viele Freundinnen gewonnen, mit denen ein reger Austausch stattfand, doch immer noch wartete ich auf eine günstige Gelegenheit, der Stadt den Rücken kehren zu können, um woanders noch einmal ganz neu anzufangen. Aber ich kam einfach nicht „in die Gänge".

Ich half mir nicht nur jahrelang selbst mit Jin Shin Jyutsu, ich ließ mir auch mehrmals helfen mit Familienaufstellungen, einer Methode, die unbewusste, seelische Verknüpfungen eines Menschen mit seiner gegenwärtigen oder der Herkunftsfamilie anschaulich erlebbar macht. Aus einer dieser Aufstellungen ging ich heraus mit dem Satz: „Ich kann es auch allein." Donnerwetter. Das hatte ich zwar immer gedacht und auch gesagt, mir aber in grundsätzlichen Dingen wohl doch nicht zugetraut. Ich wusste es nach der Aufstellung nicht gleich, doch ich hatte all die Jahre auf einen äußeren Grund zum Wegziehen gewartet, weil ich innerlich noch nicht so weit war und mich allein einfach nicht traute.

Das Leben nahm seinen Lauf. Die Schwester verkaufte ihren Buchladen und ich war meine Stelle los, die alte Dame wurde mir so unerträglich, dass ich das Arbeitsverhältnis freiwillig beendete, und plötzlich hatte ich nur noch den Unterhalt zur Verfügung, der aber nicht reichte. Halbherzig hielt ich die Augen auf nach einer neuen Arbeitsstelle, als mir bewusst wurde, dass ich absolut keine Lust hatte auf irgendeine neue Tätigkeit, sondern am liebsten nur noch schreiben wollte, was bekanntermaßen nicht unbedingt Geld einbringt. Mitte der neunziger Jahre, Zufall und Glück hatten eine Rolle gespielt, hatte ich im Auftrag eines Verlages zwei Jugendbücher geschrieben, darüber gemerkt und bestätigt bekommen, dass ich gut schreiben kann, danach aber nie wieder etwas veröffentlichen können. Aber Schreiben war einfach mein Ding. Ich wusste es.

Und dann ging plötzlich mein Sicherheitsdenken auf und davon, ich beschloss, nur noch zu schreiben, so bescheiden wie möglich zu leben und das fehlende Geld vom Sparkonto zu nehmen, das eigentlich dazu gedacht war, mir eine eventuelle Altersarmut zu ersparen. Lebe jetzt, stirb später, sagte es.

Mein sechzigster Geburtstag näherte sich und machte mich recht nachdenklich. Sollte das jetzt etwa alles gewesen sein? Sollte alles weiter in den gewohnten Bahnen laufen? Nein, ich war wirklich nicht unzufrieden mit meinem Leben. Aber…

Dann geschah etwas. Freundin Gudrun beschloss, nach München zu ziehen, um näher bei Tochter und Enkelkind zu sein. „Ich will auch weg", dachte ich sofort. „Ich würde auch gern an einem neuen Ort noch einmal neu anfangen."

Die Tage gingen dahin, die Freundin packte bereits, da war plötzlich von einer Sekunde auf die andere ganz klar: Ich gehe auch. Ich ziehe Gudrun hinterher. Da habe ich wenigstens einen Menschen in der Nähe, den ich kenne. Dass ich fortging, war ab jetzt die selbstverständlichste Sache der Welt und machte mir auch keine Angst. Im Gegenteil. Vielleicht käme ich an einem neuen Ort wirklich mehr zum Schreiben als in Bonn, wo all die Freundinnen lebten, die ich häufig und nur zu gerne traf, wo ich außerdem in den letzten beiden Jahren die Pflege eines großen Gartens übernommen hatte, was Spaß machte, aber auch viel Zeit kostete.

Die Großstadt München kam nicht in Frage, also begann ich in einem Umkreis von hundert Kilometern um München im Internet nach einer möglichen neuen Bleibe zu forschen. Bald wusste ich, dass ich in oder an die Berge wollte, aber eine Bahnlinie in der Nähe brauchte, da ich kein Auto besaß. Zehn Wochen nach ihrem Umzug machte Freundin Gudrun eine längere Reise und stellte mir ihr Appartement in München zur Verfügung zur Suche vor Ort. Ich fuhr einen Tag lang die Inntal-Strecke ab, nein, zu eng, fuhr am nächsten Tag die Strecke München-Salzburg, stieg in Prien am Chiemsee aus…

… und da war die Suche auch schon zu Ende. Ich konnte die „gepackten Koffer" endlich in die Hand nehmen und fortgehen. Es ging endlich los.

Es? Was war es? Genau das wollte ich herausfinden.

*Jin Shin Jyutsu, ist eine Selbstbehandlungsmethode, die sich von Japan aus im Westen verbreitet hat. Die Behandlung wird Strömen genannt.

Oktober

Es war Liebe auf den ersten Blick. Auf der Suche nach einem neuen Wohnort stieg ich am Bahnhof aus und hatte das deutliche Gefühl, das könne er sein. Er war es. Auch wenn ich erst seit wenigen Tagen hier wohne, bin ich dem Reiz des Ortes bereits völlig verfallen. Die Zuneigung scheint durchaus beidseitig zu sein. Kaum hatte ich mich für Prien als meinen künftigen Wohnsitz entschieden, wurde ich nicht nur per Mail von einer mir noch unbekannten Neu-Prienerin, der Freundin eines Freundes, beglückwünscht, hierher ziehen zu wollen, es ging auch alles ganz schnell. Zwei Wochen nach der Entscheidung tauchte im Internet eine mir passend erscheinende Wohnung auf, ich kam von Bonn zur Besichtigung her, fand die Wohnung genau richtig und drei Wochen später brachte ich meine Sachen.

„Herzlich willkommen", lautete die Begrüßungsmail der Neu-Prienerin, als ich wieder angeschlossen war ans Kommunikationsnetz und „Herzlich willkommen" sagten gleich zwei Alteingesessene, die mit mir vor dem Meldeamt warteten.

Ich fühle mich tatsächlich willkommen und am rechten Ort. Er hat alles, was ich brauche und doch bin ich in wenigen Minuten in einer zauberhaften Landschaft mit Wiesen, Hügeln, Seen und Bergen. Ja, diese Landschaft verzaubert mich, sobald ich ihrer ansichtig werde. Weit zu gehen brauche ich nicht, sehe vom Sofa aus auf den Bauernhof nebenan, auf den riesengroßen Baum im Hof, auf die Berge, die rechts und links der Krone in der Ferne zu sehen sind, auf Wiese, Friedhof und Kirchturm. Ich habe tatsächlich auf Anhieb eine traumhafte Wohnung in einer traumhaften Umgebung gefunden, in der ich mich sehr wohl fühle.

Ich schaue noch ein Weilchen auf den Bauernhof nebenan, auf den großen Misthaufen, auf dem die Hühner spazieren gehen, auf das an der Scheunenwand gestapelte Brennholz. Ein Traktor rattert über die Wiese, im Hof wird ein Anhänger entladen. Auch in der Idylle gibt es am Samstagnachmittag noch reichlich Arbeit. Also gut, dann mache ich mich auch wieder an meine Arbeit, räume weiter aus und ein.

Es ist Sonntagmorgen halb zehn. Der Himmel meint es gut mit mir. Er ist wolkenlos blau und die Sonne strahlt nur so. Ort und Landschaft stellen sich buchstäblich im besten Licht dar. Ich weiß das wohl zu schätzen und breche auf zu einem Erkundungsgang.

Auf der Neugartenstraße geht es dem Ortskern entgegen. Wie immer genieße ich in vollen Zügen den „Postkartenanblick" des Kirchturms vor der Kulisse der Voralpen und staune zum hundertsten Male, dass ich nun tatsächlich hier lebe. Es duftet nach verbranntem Holz, Vögel tschilpen lauthals in den Morgen hinein, Hühner gackern und über mir zieht ein Schwarm Tauben Kreis um Kreis. Nein, das sind keine Kreise, das sind lauter Achten, die da wieder und wieder geflogen werden.

Plötzlich ist es ganz still und da wird mir ein Rauschen im Hintergrund bewusst. Eine Weile schaue ich hinunter zur Prien in ihrem heute nur spärlich gefüllten Flussbett, gehe dann weiter und entdecke belustigt vor Reihen von Grabmälern einen steinernen Froschkönig, der trübsinnig ins Gras zu seinen Füßen schaut. Wann kommt die Prinzessin denn endlich!

In der Schulstraße stehen weitere Grabsteine und dann bleibe ich verblüfft stehen. Ja, was ist denn das? Sieht aus wie ein Vogelpark aus Blech. Da steht ein Flamingo, da ein Pelikan, da ein Hahn, und was da aus dem Baum auf mich herunterschaut, ist eindeutig eine Eule. Interessant. Wer wohnt denn hier? Ist leider nicht zu erkennen, das Schild am Haus ist halb zugewachsen. Auch gut. Ich muss nicht alles wissen.

Weiter geht es. Da tut sich zur Linken plötzlich ein richtig nettes Plätzchen auf. Café Sol steht auf dem ersten Gebäude direkt an der Straße, am etwas weiter zurückliegenden Haus sind gleich mehrere Schilder angebracht. „Juliana caffe tee" steht auf dem einen und „Juliana essbar" auf dem anderen. Ein Kaffee im Freien? Jetzt?

Es zieht mich zu „Juliana essbar", zu den Tischen und Klappstühlen in Grün, Pink und Blau. Im Vorbeigehen lese ich neben der Tür den Hinweis, an der Theke zu bestellen und zu bezahlen, gehe also hinein und finde hinter der Theke eine große Frau mit langen, schwarzen, inzwischen ergrauenden Haaren, die trotz meines Eintretens ungerührt mit ihrer Arbeit fortfährt. Leicht erstaunt stehe ich eine Weile abwartend da, studiere dann die Tafel mit dem Getränkeangebot. Caffe cortado (?), Caffe con leche (?), Cappuccino, Milchkaffee, Chai latte (?), Caffe Bonbon (?).... Da hebt die Frau den Kopf, sieht mich an und sagt freundlich: „Hallo".

Ich bestelle einen Milchkaffee. Da weiß ich wenigstens, was das ist. Doch ich möchte auch wissen, wer diese Frau ist. „Sind Sie Juliana?" „Ja", sagt sie und lächelt mich an. „Ich bin neu zugezogen und teste die Cafés in Prien", höre ich mich sagen und bekomme sofort eine Antwort. „Das ist ein guter Platz, um anzufangen."

Das will mir auch so scheinen. Ich gehe nach draußen und setze mich in den Halbschatten unter eine mächtige Linde. Es ist ein rechter Sonntagmorgen, kaum ein

Auto fährt vorbei, in der Ferne pfeift oder tutet etwas. Mit ein wenig gutem Willen könnte man denken, da probiere jemand die tiefen Töne einer etwas zu groß geratenen Flöte aus, doch ich weiß, woher die Pfiffe kommen, habe schon gelesen von der kleinen Chiemsee-Bahn, die vom Bahnhof zum Schiffsanleger fährt.

Juliana kommt heraus, stellt den Kaffee vor mich hin und wischt mit einem Tuch erst über meinen, dann über die angrenzenden Tische. Ich beobachte fasziniert ihre langsamen, bedächtigen Bewegungen, die eine mir wohltuende Ruhe ausstrahlen. Juliana kehrt ins Café zurück und ich wende mich dem Milchkaffee zu, lege die Hände um den weißen Porzellanbecher und nehme vorsichtig den ersten Schluck. Oh, der ist ja köstlich! Nicht zu stark und nicht zu schwach, sondern genau richtig.

Ich lehne mich im Stuhl zurück und die Welt ist vollkommen. Fast. Ein Lindenblatt segelt gemächlich herab und direkt in die Tasse. Ich fische es heraus, verwehre einer Wespe den Zutritt lieber gleich und lehne mich erneut entspannt zurück. In der Ferne ist wieder das Flöten der Chiemsee-Bahn zu hören. Klingt beinahe wie eine Melodie.

Platsch!!!!! Nein! Leider doch! Da hat ein Vogel direkt vor meiner Nase auf den Tisch geschissen. Ich gehe ins Café, frage nach einem Tuch und erzähle, was passiert ist.

„Das bringt ganz viel Glück", sagt die junge Frau mit blonden Locken, die jetzt hinter der Theke steht, voller Überzeugung. Ich glaube ihr aufs Wort. War es nicht bereits großes Glück, dass der Vogel den Tisch und nicht mich getroffen hat? Darauf noch einen kleinen Milchkaffee.

Er wird bald gebracht und unter den Augen der Muttergottes und ihres Kindes, die von der bemalten Hauswand des Café Sol gegenüber huldvoll auf mich herabblicken, schwelge ich weiter in Wohlgefühl. Was für ein Glück, an diesem Morgen an diesem Platz zu sitzen. Es ist wirklich ein guter Ort. Der Himmel über mir ist von reinstem Blau und ohne das kleinste Wölkchen. Aus der offenen Tür des Cafés klingt das Klappern von Geschirr, im Lindenbaum schmettert ein Vogel voller Innbrunst sein sonntägliches Lied.

Klatsch!!! Oh weh! Am Nachbartisch ist ein Klappstuhl zusammengeklappt und die zuvor auf ihm Sitzende sitzt nun mit einem äußerst verdutzten Gesichtsausdruck auf der Erde. Ich muss mir richtig das Lachen verbeißen. Es ist ihr offensichtlich aber nichts passiert, sie rappelt sich auf, klappt den Stuhl wieder auf und setzt sich vorsichtig. Ob sie gekippelt hat, wie uns die Eltern und Lehrer das früher immer verboten haben?

Ich sitze und schaue und genieße und immer noch rieseln leise Lindenblätter auf den Tisch, immer noch singt der Vogel sein Lied und wieder ertönt der Warnruf der kleinen Bahn, der mir eher ein Lockruf zu sein scheint. Oben im endlosen Blau zieht ein Raubvogel seine Kreise. Schön ist es hier. Ich möchte gar nicht mehr weg gehen. Aber ich kann ja wieder herkommen. Ich wohne ja hier. Was für ein Glück.

Heute möchte ich Prien genauer kennen lernen und beschließe, einen Gang zum Ortsteil Ernsdorf zu unternehmen. Heute lasse ich mich nicht aufhalten von lockend aufgestellten Tischen und Stühlen vor einem Café an einem netten, kleinen Plätzchen, gehe zügig bis zur Kreuzung und entdecke dort das nächste nette

Plätzchen mit mehreren Bänken und einem kleinen Häuschen, das sich beim Herangehen als Wetterstation entpuppt. Nein, nein, heute setze ich mich nicht sofort wieder hin! Entschlossen gehe ich weiter, mit Hilfe des Ortsplans bis zur Ernsdorfer Straße mit ihren großen und kleinen Häusern und den liebevoll gepflegten Gärten. Die Straße steigt an und plötzlich liegt Musik in der Luft. Jemand spielt Klavier. Ich schaue den Hang hoch in Richtung des Morgenkonzerts. An einem Haus mit zartgelber Fassade stehen drei Terrassentüren weit offen, Menschen sitzen im Raum dahinter beisammen und unterhalten sich äußerst angeregt. Es riecht nach Kaminfeuer.

Ich stehe am Maschendrahtzaun unten, schaue, lausche und nehme mit allen Sinnen die Atmosphäre dieses besonderen Augenblicks wahr. Alles macht einen so einladenden und freundlichen Eindruck, dass ich die Rolle des ungesehenen Zaungastes liebend gern mit der eines gern gesehenen Gastes getauscht hätte. Plötzlich bricht das Klavierspiel ab, um mit einer neuen Melodie fortgesetzt zu werden. „Zum Geburtstag viel Glück". „Herzlichen Glückwunsch", kann ich mich da nur anschließen, „und vielen Dank, dass ich mithören konnte, ich werde diese Minuten so schnell nicht vergessen". Damit das auch wirklich der Fall ist, ziehe ich mein Notizbuch heraus und schreibe in kurzen Stichworten auf, was ich gerade gehört und empfunden habe.

„Kann ich zählen helfen?", sagt eine Stimme ganz nah. Ich schaue hoch und sehe eine ältere Dame mit weißem, gewelltem Haar, das Fahrrad neben sich herschiebend, auf mich zukommen. Sie hat wohl mein kleines Notizbuch für ein Portemonnaie gehalten, also kläre ich sie auf und sage lieber gleich dazu, dass ich neu zugezogen bin und mir gerne ein paar Notizen mache über das, was ich sehe. Wir kommen sofort ins Gespräch. Sie wird bald neunzig, wohnt in meiner Nähe und kommt fast jeden Tag den Berg nach Ernsdorf hoch, um im Haus einer Familie, die sie schon sehr lange kennt, nach dem Rechten zu sehen, die Blumen zu gießen, die Betten zu beziehen, wenn die Eigentümer am Wochenende kommen und manchmal auch, um schon vorzukochen.

Ich beschließe, sie zu diesem Haus zu begleiten und gehe mit ihr weiter den Berg hoch, staunend über ihre Vitalität. Sie schiebt das Rad und erzählt dabei, dass sie aus Westpreußen stammt, seit 1947 in Prien lebt, anfangs mit ihrem Mann, der aber früh starb, woraufhin sie den Lebensunterhalt für sich und das Kind mit Putzen „fast rund um die Uhr" verdiente. Sie klagt nicht ein einziges Mal über ein schweres Leben, sondern erzählt einfach, wie es war und wie es jetzt ist. „Ich bin zufrieden, habe genug zum Leben, ein Dach über dem Kopf und zu essen", sagt sie mit Nachdruck. Angst vor dem Sterben hat sie nicht. Warum auch.

Vor ihrem Ziel angekommen, stellen wir uns einander förmlich vor und verabschieden uns dann. Ob ich sie wiedersehen werde? Sie ist sich sicher. „Ich sitze immer auf der Rentnerbank bei der Wetterstation", strahlt sie mich an. Nach einer letzten Verabschiedung gehe ich allein weiter den Berg hoch bis die Straße zu Ende ist.

Wow! Was für ein Ausblick! Der Chiemsee! Die Berge! Es dauert eine geraume Zeit, bis ich mich zum Weitergehen ermuntern kann und auf einem schmalen Fußweg wieder abwärts gehe. Tok, tok, tok! Ein Specht klopft die Rinde nach Leckerbissen ab. In einem Waldstück tut sich eine neue Geräuschkulisse auf. Pling, pling, pling. Es regnet Bucheckern.

Dann taucht eine Laterne auf, Stufen werden sichtbar und plötzlich stehe ich verblüfft vor einer Kirche, laut Ortsplan vor der evangelischen Christuskirche, einem sehr eigenwillig eckig-runden Bauwerk. Ein längliches Gebäude schließt sich unmittelbar an die Kirche an und eine hohe Mauer davor reizt sofort meine Neugierde. Ich schaue mich schnell um. Ist da einer? Nein, da ist keiner. Schon stehe ich auf der Bank vor der Mauer und erblicke hinter ihr einen Garten mit Tisch, Stühlen und Gartenschirmen. Ich bin etwas überrascht, hätte eher einen Garten für Verstorbene erwartet. Aber warum sollte eine Kirche nicht auch den Lebenden schon Ruheplätze bieten.

Ganz in der Nähe ist auf dem Boden etwas mit Steinen angelegt, was wie ein Labyrinth aussieht. Ich gehe zur Schautafel und erfahre, dass das Labyrinth ein uraltes Symbol ist für das Leben, ein Spiegel unserer Seele, das genau die Bedeutung bekommt, die wir ihm geben. Dann berührt mich ein Satz sehr:
„Möge Ihnen geschenkt sein, dass Sie
- Ihren Weg entdecken
- sich auf Wendungen einlassen
- immer wieder die Mitte suchen
- geschehen lassen und dann
    Ihren Weg voller Zuversicht weitergehen.
Also gehe ich voller Zuversicht weiter und in den Ort zurück, werde aber an der Seestraße aufgehalten durch eine heruntergelassene Schranke. Puff, puff, puff. Eine grüne Lok mit sieben grünen Waggons fährt vorbei. Es raucht richtig aus dem Schornstein, riecht aber nicht besonders gut. Was wird da wohl verbrannt? Ich folge dem Bähnchen zum Bahnhof, sehe zu, wie die Fahrgäste aussteigen und traue meinen Augen kaum, als der Lokführer nun, buchstäblich im Schweiße seines Angesichts, Kohlen ins Innere der Lok schaufelt. Hinter

der grünen Verkleidung ist tatsächlich eine echte Dampfmaschine.

Für heute habe ich genug gesehen und mache mich auf den Heimweg, der jedoch bald wieder unterbrochen wird. Eigentlich zieht es mich ganz woanders hin. Eigentlich möchte ich jetzt erst einmal zu Klappstühlen und perfektem Milchkaffee.

Was für ein Verkehr auf der Seestraße! Autos, Autos, Autos, ein Traktor, Autos, Autos, Autos. Ich übe mich in Achtsamkeit und fahre mit größter Vorsicht bis zu den großen Hotels am See. Hier steige ich ab und bemerke erst jetzt all die Menschen um mich herum. Neben, vor und hinter mir strömt es dahin, kleine und große Gruppen marschieren entschlossen auf den Hafen zu. Ich kann nur noch staunen und verziehe mich schleunigst in Richtung Promenade.

Der See. Da ist er. Ich würde mich gerne setzen und ihn in aller Ruhe betrachten, doch alle Bänke sind besetzt. Nach einigem Suchen finde ich schließlich ein kleines Eckplätzchen, auf dem ich es mir so gemütlich mache, wie das eben geht, wenn neben einem Oma, Papa, Mama, Kind und Hund eine Frühstückspause abhalten. Ich schaue auf den See hinaus und just in dem Moment bricht die Sonne aus den Wolken hervor und blendet mich. Schnell die Sonnenbrille auf und schon kann ich sie sehen, all die Strahlen, die die Sonne aus ihrem Wolkennest heraus über See und Berge ergießt, bin gleich noch einmal geblendet, diesmal aber vom Anblick, der sich mir bietet.

Der See liegt glatt und still, die Berge sind nur ganz verschwommen im Dunst zu erkennen, wirken dennoch Ehrfurcht gebietend. Ein Schiff zieht vorbei zur

Anlegestelle. Edeltraud kehrt von ihrer Fahrt zurück, legt an neben einem Dampfer, der, von Möwen kreischend umflattert, still im Hafen liegt, während sich Menschenschlangen über die Brücke aufs Schiff schieben. Irgendwann ist der Dampfer voll, tutet laut und legt dann völlig lautlos ab. Berta gleitet, weiterhin von Möwen umflogen, rückwärts aus der Hafenenge, dreht sich langsam und nimmt Kurs auf den See. Jetzt erst ist das Geräusch eines Motors zu hören, das sich mit zunehmender Entfernung des Schiffes aber schon bald wieder verliert. Donnerwetter, da lag ja noch ein Schiff im Hafen! Es tutet und gleitet ebenfalls lautlos davon. Immer weiter schieben sich Menschenschlangen über die Brücke und füllen nun Edelweiß erneut. Da ist ja wirklich richtig was los!

Ich sehe mich ein wenig um an dem Platz, an dem ich ein Plätzchen gefunden habe, und entdecke, dass ich mich auf einer Landzunge befinde, die von Bäumen unterschiedlichster Art bewachsen ist. Am Ende der Landzunge steht ein offener Pavillon und da fahre ich jetzt hin. Es ist sehr still hier, kaum jemand geht so weit. Ich kann ganz allein auf der Bank sitzen und den neuen Ausblick auf Berge, See und Ortschaften am Ufer gegenüber ungestört genießen. Leise schlagen die Wellen ans Ufer. Enten schaukeln auf dem Wasser und vergnügen sich auf Entenart, Köpfchen ins Wasser, Schwänzchen in die Höh`. Grün leuchtet der See, wird jedoch blau und blauer dem flachen Ufer zu.

Nach einer Weile breche ich wieder auf und gehe zur Seestraße zurück. Oh weh! Da muss gerade wieder ein Schiff angelegt haben. Im Nu bin ich erneut umgeben von Gruppen. Spanische, französische, englische und mir gänzlich unbekannte Laute schwirren in buntem Durcheinander durch die Luft. Fahren ist nicht drin, also schiebe ich das Rad.

Zurück in der Neugartenstraße rauscht und flattert es plötzlich, über mir fliegt wieder ein Taubenschwarm seine Runde Achterbahn. Die Vögel fliegen tief, bieten einen wunderschönen Anblick, wenn in den Kurven die weißen Flügelunterseiten im Sonnenlicht aufleuchten. Beschwingt von so viel Schwung am Himmel fahre ich zügig die letzten Meter nach Hause, vollkommen zufrieden mit mir und der Welt um mich herum.

Es regnet. Es regnet schon den lieben, langen Tag und jetzt reicht es mir. Ich gehe trotzdem raus. Aber wohin soll ich gehen? Es ist so nass und trüb. Es gibt nur eine Möglichkeit und zum ersten Mal gehe ich ins Café hinein. Ich bestelle, schlängle mich durch die dicht beieinander stehenden Holztische hindurch, sehr darauf bedacht, keinen der vielen Metallstühle anzurempeln, setze mich auf eine Bank vor eins der Fenster, lausche ein Weilchen dem Stimmengewirr um mich herum, hole dann die Chiemgau-Zeitung, die neben der Süddeutschen Zeitung ausliegt, und vertiefe mich in den Regionalteil. Was ist und was war los in Prien und Umgebung?
Nach dem Lesen der Zeitung sitze ich ein Weilchen einfach nur so da. Gemütlich ist mir hier, auch wenn ich keinen Menschen kenne. Es fühlt sich allerdings etwas seltsam an, hier so allein zu sitzen. Plötzlich fühle ich mich wie in einem Traum. Sitze ich wirklich in einem Café in Prien? Wie ist denn das gekommen? Ich habe mich in Bonn doch nicht unwohl gefühlt. Was will ich hier bloß!
Ich wache wieder auf und schaue mich um. Nun möchte ich eine neue Umgebung und neue Menschen kennenlernen. Nun möchte ich auch mich selbst noch

einmal neu erleben. Komme ich auch allein klar, ganz ohne die gewohnten Beziehungen, Verflechtungen und Verpflichtungen? Ich atme tief durch und bin wieder ganz da, gespannt, wie es mit mir hier weitergehen wird.

Ich bezahle meinen Kaffee und auf dem Weg zur Tür bleibt mein Blick an den Pralinen hängen. Oh, wie verführerisch! Nein, nein, nein. Das fangen wir gar nicht erst an. Sonst hören wir nachher gar nicht mehr auf. Entschlossen wende ich all diesen Köstlichkeiten den Rücken zu und gehe vor die Tür. Es regnet wieder. Macht aber nichts. Regen ist gut für die Haut.

Regen. Regen. Regen. Alles ist grau in grau. Erst gegen Abend wird es trocken, die Wolken reißen auf und lassen hie und da ein wenig Himmel erkennen. Ich brauche frische Luft und mache einen kleinen Spaziergang.

Was rauscht denn da so gewaltig? Ich fasse es nicht. Drei Tage Regen und die Prien ist voll mit einer schäumenden, lehmfarbenen Brühe. Aus einem kleinen, träge dahinfließenden Flüsschen, dem man ohne weiteres bis auf den Grund sehen konnte, ist ein reißender Fluss geworden. Aber so ist das Leben eben. Heute so und morgen so.

Ich wandere ein wenig durch den Ort und kehre gemächlich wieder um. Am Marktplatz schaue ich die Alte Rathausstraße hoch und plötzlich gerät der Abendhimmel in meinen Blick. Wie schön! Wie wunderschön! Aus der aufgerissenen Wolkendecke leuchtet es zartblau und helltürkis, unter den dicken, grauen Wolkenfeldern ziehen weiße Schleierwolken langsam dahin, rötlich-golden eingefärbt von der

Abendsonne. Ich mag gar nicht mehr weitergehen, betrachte entzückt diese grau-blau-rot-goldene Wolken-Himmel-Sonne-Melange. Ich stehe und schaue und stehe und schaue, bis das Gold verblasst, die Wolken rot und röter, das Himmelsblau hell und heller wird, das Rot schließlich auch verblasst und die Dämmerung hereinbricht.

Da gehe ich nach Hause zurück, entlang einer Prien, die in der Zwischenzeit womöglich noch lauter geworden ist, noch breiter, sich mit noch mehr Wucht die eine kleine Staustufe herab stürzt. Ein Schatten huscht über den Weg und springt ins Gebüsch. Eine graue Katze. Die Straßenlampen gehen an und die Dämmerung nimmt rasch zu. Hühner und Hahn sind verschwunden, die Bäuerin schließt gerade eine Stalltür zu. Die Vögel sind jedoch noch recht munter, immer wieder schmettert einer los und bekommt auch Antwort und da, ja ist es denn zu glauben, da streiten sich zwei. Die Stimmen klingen deutlich gereizt. Werdet ihr euch wohl bald vertragen!

Da geben sie Ruhe. Und da wird es ganz still in der Neugartenstraße. Ich werde es auch. Ich bin sehr dankbar für all die Schönheit, die ich hier zu sehen bekomme.

Ich kann es kaum fassen, Petrus hat ein Einsehen und beschert uns vor dem Winter noch einmal einen Tag „Goldenen Oktober". Raus. Sofort. Ich fahre die Prien entlang, das Rauschen ist schon leiser geworden, das Wasser wieder klarer. Ich fahre nicht weit, sitze im Nu wieder auf einem Klappstuhl und genieße Milchkaffee und Sonnenwärme. Gäste kommen, Gäste gehen. Viele scheinen sich zu kennen. Ich lausche den Gesprächen um mich herum, fühle mich wohl inmitten all dieser fremden Menschen vor dem Café, das mir bereits so vertraut ist. Ob ich bald einmal jemanden kennenlerne? Der Milchkaffee ist alle. Gehen? Nein. Nutze den Tag! Die nächste Kaltzeit kommt bestimmt. Noch einen Milchkaffee bitte. Schluck für Schluck trinke ich den köstlichen Kaffee und schaue in den himmelblauen Himmel mit seinen zarten Wolkenschleiern und einem endlos langen, bereits in der Auflösung befindlichen Kondensstreifen, der an eine Spitzenbordüre erinnert. Völlig unbeeindruckt von diesem Kunstwerk der Natur kreuzt ein Flugzeug einfach drüber, nein drunter weg, ich kann zusehen, wie auch sein Kondensstreifen nach und nach zum Kunstwerk wird, ebenfalls bald durchkreuzt wird von einem weiteren Streifen. Auch über Prien ist was los.

Es ist schon wieder kühler geworden, windet kräftig und die Sonne hält sich sehr bedeckt. Ich fahre trotzdem mit dem Fahrrad los. Beim Bauernhof sitzt die graue Katze vor der Haustür und wartet auf Einlass. He, pass doch auf, du dummes Huhn! Da wäre es beinahe unter die Räder gekommen. Mit unabsehbaren Folgen für uns beide.

Es hat noch einmal gut gegangen. Aber auf diesen Schreck brauche ich erst einmal einen Kaffee. Heute sitze ich ganz alleine draußen. Ich wickle mich in eine Decke und erfreue mich an den Kontakten, die mir diese verwegene Aktion beschert. „Na, ist Ihnen nicht ein wenig kalt?", werde ich gefragt und für mutig werde ich auch befunden.

Wirklich gemütlich ist es heute nicht. Der Wind fegt die abgefallenen Blätter zu Haufen und die Hagebutten im verblühten Rosenbusch werden arg gebeutelt. Jetzt frischt er noch weiter auf, rappelt kräftig an den Fensterläden und macht mir die Ohren kalt und kälter. Da gebe ich auf und gehe ins Café hinein. „Noch einen Milchkaffee bitte." Zum Aufwärmen.

Die sichtbare Welt, die Berge gehören heute nicht dazu, ist voller Nieselregen. Die roten Dächer glänzen, in schweren Tropfen fällt die angesammelte Nässe zu Boden. Die Blätter des Hofbaumes nebenan sind merklich braun geworden, die des Ahorns am Balkon ganz gelb. Ich hole meinen Schirm, mache mich auf den Weg in den Ort, biege in die Alte Rathausstraße ein, wo ich aber bald wieder anhalte, um mir die Vielzahl bunter Taschen anzuschauen, die das eintönige Nieselgrau um mich herum ein wenig aufhellen. Auch in den Schaufenstern leuchtet es bunt. „Ursprung" heißt der Naturwerkladen und ist mir beim Vorbeifahren schon einige Male aufgefallen.
Ich hatte nicht vorgehabt, hineinzugehen, bin sehr überrascht, mich plötzlich doch drin zu befinden. Was will ich nur hier? Ich könnte schon mal nach Geschenken für Weihnachten schauen. Auswahl gibt es genug: Kerzen, Keramik, Steine, Wolle in leuchtenden Farben. Es riecht so gut hier. Aha, es wird geräuchert. Hier kann man Räucherwerk auch kaufen und genau das werde ich jetzt tun, habe, seit ich hier wohne, eine ganz neue Vorliebe für Düfte entwickelt.
Die Verkäuferin des kleinen Ladens kommt auf mich zu, ich sage, ich sei neu zugezogen, sie lacht, sagt, sie auch, und schon unterhalten wir uns. Ursprünglich kommt sie aus dem Inntal, wohnte in den letzten Jahren

im nahen Rimsting, lebt aber seit Anfang des Monats in Prien.

„Eine ganz besondere Energie ist hier", sagt sie und spricht von Kraftlinien, von denen eine sogar durch den Chiemsee führt. „Aber da weiß die Frau Glatt in Aschau mehr darüber."

Ich bin sofort interessiert. Wie spürt sie denn, dass in Prien eine besondere Energie ist? Na, hier ist alles so weit und offen, auch für Alternatives. Dann erzählt sie von einer Frau, die eine Frauengruppe gründen wolle, aber noch nach einem Raum für die Treffen suche. Es solle keine Kaffeeklatschrunde werden, sondern eine Gelegenheit für intensiven Austausch. Da würde ich zu gerne mit dabei sein. Ich sage es und Christine, wir haben uns einander inzwischen vorgestellt, scheint das in Ordnung zu finden.

Jemand betritt den Laden. „Das ist sie", sagt Christine. Sie? „Na, die Initiatorin des Frauentreffens."

„Das kann jetzt nicht wahr sein", denke ich und wende mich dem Räucherwerk zu, während die beiden Frauen sich unterhalten. Von Christine offensichtlich bereits eingeweiht, kommt die Initiatorin bald zu mir her, verwickelt mich in ein Gespräch und innerhalb weniger Minuten unterhalten wir uns völlig offen über unsere persönliche Situation. Schließlich fragt sie, ob ich bei der Gruppe mitmachen möchte, der Raum sei gefunden, ich gebe ihr eine meiner alten Visitenkarten mit neuer Anschrift und Telefonnummer auf der Rückseite und gehe staunend aus dem Laden.

Was war denn das! Ein Volltreffer, will mir scheinen. Was für ein Glück, gerade heute in gerade diesen Laden gegangen zu sein.

Es ist Abend. Ich trete vor die Haustür, sehe in einen funkelnden Sternenhimmel, biege um die Hausecke und erblicke den Mond. Orange. Prall. Fast voll. Allein schon dieser Anblick war das Herausgehen wert. Aber ich habe noch etwas vor, möchte zu einem tibetisch-buddhistischen Vortrag in der Lujo-Brentano-Straße, von dem ich zufällig erfahren und zu dem ich gleich zweifach eingeladen wurde.

Wegen eines außen nicht tastbaren, beim Auftreten aber deutlich fühlbaren Knubbels unter dem Fuß war ich zu einem Arzt in Prien gegangen und wir kamen schnell ins Gespräch, als ich erzählte, ich hätte den Fuß mit Jin Shin Jyutsu erst einmal selbst behandelt. Die Methode war ihm bekannt und er wusste, dass sie aus Japan kommt. Ob ich Buddhistin sei, fragte er. Nein, eher Taoistin, versuchte ich meine Nichtzugehörigkeit zu irgendeiner Religion zu erklären und schon outete er sich als tibetischer Buddhist und gab mir eine Einladung zu einem Vortrag mit. Ich wollte eigentlich nicht hingehen, traf aber heute Nachmittag zufällig die Frau des Arztes, die ich ebenfalls in der Praxis kurz kennen gelernt hatte, erhielt von ihr die zweite Einladung zum Vortrag und so bin ich nun im Dunkeln auf dem Weg ins Unbekannte.

Außer mir und Nachbars Katze ist niemand unterwegs. Ich überquere die Prien auf der Brücke am Friedhof und dann stehe ich da. Es ist wirklich ziemlich dunkel und so kann mir auch der Ortsplan nicht weiterhelfen. Auf gut Glück gehe ich geradeaus, finde das gesuchte Haus, trete ein durch die nur angelehnte Tür und sehe erfreut, dass die Frau des Arztes bereits da ist. Warum schaut sie mich so erstaunt an? Sie hatte mich nicht erwartet? Aber sie hatte mich doch eingeladen.

Ja, hatte sie. Aber für den Freitag der nächsten Woche. Heute findet kein öffentlicher Vortrag statt, sondern nur der wöchentliche Meditationsabend, zu dem ich aber auch sofort eingeladen werde. Ich beschließe zu bleiben und erlebe einen sehr interessanten Abend, der mich jedoch darin bestätigt, keine bestimmten und von irgendwelchen Religionen oder spirituellen Richtungen vorgegebenen Wege mehr zu gehen, sondern lieber einfach da zu sein, wo ich gerade bin, voller Vertrauen, dass ich da, wo ich bin, genau richtig bin.

Spirituelle Wege gehe ich eher nicht mehr, irdische aber gerade mit besonderem Genuss. Ach ja, gehen. Noch macht mir der Knubbel unter dem Fuß zwar keine Probleme, aber ein wenig Sorge schon. Vielleicht sollte ich einmal zu einem Osteopathen gehen. Aber wie finde ich einen, dem ich trauen kann? Wir werden sehen. Kommt Zeit, kommt Rat.

Ich sitze in einem Raum der Klinik St. Irmingard, in der gleich eine Lesung stattfinden soll, schaue auf die leeren Stuhlreihen, auf die zwei Frauen vor mir, auf den jungen Mann, der am Vortragspult lehnt und wünsche dem Autoren weitere Zuhörer. Der Wunsch geht nicht in Erfüllung, Florian Huber liest trotzdem aus seinem Buch: „Die Hochzeit des Chronos". Ich lese keine Romane mehr, bin gekommen, weil die Notiz in der Chiemgau-Zeitung mich neugierig gemacht hat. Es gehe um Heimat und Fremde, hatte es da geheißen und genau das wird dann auch Thema des Gesprächs nach der Lesung. Ein Satz hallt nach in mir: „Heimat, das ist der Platz, wo man „hier" sagen kann, ohne etwas zu vermissen."

Nach der Lesung spreche ich den jungen Herrn an und er entpuppt sich als Doktor der Philosophie mit einer Praxis in Bad Endorf, in der er demnächst eine kleine, offene Gesprächsgruppe für Lebenskunst anbieten möchte, woraufhin ich wieder einmal Interesse anmelde und ein Visitenkärtchen zücke.

Nach so viel Bildung und Stillsitzen in einem Klinikgebäude zieht es mich mit Macht nach draußen und ich nehme sofort, ohne mich auch nur im Geringsten vor mir selbst verteidigen zu müssen, Kurs auf ein Café, das mir offensichtlich zur Heimat geworden ist. Vermisse ich hier etwas? Nein.

Ich hole mir die Chiemgau-Zeitung, bestelle den Milchkaffee und setze mich seitwärts in die Sonne. Plötzlich vermisse ich doch etwas. Die Sonne hat sich hinters Nachbardach verzogen. Schon kommt Juliana aus dem Café und lädt mich ein, umzuziehen an ein Tischchen, das noch in der Sonne liegt und gerade frei geworden ist. Ich eile um die Hausecke und sehe einen sympathischen, jungen Mann genau diesen Tisch ansteuern. „Bitte, bitte", sagen wir beide und jeder ist bereit, dem anderen den Sonnentisch zu überlassen. Schließlich sitzen wir beide dran und versichern uns, dass wir uns nicht stören würden, unterhalten uns eine Minute später allerdings bereits auf das Beste.

„Was machen Sie beruflich?", frage ich schließlich. „Ich bin Osteopath". Er ist was? Es dauert ein Weilchen, aber dann schalte ich ganz schnell. „Lachen Sie nicht, aber ich hätte gern einen Termin bei Ihnen." Wir lachen natürlich doch und dann erzählt er, dass Termine bei ihm öfter auf diese Weise zustanden kämen. Seit wenigen Monaten erst hat er eine eigene Praxis in Bernau, wo er mit Frau und Kind auch lebt. Was macht er in Prien? Er unterrichtet Karate, hat die Schule von seinem Lehrer übernommen, als der wegzog. Wo ist er aufgewachsen? In Aschau und er liebt den Chiemgau sehr. Und wie heißt er? Florian. Der zweite Florian heute.

Der junge Karatelehrer muss zum Unterricht, die Sonne lässt mich jetzt auch am zweiten Tisch im Stich und so trete ich den Heimweg an. Vor der Haustüre treffe ich die Nachbarin aus der Wohnung unter mir und wir unterhalten uns ein wenig. Sie ist 82 Jahre alt und wohnt seit mehr als zwanzig Jahren mit ihrem zweiten Mann in diesem Haus. Sie erzählt von sich, von ihren Kindern, ihrem Leben als Ehefrau eines Beamten im Auswärtigen Amt, mit dem sie in vielen verschiedenen Ländern wohnte. Im Frühjahr hatte sie eine Hüft-OP, die Krücken, an denen sie monatelang ging, braucht sie Gott sei Dank nicht mehr immer, auch das Bücken klappt langsam wieder besser.

„Wo kommen Sie denn her?", fragt sie mich. „Aus Bonn? Da haben wir auch zehn Jahre lang gewohnt. Da ist es doch so schön. Wieso sind Sie denn da nicht geblieben?"

Weil ich auch noch einmal an einem anderen schönen Ort leben wollte. Das schönste Paradies verliert seinen Reiz, wenn die Seele neue Reize braucht.

Schon mehrmals habe ich das Kirchlein St. Jakobus in Urschalling von unten gesehen, heute möchte ich es einmal aus der Nähe betrachten. „Do geht`s aufi", steht unübersehbar auf dem Werbeplakat der Mesner Stub`n, die sich ebenfalls auf dem Berg befinden und so heißen wie sie heißen, weil der Gasthof früher, als er noch Hof war, der Messweinlieferant für die Priener Pfarrkirche war. Frohgemut biege ich in die Urschallinger Straße ein. Es wird steil und steiler und immer steiler und schließlich steige ich ab, schiebe mich und das Rad in der prallen Mittagssonne tapfer immer weiter den Berg hoch. Gottseidank, eine Bank! Pause.

Oh, der See! Blaugrün liegt er unten. Ich sitze still, genieße den Anblick, lausche dem „rupf, rupf" der grasenden Pferde hinter mir, sammle neue Kräfte und mache mich dann wieder auf den Weg. Junge, Junge ist das steil!

Oben angekommen, muss ich erst einmal tief Luft holen und dann entscheiden, ob ich geradeaus oder links weiterfahren möchte. Geradeaus steht ein großer weißer Hund ganz allein mitten auf der Fahrbahn. Ich glaube, ich möchte lieber erst einmal links herum. Leider komme ich nicht weit, da taucht schon ein Sackgassenschild auf. Also wieder rechts herum und noch mal rechts und schon ist auch der Hund wieder zu sehen. Er ist aber nicht mehr allein, eine Frau steht bei ihm und krault und streichelt ihn. Da traue ich mich auch heran, fahre am Hund vorbei, der mich ganz lieb und freundlich anschaut.

Das Kirchlein taucht auf, ich stelle mein Rad ab und trete durch eine Seitentür ein. Der größte Teil des Innenraums ist leider abgesperrt, ich sitze förmlich hinter Gittern, habe aber trotzdem, dank der erst im letzten Jahrhundert wiedergefundenen und restaurierten Fresken, einen wahrhaft malerischen Anblick. Eine ganze Weile betrachte ich die Bilder und Ornamente in Rot-, Braun-, Ocker- und Sandtönen und verlasse dann das Gotteshaus, um zum Fahrrad zurückzugehen. Im Vorbeigehen lese ich amüsiert die an der Seitenwand der Mesner Stub`n aufgemalte Werbung:

"Ward a bissei
Bleib a bissei schdee
Mach bei uns a guade Brodzeid
Na konst scho wida ge."

Überredet. Ich lege eine Kaffeepause auf dem Berg ein. Vor dem Gasthaus sitzt ein bärtiger Mann mit einem Krug Bier an einem der Holztische und liest Zeitung.

Der Hund liegt auch da und schaut mir träge entgegen. Ich will in die Gaststube gehen, um einen Kaffee zu bestellen, werde aber sofort angehalten. Heute ist geschlossen. Ich bin enttäuscht, erst eingeladen und dann sofort wieder ausgeladen zu werden, ja, ich bin sogar ein wenig beleidigt. Hätte er nicht eine kleine Ausnahme machen und mir einfach schnell einen Kaffee brühen können? Aber wenn dann der oder die Nächste käme und auch was wollte, essen vielleicht sogar? Ich sehe es ja ein und gewinne nach einer geraumen Weile sogar meine gute Laune wieder, fahre zügig zurück, vorbei an jaucheduftenden Wiesen, die unüberriechbar in der Zwischenzeit gedüngt wurden, halte erst wieder an am Gartentor des Hühnerhofs, um die schon ältere, aber noch sehr mobile Herrin der Hühner nach dem Hofbaum zu befragen. Ja, es ist ein Walnussbaum, doch hat ihm der Sturm im letzten Sommer so arg mitgespielt, dass er wahrscheinlich diesen Winter gefällt wird. Der schöne Baum.

„Viele stört er", sagt die Bäuerin. Klar, er verdeckt im Sommer die Aussicht auf die Berge. Ich schaue in den Garten und entdecke zu meiner Überraschung ein Mini-Gebirge aus Steinbrocken. Auf einem „Berg" ist sogar ein Gipfelkreuz und da muss ich lachen. Wie kommt denn das dahin? „Das haben Urlauber, die viele Jahre regelmäßig kamen, einmal mitgebracht und angebracht. Die sind jetzt aber auch schon lange tot." Vermietet sie noch an Feriengäste? „Nein. Es muss auch mal gut sein." Da hat sie Recht.

Nebel. Ganz zart, bereits von der Sonne durchschienen, hüllt er Berge und Kirche ein, webt und schwebt zwischen den Bäumen im Garten und am Waldrand.

Doch über mir hat der Himmel bereits ein solch strahlendes Hellblau angenommen, dass es das Gelb der welkenden Blätter förmlich zum Leuchten bringt. Still ist es so früh am Vormittag. In der Ferne höre ich den Zug. Sonst nichts.

Heute bekam ich Post aus Aschau, das als vergriffen geltende Buch der Gästeführerin, Kräuterkundigen und Geomantin Martina Silvia Glatt, von der mir Christine bei unserem ersten Gespräch erzählt hatte. Um zu fragen, ob das Buch inzwischen wieder erschienen sei, hatte ich der Autorin eine Mail geschickt, und es stellte sich heraus, dass sie noch ein paar Exemplare hatte. Eins davon ist jetzt meins.

„Geschenke des Himmels & der Erde." Dieser Titel zog mich mächtig an. Der Untertitel auch: „Alte Wege neu gehen & Altes Wissen neu entdecken." Gespannt schlage ich das Buch auf und blättere. Es geht viel um Kräuter, aber auch um Brauchtum, um Muttergottheiten wie die Percht, „unsere Frau Holle", und um Lostage, Orakeltage, die vor allem die mögliche Wetterlage des Jahres betreffen. „Es ist wohl jetzt die Zeit, dieses alte „Loswissen" wiederzuentdecken und neu zu beleben. Dann mögen wir das große Los ziehen: Am richtigen Ort zur richtigen Zeit das Richtige loszulassen & zu tun!"

Danke für die Erinnerung, Frau Glatt. Am richtigen Ort bin ich bereits. Der Rest wird sich schon fügen.

Es ist Samstag und wieder einmal ein Ausflug dran. Ich fahre die Alte Rathausstraße Richtung Ortsausgang, schiebe mich dann zur Wallfahrtskirche St. Salvator hoch, in der ich durch zwei offene Gitterfenster einen Blick werfen kann auf die Fresken im Chorraum, auf den schwarz-goldenen, frühbarocken Hochaltar, auf eine von Schwertern durchbohrte Muttergottes und einen leidenden Heiland, deren Anblick mir aber gar nicht gut tut, weshalb ich bald wieder vor der Tür stehe und statt Kultur doch lieber Natur betrachte.

Immer wieder geht es bergauf, doch ich werde reichlich entschädigt für die Mühe durch den Ausblick in die Landschaft. Wiesen, Wälder, kleine Weiler, blauer Himmel, weiße Wolken. Über den frisch gemähten Wiesen kreisen Scharen von Vögeln. Eine getigerte Katze hockt im Gras und schaut sich das Spektakel an. Ein junger Mann kommt vorbei. „Grüß Gott." Wieder einmal bin ich erstaunt, wie oft ich hier von völlig Fremden gegrüßt werde, freue mich aber sehr darüber. Hinter Bachham biege ich ab in eine nagelneue Straße, die sogar noch nach Teer riecht. Hui! Jetzt geht es aber den Berg runter! Da werden die Ohren gleich noch ein paar Grad kälter. Aber es geht ja auch nach Kaltenbach. Rüber über den Bach und oh, oh, schon geht es wieder bergauf. Schnauf!

Ich fahre ein Stück, ich schiebe ein Stück, komme auf der nächsten Anhöhe zu einer Kreuzung mit vier Möglichkeiten, entscheide mich für die linke und fahre, begleitet vom Geruch nach Silo und Jauche, steil bergab durch Leiten hindurch. „Tempo 30" mahnt ein Schild an. Okay. Ich tue mein Bestes, aber ein wenig Schwung für die nächste Steigung erlaube ich mir doch. Hier riecht es ganz anders als vorhin. Hier werden Schnäpse und Liköre völlig ohne Gentechnik gebrannt. Wunderbar. Weiter so.

Weiter so geht es auch für mich. Ungerührt lasse ich den Radrennfahrer an mir vorbeiziehen, als ich wieder einmal schieben muss, schaue amüsiert den Jungkühen und ihren Sprüngen zu, lausche dem Bimmeln ihrer Glocken, genieße den Weitblick und bekomme glatt so etwas wie Urlaubsgefühle. Kaum zu glauben, aber ich wohne hier.

Mit Karacho, ohne Geschwindigkeitsbegrenzung und ohne Bremsen geht es an die nächste Abfahrt und die folgende Steigung nach Griebling wird mit Leichtigkeit genommen. Hier steht vor einer kleinen Kapelle eine Bank in der Sonne und schon sitze ich. Wie schön es hier ist. Wie gut ich es habe. Ich kann es mir gar nicht oft genug sagen. Ich lausche dem Traktorgeräusch in der Ferne, dem Vogelgezwitscher in der Nähe und nichts fehlt mir. Oder etwa doch?

Ich habe Hunger und so sitze ich nicht mehr lange herum, sondern setze mich wieder aufs Rad und sause bergab, dass es mir nur so um die Ohren pfeift. Vorbei geht's an den schönen, alten Höfen von Trautersdorf und bald schon fahre ich an der Haustür vor. Hier steht die Nachbarin, die unter mir wohnt. Wie geht es ihr? Nicht so besonders. Sie ist gestern fast eine Stunde gegangen und jetzt tut ihr immer noch die operierte Hüfte weh. Ach je, Frau Nachbarin. Sie hat mein volles Mitgefühl. Hab ich ein Glück, dass ich mich noch so bewegen kann, wie ich will.

Es sind drei Wochen her, seitdem ich das erste Mal vor dem caffe saß. Es ist, als sei die Zeit stehen geblieben. Der Himmel ist blau, die Sonne scheint, leise rieseln Blätter von den Bäumen, zwei Wespen umschwirren den Tisch, eine muss partout immer wieder in das Schüttrohr des Zuckerspenders kriechen, findet zu meinem Erstaunen jedoch auch immer wieder heraus.

Am Nebentisch unterhalten sich zwei Frauen, vor Café Sol wird gespielt, in regelmäßigen Abständen knallt ein Würfel auf den Tisch.

Juliane bringt den Milchkaffee und ich frage sie, warum das Café den Namen Juliana hat, wo sie selbst, wie ich jetzt weiß, doch Juliane heißt. Weil der Freund, der die Embleme entwarf, Juliana viel melodiöser fand. Aha. Und warum heißt das Café caffe? Ist das italienisch? Nein, es ist spanisch. Und warum nimmt sie den spanischen Begriff? „Es hat keine Bedeutung", sagt sie. „Ich biete internationale Getränke an, nehme von allen Ländern den Kaffee, der mir selbst am besten schmeckt.

Juliane arbeitet weiter, ich sitze weiter müßig und blättere im Buch von Martina Glatt. Ein Satz bleibt hängen. „Und so ist es eben mit den Bergen, hier ist alles intensiver, gewaltiger, fokussierter: das Wetter, die Menschen, die Energien im Licht & im Schatten…" Hier ist vieles intensiver als in Bonn. Das scheint mir auch so.

Es ist kalt geworden und das ist deutlich zu sehen. Der Rasen, die Haus- und die Autodächer sind ganz weiß. Ich stehe am Fenster und schaue in meine „Neue Welt" hinaus. Es ist eine wahrhaft zauberhafte Welt. Der Himmel ist von einem zarten, hellen Blau und die Morgensonne lässt das welkende Laub goldgelb aufleuchten. Unaufhörlich fallen Blätter. Still lösen sie sich von den Ästen und segeln zur Erde. Der große Nussbaum wird lichter und lichter. Auf dem Hof rennen die Hühner, geschützt durch ihr Federkleid, eifrig pickend umher und einer der Hähne kräht sich die

Seele aus dem Leib. „Ist ja gut", sage ich ihm und da hält er den Schnabel.

Was sagen die Leute nur zum Abschied zu mir, wenn sie nicht „Servus" oder „Auf Wiederschaun" sagen? Ich kann es einfach nicht verstehen. Es klingt wie „Pfüati" oder „Pfüatigo". Nachsprechen ist unmöglich. Wie mir auf meine Nachfragen gesagt wurde, heißt es möglicherweise „Behüt dich Gott". Da wäre ich sehr mit einverstanden
Uschi, die Studienfreundin einer Schulfreundin, die gestern zum Kaffee bei mir war, verabschiedete sich allerdings mit dem vertrauten „Tschüss", obwohl sie schon seit einem Vierteljahrhundert in Bayern lebt. Zunächst wohnte sie mit ihrer Familie in Prien, inzwischen im Nachbarort Rimsting in einem Haus, das leider an einer derart befahrenen Straße steht, dass man im Sommer kaum im Garten sitzen mag. Hat sie Anschluss gefunden hier? Wenig, meinte sie, es sei gar nicht so einfach, mit den Einheimischen warm zu werden, da müsse man in einen Verein gehen und das wollten weder sie noch ihr Mann. Die Kinder hätten allerdings in der Schule bald Freunde gefunden.
Ähnliches erzählte auch die Mail-Bekannte aus Prien, die heute Morgen anrief. Im Gegensatz zu Uschi wohnt sie erst ein Jahr mit ihrem Mann hier, ging jedoch sofort in einen „Verein", wurde in der katholischen Gemeinde aktiv und singt im Kirchenchor mit. Ihren eigenen Worten zufolge fällt ihr das allerdings nicht schwer, da sie katholisch ist und sich gerne engagiert. Sie sagte noch, sie sei so gerne hier und erlebe hier so viel Gutes, dass sie das Gefühl habe, auch etwas zurückgeben zu sollen.

Ich bin weder katholisch noch evangelisch, möchte mich auch nicht in einem Verein engagieren, sondern einfach nur einleben. Wie lerne ich dann nur Leute kennen? Ach was, es müssen nicht unbedingt die Einheimischen sein. Da lerne ich eben die Zugezogenen kennen, von denen es sicher viele gibt. Aber wie lerne ich die kennen?

Keine Sorge. Wer weiß, wen ich noch alles kennen lerne, wenn ich zur rechten Zeit am rechten Ort bin.

Mehr aus Pflichtgefühl denn aus Neigung stehe ich mit dem Kirchenführer in der Hand vor der katholischen Kirche Mariä Himmelfahrt am Marktplatz, drücke die schwere, dunkle Holztür auf und trete ins Innere. Du lieber Himmel! Das ist wirklich Barock! Oder ist es Rokoko? Ich weiß gar nicht, wohin ich zuerst schauen soll. An die Decke mit den Fresken? Auf die zwei Seitenaltäre aus Marmor, auf den mächtigen, ebenfalls marmornen Hochaltar, auf die Kanzel oder auf die Kreuzigungsgruppe gegenüber?

Nein, das ist mir denn doch alles zu bunt. Schleunigst verlasse ich die Kirche wieder. Ab nach Hause und den Koffer packen. Morgen geht es für ein paar Tage zurück ins Rheinland. Dort waren die meisten Kirchen so schön schlicht. Ob mich das fürs ganze Leben derart geprägt hat, dass ich die andersartige Schönheit dieser Kirche nicht zu würdigen weiß?

November

Gestern Abend bin ich zurückgekommen und heute Morgen habe ich überhaupt keine Lust, aufzustehen. Bin ich noch so müde von den vielen Gesprächen und der langen Zugfahrt? Ist das Gefühl in der Brust etwa Heimweh nach einer Stadt, in der ich mich nie wirklich daheim gefühlt habe? Es tut nicht richtig weh. Oder doch? Ein bisschen? Mir ist ein klein wenig weh ums Herz. Die Kinder sind so weit weg. Räumlich gesehen. Der verdammte Hahn! Kann der jetzt endlich aufhören mit seiner Kräherei? Ist ja schon gut, ich steh ja schon auf!

Noch im Schlafanzug trete ich ans Fenster. Der Walnussbaum hat eine kahle Krone bekommen, der Baum am Fenster hat keine goldgelben Blätter mehr. Die liegen alle auf der Wiese. Der Herbst hat ganze Arbeit geleistet während meiner Abwesenheit. Es zwitschert. An der Dachrinne des Hauses gegenüber tummeln sich die Meisen. Sie flitzen rein und raus, mal ist nur ein Köpfchen zu sehen, mal wippt ein Schwänzchen. Sie haben ordentlich zu tun.

„Warum bist du weggezogen?", wurde ich in Bonn gefragt. Viele können es immer noch nicht verstehen. Verstehe ich es selbst wirklich ganz? Wollte ich wirklich einfach nur noch einmal woanders leben? Was ja immerhin auch das Risiko einer landschaftlichen „Verschlechterung" in sich barg, die ich zu minimieren versuchte durch die Kontaktaufnahme mit „Oben". „Lieber Gott, lass den Ort genauso schön sein, wie den, an dem ich jetzt lebe", bat ich den Himmel oder Gott oder wen auch immer. Der Bitte wurde voll und ganz entsprochen und voilà, da bin ich also jetzt in Prien.

„Voilà", sagt meine Nachbarin von unten gern. Sie hat früher viel französisch gesprochen. Was hat denn sie nach Prien gebracht? Als wir uns vor meiner Abfahrt wieder einmal im Hausflur trafen, habe ich sie gefragt und sie hat es mir bereitwillig erzählt.

Sie war sehr krank, lag lange im Krankenhaus und sollte anschließend viele Wochen in einer Reha-Klinik verbringen, was sie aber auf keinen Fall wollte, und so suchte ihr eine Bekannte aus Prien hier zur Erholung ein Zimmer. Sie fühlte sich so wohl im Ort und in der Umgebung, dass sie in diesem Zimmer ein ganzes Jahr lang blieb und schließlich mit ihrem zweiten Mann in die Neubauwohnung unter mir zog. Sie habe von Anfang an viele Kontakte gehabt, erzählte sie, die Hauswirtin habe sie mit ihren Freunden und Nachbarn bekannt gemacht und sie und ihr Mann hätten auch selbst viele Menschen kennen und schätzen gelernt. „Wird hier mehr gegrüßt als im Rest der Republik?", habe ich sie noch gefragt, ehe wir auseinandergingen. „Ja", sagte sie, „hier wird mehr gegrüßt."

Ich stehe am Fenster und schaue und denke und plötzlich fällt mir auf, dass sich das Herz gar nicht mehr weh anfühlt, ich mich im Gegenteil bereits freue auf meinen nächsten Gang in den Ort, der mir wohl bereits zur Heimat geworden ist.

„Was ist für dich Heimat", habe ich eine Bonner Freundin gefragt und sie sagte spontan: „Wo ich mich wohl und am rechten Platz fühle, wohin ich gerne zurückkehre, wenn ich fort war."

Ich fühle mich ein wenig einsam, mache einen Gang durch den Ort, um mich abzulenken und entdecke in der Friedhofstraße eine fahrradschiebende, weißhaarige Dame. Das kann nur die Ernsdorfer-Bekannte sein. Sie ist es tatsächlich. Ihre Arbeit hat sie schon getan, hat die Betten überzogen und vorgekocht für die Besitzer, die gegen Abend kommen werden. Während sie mit mir redet, entgeht ihr nichts und niemand. Sie scheint alle zu kennen, die vorbeikommen und alle scheinen auch sie zu kennen, denn sie wird von allen gegrüßt.

„Würden Sie sich einmal auf einen Kaffee einladen lassen?", frage ich sie. „Ja, gern", sagt sie, „aber diese und nächste Woche geht es nicht mehr. Da bin ich schon ganz viel eingeladen und fahre außerdem für ein paar Tage weg." Sie lächelt mich an und verabschiedet sich dann mit einem fürsorglichen: „Bleiben Sie gesund und schön".

Okay, kein Kaffee mit einer netten Dame. Aber allein schon die Begegnung hat gut getan.

Die Sonne scheint und da zieht es mich hinaus und an den See. Unter einem echt bayerischen, blau-weißen Himmel fahre ich durch den Ort, radle durch grüne Wiesen und mir wird warm und wärmer und plötzlich viel zu warm. Habe ich gestern nicht etwas von Föhn gelesen? Ich fühle mich müder als sonst und habe auch leichtes Kopfweh.

Der See taucht auf und da stehe ich auch schon am Ufer. Gänse schnattern mir lauthals entgegen, das Geräusch eines Zuges hallt überlaut über den See, Spaziergänger unterhalten sich, Kinder spielen Fangen und kreischen um die Wette. Ich setze mich auf eine Bank, schaue auf den See, doch das „pralle Leben", das mir hier in die Ohren schallt, ist mir heute zu viel und überhaupt ist mir plötzlich alles zu viel und so radle ich in den Ort zurück, halte aber noch einmal kurz an bei der Wetterstation. 15 Grad. Fühlt sich an wie 24 Grad. Und das im November! Ich glaube, ich brauche einen

Kaffee. Ich glaube, ich gönne ihn mir. Und das, obwohl ich heute Nachmittag schon wieder im Café sein werde, um mich mit der Münchner Freundin Gudrun und ihrer jüngsten Tochter Dina zu treffen, die in wenigen Tagen in Prien eine dreijährige Ausbildung beginnen und dann auch hier wohnen wird. Worauf ich mich richtig freue.

Wieder strahlt die Sonne und wieder starte ich eine Umlanderkundung. Heute geht es nach Greimharting. Sobald es steil wird, steige ich ab und schiebe an den Wiesenrändern entlang. Da blüht es sogar noch. Hier ein lila Köpfchen Klee, dort eine Schafgarbendolde und was da in der Sonne auf dem Asphalt glitzert und funkelt, das müssen die Schleimspuren wandernder Schnecken sein.

Schnell bin ich in Pinswang, drehe mich noch einmal um und halte wieder einmal den Atem an im Angesicht der graublauen, majestätischen Berge unter einem blau-weißen Himmel und über einem zart-duftigen Nebelstreif, der das Tal dem Blick entzieht. Die Aussicht ist rundum traumhaft. Das ganze Leben hier ist traumhaft. Womöglich ist das Leben ja wirklich nur ein Traum? Es fühlt sich in Prien manchmal so an.

Es geht einen Hügel hinunter, ohne viel Mühe und Strampeln den nächsten wieder hinauf und dann taucht oben auf einem Berglein der Greimhartinger Kirchturm auf. Mühsam arbeite ich mich hoch, hoffend, dass mein Herz diese unverhoffte Anregung nicht übel nimmt, sondern zu schätzen weiß. Oben muss ich erst einmal verschnaufen. Von einer Holzbank aus schaue ich auf die Berge und den Friedhof. Im Angesicht der Berge zu liegen, wäre nicht das Schlechteste. Aber noch sitze ich hier lieber aufrecht, beobachte den Traktor auf der

Wiese nahebei, atme den Duft nach Jauche ein und lausche dem Gekrächze der Krähen. Kein Mensch ist auf der Straße. Kein einziges Auto fährt vorbei. Hier habe ich wirklich meine Ruhe. Was für ein Glück, in genau diesem Augenblick genau hier zu sein. Mir wird ganz warm ums Herz. Aber auch sonst. Wie die Sonne bereits wieder wärmt!

Ausgeruht geht es weiter aufwärts Richtung Ratzinger Höhe, doch bei der nächsten Bank setze ich mich sofort wieder hin. Nicht nur wegen der schönen Aussicht. Fahrradschieben ist auf Dauer ziemlich anstrengend. Ich schiebe höher und höher, als sich plötzlich der Magen meldet. Hunger. Durst. Keine Lust mehr. Doch unerbittlich schiebt es mich weiter, steuert dann aber doch die nächste Bank an, auf die ich mich sofort fallenlasse. Tief unter mir liegt der Chiemsee. Und was liegt da unter der Bank? Äpfel. Viele rote, reife Früchte vom Baum über der Bank. Das ist ja wie im Paradies. Wie gut das Leben wieder einmal für mich sorgt. Vielen Dank auch.

Ich stille Hunger und Durst und mache mich gestärkt an den weiteren Aufstieg, der mir immer zauberhaftere Ausblicke auf die Bergwelt gewährt, so dass ich mir immer sicherer werde, bereits auf Erden in einem Paradies gelandet zu sein. Schließlich bin ich oben angekommen. Eine Mosterei mit offener Ladentür lädt zum Schnäpschenkauf ein, doch Wasser wäre mir jetzt entschieden lieber und so mache ich mich auf den Heimweg, biege ab nach Hötzelsberg, genieße noch eine ganze Weile den Blick erst auf den See, dann auf das weite Umland und freue mich, dass es nun zügig und ohne mein Zutun bergab geht.

Mist. Gegenverkehr. Etwas ist mir ins Auge geflogen. Ich bremse ab und fahre mit tränendem Auge ganz vorsichtig weiter. Nach einer Weile ist der Fremdkörper ausgeweint und ich könnte wieder schneller fahren, was ich aber nicht kann, da es schon wieder bergauf geht. Bald bin ich auf der Straße nach Rimsting, das ich durchfahre, ohne auch nur einmal nach rechts oder links zu schauen. Die Apfelenergie ist verbraucht, ich habe wieder Hunger, diesmal eindeutig nach einem zünftigen Butterbrot und davon hält mich jetzt nichts mehr ab, auch keiner der als Proviant eingesteckten Äpfel.

So viel Natur konnte ich dank des warmen Wetters in den letzten Wochen genießen! Dennoch möchte ich auch wieder einmal ein wenig Kultur tanken. Thommie Bayer wird demnächst aus seinem neuen Buch lesen, das den interessanten Titel trägt: „Heimweh nach dem Ort, an dem ich bin." Das Zuhören wird nicht umsonst geboten, ich brauche ein Ticket und so bin ich auf dem Weg zur Tourist-Info, um mir ein solches zu besorgen. Als ich eintrete, ist der Raum leer bis auf die beiden netten, jungen Damen hinter den beiden Schalterstellen. Ich gehe zur ersten und frage nach einem Ticket für die Lesung. „Das bekommen Sie nicht bei mir, sondern im Ticket-Büro", sagt die nette, junge Dame und weist mir mit der Hand die Richtung. Ich folge der angegebenen Richtung und lande am Schalter gegenüber, wo ich aber genauso falsch bin, wie mir die zweite nette, junge Dame zu verstehen gibt. Auch sie weist mir die richtige Richtung mit der Hand. Ich frage mich gerade leicht besorgt, ob ich womöglich ein Richtungsproblem habe, als mir klar wird, dass alles nur eine Frage des genauen Hinschauens ist, dass mich beide Damen hinwiesen auf ein deutlich sichtbares Schild, das mich nun seinerseits in einen Gang weist, den ich achtsam, sorgfältig die

Türschilder lesend, entlang gehe und so wirklich vor dem Ticket-Büro lande. Ich klopfe, trete ein, warte geduldig, bis die ältere Dame vor mir endlich mit all ihren Überlegungen, Einwänden und Zweifeln zu Ende ist und ihr Ticket gekauft hat, bringe dann zum dritten Mal mein Anliegen vor. Die hier arbeitende dritte nette, junge Dame weiß mit dem Namen Thommie Bayer herzlich wenig anzufangen, blättert in ihren Unterlagen, geht dann zum Flyer-Regal und ihr Blick hellt sich auf, als sie das Gesuchte findet. „Ah, Thommie Bayer dieses Ticket bekommen Sie nicht bei mir, da müssen Sie in die Bücherei."

Ganz achtsam gehe ich den Flur wieder zurück, schaue mich sorgfältig um, ob ich irgendwo das Hinweisschild „Bücherei" entdecke, finde es tatsächlich und folge der angegebenen Richtung die Holztreppen hoch, begleitet von den klugen Sprüchen berühmter Leute an der Wand. Schillers Spruch lautet:

„Alles was man über das Leben lernen kann,
ist in drei Worte zu fassen.
Es geht weiter."

Ich mache es wie das Leben, ich gehe weiter und bekomme in der Bücherei tatsächlich das gewünschte Ticket. Entspannt radle ich zurück, als es an der Kirche meinen Kopf herumreißt. Waren hier schon immer zwei dicke goldene Kugeln auf den Säulen an der Straße? Habe ich die etwa die ganze Zeit übersehen? Aber nein. Sie haben Sternlöcher und ich muss erkennen, dass es in Prien, trotz der frühlingshaften Temperaturen, bereits gehörig adventet.

Nebel. Von den Bergen ist trotz des rapide lichter werdenden Nussbaums nichts zu sehen. Ich schaue zum

Dach des Bauernhauses. Von den beiden Tauben, die dort so oft sitzen, auch nichts. Schade. Sie gehören schon fast zum vertrauten Bild dazu. Mal sitzen sie einträchtig nebeneinander und schauen in die gleiche Richtung, mal sitzen sie sich gegenüber und mal wenden sie einander den Rücken zu. Ah, da kommt die erste Taube angeflogen und da ist auch schon die zweite. Die Welt ist wieder in Ordnung.

Ob die Sonne das Herauskommen heute noch schafft? Gestern hat sie kräftig geschienen und mir ein wunderschönes Erlebnis beschert. Ich saß vor Café Juliana am einzigen Tischchen, das noch Sonne hatte, und gerade, als sich ob dieser Tatsache ein kleines schlechtes Gewissen meldete, tauchte die blondlockige Bedienung auf, mit Kaffee und Kuchen in der Hand und einer jungen Frau im Gefolge, und fragte, ob Letztere sich zu mir setzen könne. Natürlich konnte sie, aber zum Kuchenessen und Kaffeetrinken kam sie kaum. Unsere Unterhaltung setzte auf der Stelle ein und gestaltete sich ungewöhnlich intensiv.

„Sind Sie aus Prien?", stellte ich eine meiner Standardfragen, nachdem wir uns gegenseitig bestätigt hatten, dass man das derzeitige Superwetter einfach nur genießen könne. Nein, sie war zur Kur da und schon steckten wir mitten drin in ihrer Lebens- und Leidensgeschichte, die sie freimütig erzählte.

„Und Sie?", fragte sie dann und als ich sagte, ich sei erst seit kurzem Prienerin, wollte sie natürlich wissen, wieso ich hergezogen sei.

„Ich wollte, bevor ich sterbe, auch noch einmal woanders wohnen", erklärte ich, woraufhin sie mich erschrocken und mitleidig ansah. „Nein, ich sterbe noch nicht", beruhigte ich sie und erzählte ihr, dass ich schon lange Lust gehabt hatte, an einem neuen Ort neu anzufangen, sich aber nie etwas ergeben hatte, ich dieses Jahr aber ganz plötzlich wusste, dass es nun wirklich so weit war, obwohl sich im Außen immer noch nichts ergeben hatte. Da hatte sich aber in der Zwischenzeit, mehr oder weniger unbemerkt, im Innen etwas ergeben. Das fand sie nun wieder überaus spannend und so kam es, dass sie schließlich erst vor dem Aufbruch zur nächsten Anwendung dazu kam, die noch halb volle Tasse kalten Kaffees und den restlichen Kuchen im Eiltempo zu sich zu nehmen.

Abends hatte ich dann die zweite schöne Begegnung mit den drei Frauen, die zum ersten Frauentreffen kamen. Wir sprachen über Freundschaft und übers Neinsagen und wieder waren Menschen ganz offen und erlaubten einen Einblick in ihr Leben. Netterweise passten sie alle ihre Sprache meinen noch nicht so besonders eingewöhnten Ohren an und so hoab i fast ois verstandn.

Der dritte Nebelmorgen. Die Welt endet wieder einmal bei der Kirche. Nein, halt, es wird heller. Begleitet vom samstäglichen Mittagsläuten, öffnet sich über mir das Grau und nur wenige Minuten später ziehen weiße Wolken über den blauen Himmel, die Sonne strahlt und da wird auch der Blick auf die Berge wieder frei gegeben. Schon bin ich draußen und schon wieder drinnen und ziehe mir Handschuhe und Mütze an. Die Sonne strahlt, aber sie wärmt nicht. Rennen die Hühner deshalb so schnell über die Wiese? Nein, sie haben Zoff miteinander. Ich lasse sie das unter sich klären, radle davon Richtung See, biege in die Osternacher Straße ein, dann in den Forellenweg und da schimmert es mir zwischen den rotbraun leuchtenden Straßenbäumen türkisfarben entgegen. Der Fleck wird größer und größer und schon stehe ich am See, gehe auf einem Steg aufs Wasser hinaus und einem traumhaften Anblick entgegen. Zur Rechten erheben sich die Berge aus weiß-durchsichtigem Dunst, das Wasser vor mir ist glasklar und bewegt sich nur sachte. Schwarze Blässhühner und zwei weiße Schwäne bevölkern den See, schwimmen und tauchen. Doch jetzt gibt es auch unter den Blässhühnern Zoff. Was haben die Vögel heute?

Spaziergänger kommen heran und da räume ich den Steg, fahre unter einem makellos blauen Himmel weiter auf dem Uferweg, vorbei an Wiesen, Bäumen, Krähen, Fußgängern, Joggern bis ins Mündungsgebiet der Prien. Nach dem Überqueren einer Holzbrücke befinde ich mich unmittelbar am Bibergebiet, das ich bitte nicht zu betreten habe, wie mir ein Schild freundlich nahe legt, erreiche die nächste Holzbrücke, mitten darauf am Geländer ein Liebespaar, das mit eng aneinander gelegten Köpfen versonnen hinunter ins Wasser schaut. Ich schaue lieber auf den Chiemsee hinaus, der immer noch so wundersam türkis und hellblau leuchtet.

Kaum bin ich vorbei an der Strandanlage Westernach, entdecken meine Augen riesige Gesteinsbrocken. „Gabbro mit Quarziteinlage", lese ich beim ersten und muss mich dann zum See umdrehen. Was um Himmels Willen ist denn da los! Eine Riesenschar Enten fliegt laut schnatternd über das Wasser und lässt sich schließlich mitten auf dem See nieder. Da kommt schon die nächste Schar angebraust und noch eine. Ein Höllenspektakel ist das.

Als sich die Vögel beruhigt haben, wende ich mich wieder den Steinen zu, studiere eine Schautafel über Findlinge aus ortsfremdem Gestein, betrachte „Gneis" und „Paragneis", beide unbestimmten Alters, aber mindestens 290 Millionen Jahre alt, entdecke einen

„Alpinen Muschelkalk" aus Nußdorf am Inn und einen „Muskovit-Glimmerschiefer", an dessen Namen ich richtig Spaß habe. Plötzlich merke ich, dass mir kalt ist, ja, dass ich bereits friere, und da werden keine weiteren Naturwunder mehr bestaunt. Da gibt es nur noch eins. Ab nach Hause. Jetzt hilft nur noch heißer Tee.

Das viele Kaffeetrinken im Café zahlt sich buchstäblich aus. Und der Zufall war auch wieder einmal am Werk. Für heute Abend war ich angemeldet zum offenen Gesprächskreis über Lebenskunst beim Doktor der Philosophie in Bad Endorf, auf dessen Lesung ich vor einigen Wochen war. Ich wollte vorher in Rosenheim Besorgungen machen und von dort aus mit dem Zug hinfahren, wusste, dass ich nach Ankunft des Zuges nur 15 Minuten Zeit hatte, um zum Domizil des Herrn zu gelangen, und sprach ihm vorsorglich schon mal auf den AB, ich käme auf jeden Fall und wenn ich zu spät käme, läge das nicht an mir, sondern am Zug.
Ich kam zu spät, und es lag am Zug, und ich bin froh, dass ich überhaupt hingekommen bin. Überpünktlich traf ich im Rosenheimer Bahnhof ein und konnte so mitverfolgen, wie sich die Verspätungsmeldungen für die Züge Richtung Salzburg alle fünf Minuten hochschraubten, bis sie bei 50 Minuten angelangt waren. Aber ich wollte zu dem Abend. Unbedingt! Taxi? Das würde mindestens 30 Euro kosten. Viel zu teuer für mich allein. Gab es nicht noch mehr Leute, die nach Bad Endorf wollten und es eilig hatten? Wie konnte ich die finden? Laut rufen?
Ich bekam den Mund nicht auf. Also gut, notfalls würde ich eben alleine ein Taxi nehmen. Da kam eine Frau mit Kind auf mich zu und fragte etwas wegen der

Verspätungen. Ich gab Antwort und sie ging zum nächstgelegenen Schalter. Seltsam. Irgendwie kam sie mir bekannt vor, sah fast so aus wie die Frau, die schon zweimal im Café am Nebentisch gesessen und Zeitung gelesen hatte. Beim zweiten Mal hatten wir uns sogar angesehen und einander zugenickt. Aber das war Blödsinn. Die Frau im Bahnhof sah der Frau im Café einfach nur ähnlich.

Die Frau kam zurück und es stellte sich heraus, dass sie tatsächlich meine Nachbarin im Café gewesen war, eine weitere Frau, die mit meiner Fast-Bekannten zusammen auf dem Bahnsteig gestanden hatte, tauchte in der Bahnhofshalle auf, die beiden stellten fest, dass sie beide nach Prien wollten, ich sagte, ich wolle nach Bad Endorf, das auf dem Weg liege, und fragte, ob wir nicht zusammen ein Taxi nehmen sollten. Wenige Minuten später rauschten wir davon. Die Fahrt kostete mich 10 Euro und ich kam nur zehn Minuten zu spät.

Aber leider dann nicht ins Haus. Ich stand im Dunkeln vor der Tür und fand keine Klingel. Schließlich fand ich wenigstens einen Lichtschalter, fand aber auch im Hellen keine Klingel, sondern nur einen Klopfer, den ich mehrere Male erschreckend laut betätigte. Keine Reaktion. Vorsichtig drückte ich die Klinke hinunter. Wunderbar, die Tür ging auf. Aber wo war ich? Oh weh, im Keller. Mir war längst alles gleich, ich machte auch hier das Licht an und wandte mich der Treppe zu, an der jetzt oben endlich eine bekannte Gestalt auftauchte: „Ach, hier sind Sie! Der Eingang zur Praxis ist doch in der Martin-Luther-Straße"

Super. Hatte er das am Telefon gesagt? Hatte ich es überhört? Ich ließ mich auf keinerlei innere oder äußere Diskussion ein, sondern suchte mir einen Platz und der Abend konnte starten. Außer mir und dem Gastgeber waren noch zwei weitere Frauen da und die zu bedenkende und besprechende Frage lautete: „Wann ist Kunst?" Alle beteiligten sich, ich bekam interessante Gesichtspunkte zu hören, musste allerdings feststellen, dass ich das Theoretisieren inzwischen nicht mehr so gewohnt bin. Gott sei Dank wurde jedoch keineswegs nur theoretisiert, sondern auch immer wieder erzählt von praktisch erfahrenen Erlebnissen.

Jetzt sitze ich auf meinem Sofa, lasse den Tag noch mal an mir vorüberziehen und muss feststellen, dass ich heute wieder einmal viel Glück hatte. Ich lache, als mir einfällt, dass ich am Nachmittag in Rosenheim einen Cent auf dem Bürgersteig funkeln sah und ihn aufhob mit dem Gedanken, das sei mein Glückscent. Das war tatsächlich mein Glückscent.

Ein nahezu völlig entlaubter Walnussbaum, ein paar rote Dächer und ein spitzer Kirchturm, der Rest bleibt verborgen hinter einer grauweißen Nebelwand. Eine Krähe fliegt auf vom Dach des Bauernhauses, zwei Tauben lassen sich darauf nieder.

So ist das Leben. Mal ist es so und mal so. Ich bin es zufrieden. Zum Glück.

Weiterhin trübe Aussichten. Macht aber nichts, da ich heute sowieso nicht viel Zeit habe zum Hinausschauen. Heute ist Backtag. Nächste Woche hat die Tochter Geburtstag und damit sie nicht auf ihren Kuchen verzichten muss, wird heute einer gebacken, der sich lange hält, und der wird dann morgen zur Post gebracht. Damit sich das Backen lohnt, werden auch noch, wie jedes Jahr, die ersten Weihnachtsplätzchen gebacken. Damit an einem Weihnachtsfest, an dem alles anders ist als sonst, wenigstens die Plätzchen die gleichen sind.

Besuch. Da sitzen auf dem Nachbardach, ganz nah an meiner Balkontür, zwei zarte, weiße Turteltäubchen und äugen mit schief gelegten Köpfchen zu mir her. Ob das die beiden vom Bauernhofdach sind? „Hallo, ihr zwei Süßen. Schön, dass ihr mich besuchen kommt." Da fliegen sie schon wieder davon und ich schlage den Weg in die Küche ein.

Nebel. Bis ans Haus ist er gekommen. „Pssst", scheint er zu sagen, „sei schön still und achtsam. Denk nicht an all das Viele, was du jetzt nicht sehen und haben kannst, freu dich an all dem, was du siehst und hast. Es ist genug."
Stimmt. In den Nebel zu schauen hat einen ganz eigenen Reiz. Dies Zarte, Weiße, Verschleierte, Versponnene…..

Lesung in der Casa Kronast. Thommie Bayer liest flüssig und gut aus seinem Buch „Heimweh nach dem Ort, an dem ich bin" und es ist ein Vergnügen, ihm zuzuhören. Fragen gibt es danach nur wenige und so ist die Veranstaltung pünktlich zu Ende. Die meisten Zuhörer verlassen den Raum, doch ich schaue mich noch ein wenig um und betrachte gerade die Bilder an den Wänden der Galerie, als mir jemand auf die Schulter tippt. Die zur Kur in Prien weilende Gesprächspartnerin vom Cafétisch in der Sonne auch auf der Lesung und gemeinsam beschließen wir den Abend in der Gaststube bei Wein und Wasser und einem sehr intensiven Gespräch darüber, wie man am besten für sich selbst sorgt, wenn man das nicht gelernt hat, wie man trotzdem auch noch den Kindern und dem Mann gerecht wird, wie man das rechte Maß an Arbeitseinsatz findet in der Familie und im Beruf, und dass man im Grunde nur über die Selbstachtung auch die Achtung und den Respekt der Umgebung gewinnt. Wir wissen beide, dass wir das natürlich längst wissen und dass es ums Tun geht, darum, sich wirklich selbst zu respektieren und nicht nur davon zu reden. Zum krönenden Abschluss erzählen wie einander, was wir uns für die Zukunft wünschen und bestätigen uns gegenseitig, dass alles Mögliche möglich ist, wenn man es ernst meint.

Angereichert mit vielen guten Gedanken und Vorsätzen geht dann jede wieder, ganz ohne Heimweh, zurück an den Ort, an dem sie im Augenblick gerade zu Hause ist.

Zum Namenstag gönne ich mir, wie fast jeden Samstag, einen Milchkaffee im Café. Meine Taxigefährtin ist bereits da und vertieft in die Süddeutsche Zeitung. Ich hole mir die Chiemgau-Zeitung, setze mich an den Nebentisch und sage, ich wolle sie nicht stören, sei aber jederzeit sprechbereit, füge dann noch hinzu, dies Café sei meine Kontaktbörse, woraufhin sie sagt: "Ja, den Leuten, die man hier trifft, denen kann man trauen." Aha. Gut zu hören.

Sie erzählt noch kurz, dass die Wochenendstunden im Café nahezu ihre einzigen ohne Familie seien und sie diese Zeit allein auch brauche, dann versinkt jede in ihrer Zeitung und in mir breitet sich ein Gefühl von Vertrautheit und Gemütlichkeit aus. Mir ist fast so, als säße ich in meinem eigenen Wohnzimmer. Ich lese still vor mich hin, als mir plötzlich mein eigener Name förmlich in die Augen springt. Dirk Ippen hat eine Kolumne geschrieben. Diesen Nachnamen gibt es nicht gerade oft. Ob wir verwandt sind?

Höchstwahrscheinlich nicht. Meine Schwester hat mir erzählt, dass dieser Namensvetter zahlreiche regionale Zeitungen und Zeitschriften besitzt. Vermutlich gehört ihm auch die Chiemgau-Zeitung ganz oder teilweise. Erstaunlich, wie persönlich er schreibt. Der Mann interessiert mich. Leider sitzt er weit weg in München und nicht in meiner Priener Kontaktbörse. Doch die hat zum Glück auch genügend interessante Menschen zu bieten. Ob mir Juliane einmal etwas von sich erzählt? Ihre Kolleginnen interessieren mich auch sehr. Angesprochen habe ich sie noch nicht, möchte nicht aufdringlich sein. Sollten sich aber Gespräche zufällig ergeben, würde ich mich freuen.

Heute ist der Nebel recht gräulich. Passt zum Tag. Totensonntag. Ich habe beschlossen, den Toten einen Besuch abzustatten und stehe nun jenseits des schmiedeeisernen Tores. Die Prien rauscht, die Glocken läuten, unter meinen Füßen knirscht der Kies. Immergrüne Thujahecken rahmen die Wege in diesem Teil des Friedhofs ein, vermitteln ein Gefühl von Ordnung, aber auch von Ruhe und Abgeschiedenheit. An manchen Grabsteinen sind Fotos befestigt, was mich sehr berührt. Tote bekommen ein Gesicht, rücken mir dadurch gleich viel näher. Schicksal wird mir bewusst, als ich das Foto eines erst kürzlich gestorbenen jungen Mannes mit etwas „schrillem" Outfit und Ringen in Ohren, Nase und Mund entdecke.

Einige Gräber weiter ist noch jemand früh gestorben und wohl immer noch sehr vermisst. Eine rosa Rose liegt neben einer Vase mit roten Rosen, zwei Sterne und ein Herz aus bunten Plastikperlen, wie von Kinderhänden gebastelt, baumeln an einem Strauch.

Und schon wieder hält es mich an. Eine junge Frau und ein kleines Kind sind hier begraben. Es gibt nur die Todesdaten. Ein weißer Kieselstein lehnt am Grabmal. Die Worte darauf: „Liebe wird nicht weniger, wenn man sie verströmt."

Lieber Himmel! Ich fühle mich tief betroffen und schaue ab jetzt lieber nicht mehr so genau hin. Doch schon zieht es mich zu einem weiteren Foto, wieder zu einem jungen Mann.

„Der Tod bedeutet gar nichts…

Ich bin nur in ein anderes Zimmer gegangen ….."

Keine Details mehr bitte. Mir ist schon ganz anders. Diese Schicksale gehen mir so nahe. Sie gehen mir förmlich nach. Wahrscheinlich wirklich. Habe ich nicht gestern Abend am Telefon lange mit einer Kusine gesprochen über ihren vor kurzem gestorbenen Sohn, der eine Frau und zwei Kinder hinterlässt? Ich eile an den Urnengräbern vorbei, an der Gedenkplatte für die in Prien verstorbenen Opfer von Krieg und Gewaltherrschaft mit ihren ausländischen Namen, vorbei auch an dem schlichten, kleinen Birkenkreuz für einen „für sein geliebtes Vaterland gefallenen Sohn" und mir ist nur noch kalt. Eiskalt. Nicht nur vom Wetter. Ich will nach Hause. Sofort. Im Vorbeigehen beneide ich fast schon die eifrig nach Nahrung suchenden Hühner und Hähne, die sich vermutlich keine Gedanken machen über das auch ihnen unausweichlich bevorstehende Ende. Das Leben ist so unendlich kostbar. Ich weiß es wieder.

Halt! Wollte ich nicht zum Kunsthandwerkermarkt in der Blauen Villa?

Jetzt? Nach dem Friedhof?

Wenn nicht jetzt, wann dann? Die Villa ist nicht weit weg und bald wandere ich durch hohe, helle Räume, betrachte die gefilzten, gesägten und modellierten Kunstwerke und stehe dann vor vielen blauen Bildern. Doch nicht die halten mich fest, sondern die Liedzeile auf einem kleinen, goldenen Bild: „Don`t pay the ferryman". Ich liebe das Lied. „Ist das nicht von Mike Oldfield?", entfährt es mir ungewollt. „Nein, es ist von Chris de Burgh", stellt die Malerin klar und schon sind wir im Gespräch. Marja ist Holländerin und um endlich genug Zeit zu haben für sich und ihre Kreativität, hat sie den Mann und die erwachsenen Kinder in Holland zurückgelassen, ohne sich deshalb trennen zu wollen, lebt vorübergehend in der Blauen Villa, bis sie Anfang Dezember in ein Mini-Häuschen nahe Bad Endorf umziehen kann.

Das klingt vertraut. Bin ich nicht unter anderem auch aus Bonn weggegangen, um mehr Zeit zum Schreiben zu haben? Spontan lade ich sie zum Kaffee bei Juliane ein und wir tauschen unsere Visitenkarten aus, auch bei ihr ist es immer noch die alte mit handschriftlichen Korrekturen.

Wieder geht es heimwärts, doch jetzt mit leichtem Schritt und leichtem Sinn. Es ist tatsächlich so. Das Leben ist mal so und mal so.

Ich stehe am Fenster und schaue auf die vom Licht des Spätnachmittags übergossene Landschaft, auf die so zart und filigran wirkenden Äste und Zweige des Nussbaums nebenan, auf den leichten Dunst, aus dem sich die mächtige Bergwelt erhebt. Über den Bergen ist der Himmel lichtblau, kleine, weiße Wölkchen ziehen geruhsam dahin. In der Kiefer unter dem Fenster hüpft ein Meisenpaar herum. Ein Zug rattert vorbei. Zwei Düsenjäger donnern daher.

Ich stehe und schaue, die weißen Wölkchen bekommen orange-rosa Ränder, dann bricht die Dämmerung herein. Im Westen ist der Himmel weiterhin zartrosa gefärbt, doch die Wolken werden zunehmend dunkler, die lichten Ränder erblassen und verschwinden. Und wieder neigt sich ein Tag.

Ich dekoriere die Wohnung. Unterstützt vom mild-würzigen Duft meines Lieblingsräucherholzes Palo Santo arrangiere ich Zweige auf Fensterbänken und in Vasen, verteile Strohsterne, Kugeln und Teelichter und fühle mich gut. Da klingelt es an der Tür. Gudruns Tochter Dina ist zu einem Überraschungsbesuch gekommen, schaut sich erstaunt um, lobt meine Dekorationskünste dann aber und da fühle ich mich gleich noch mal so gut. Dass sie mir später freimütig aus ihrem Leben erzählt und ehrlich interessiert zuhört, als ich von mir berichte, das ist dann die Krönung des Tages.

Ich denke an die Tochter, die heute dreißig geworden ist. Erstmals sehen wir uns an ihrem Geburtstag nicht. Aber sie wird heute Abend nicht alleine feiern, ihr Vater reist an und führt sie und ihren Bruder zum Essen aus. Mir ist recht wehmütig. Der Natur scheint es ähnlich zu gehen. Nebel. Dick und grau. Dagegen ist die Sonne machtlos.

Heute sitze ich nicht allein im Café, sondern in Gesellschaft Marjas, der Malerin, die ich Sonntag kennen gelernt habe. Sie erzählt von all den Zufällen, die ihr laufend passieren, seitdem sie in der Gegend ist, und da kann ich gleich mitreden. Ob hier doch besondere Energien wirken?
Nach zwei Stunden haben wir genug geredet, ich erzähle ihr schnell noch vom Frauentreffen und dann verabschieden wir uns. Kaum bin ich zu Hause angekommen, bimmelt das Handy und Antje, meine Kur-Bekannte, fragt, ob wir uns vor ihrer Abfahrt noch einmal treffen könnten. Jetzt. In der Casa Kronast. Nur zu gerne. Ich fahre sofort los.
Wer steht denn da! Einen Moment lang bin ich völlig verwirrt. Bin ich nicht mit Antje verabredet? Mit Marja war ich doch eben noch zusammen. So ein Zufall, dass wir uns jetzt schon wieder treffen. Wo wir zufällig auch noch über Zufälle gesprochen haben.
Ihr Gesicht, als sie mich erblickt, ist sehenswert. Ich muss lachen, gehe zu ihr hin und erfahre, dass sie sich hier mit einigen Frauen trifft, von denen sie mir eine gleich vorstellt, Brigitte, die früher bereits einmal in Prien gewohnt hat, dann weggezogen und gerade wieder hergezogen ist, und auch interessiert ist am Frauentreffen. Zu einem Gespräch mit ihr kommt es nicht mehr, denn Antje ist pünktlich. Wir versacken im dritten Intensivgespräch, das diesmal drei Stunden dauert und begleitet ist von viel Lachen. Antje strahlt pure Lebensfreude aus. Die Kur und der Ort haben ihr sichtlich gut getan und sie verlässt Prien nur äußerst

ungern. Das kann ich gut verstehen, staune erneut, wie viel Glück ich habe. Ich kann bleiben. Ich wohne hier. Wir verabschieden uns aufs Herzlichste. Wer weiß, vielleicht sehen wir uns ja noch einmal wieder. Wäre schön.

Heute ist wieder Kaffee im Zweitwohnzimmer angesagt. Ich öffne die Tür zum Café und entdecke Florian, den Osteopathen. Zeitunglesend. So gern ich es auch täte, ich fange kein Gespräch an, sondern lasse ihm den Genuss, am Sonntagmittag ungestört die Zeitung zu lesen. Ich grüße, nehme mir auch eine Zeitung und setze mich an einen anderen Tisch. Es dauert allerdings nicht lange und wir unterhalten uns über die Tische hinweg doch, erst über Umwelt und Konsumverhalten, dann über die Zurückweisung oder Annahme dessen, was das Leben uns präsentiert.
Die Tür geht auf, die Taximitfahrerin kommt herein, grüßt und steuert zielstrebig die Zeitungsablage an. Ich erzähle lachend die Taxigeschichte, mein Gegenüber hört bereitwillig zu, fragt mich dann nach dem Philosophiedoktor aus und erkennt in ihm einen ehemaligen Klassenkameraden. Da staune ich aber. Florian, der Osteopath, war in derselben Klasse wie Florian, der Philosophiedoktor. Und ich habe die beiden innerhalb weniger Stunden kennengelernt, ohne zu ahnen, dass sie eine gemeinsame Vergangenheit haben. Lustig.
Florian, der Osteopath, bricht auf und ich setze mich kurz zu meiner Taxibekanntschaft, erzähle ihr, wie ich zu meinem Osteopathen kam, und erfahre dann auch ein wenig über sie. Vor zehn Jahren ist sie zugezogen, hat bald Freundinnen gefunden unter der großen Zahl

weiterer Zugezogener und wohnt gerne im Ort. Da ich weiß, dass die Zeit im Café ihre Auszeit ist, bleibe ich nicht lange bei ihr sitzen, sondern verabschiede mich bald. Gott sei Dank mag ich mich inzwischen so sehr, dass ich es auch allein gut aushalte mit mir.

Es klingelt an der Wohnungstür. Die Nachbarin unter mir möchte kurz berichten über den Stand der Dinge bezüglich unserer Stromzähler. Im August, bereits vor meinem endgültigen Einzug Ende September, hatte ich mich von Naturstrom bei Eon abmelden lassen, aber leider, leider einen falschen Zähler gezeigt bekommen und so eine falsche Nummer angegeben. Ich blieb bei Eon, meine Nachbarin landete bei Naturstrom, was ich aber erst Wochen später bemerkte. Sofort zu ändern war das nicht, doch seit Anfang November bin ich glücklicherweise wieder bei Naturstrom, die Nachbarin hingegen ist unglücklicherweise nirgends, ihr Zähler läuft immer noch auf meinen Namen. Trotz zahlreicher Telefonate und eines Briefes meinerseits hat noch keine von uns beiden eine Endabrechnung und sie auch noch keinerlei Bestätigung, demnächst wieder von Eon beliefert zu werden. Ich bitte die Nachbarin herein und sie erzählt, dass ihr am Telefon wieder einmal eine baldige Bearbeitung und Benachrichtigung zugesagt worden sei. Für einen Tee hat sie keine Zeit, schaut sich jedoch, ehe sie geht, in der Wohnung um, bewundert ebenfalls meine Dekoration, schaut dann noch einmal zu mir her und sagt: „Das sieht aber gut aus, was Sie da anhaben. So schöne Farben. Ton in Ton mit ihrer Dekoration. Sie sind ein Adventsengel." Ich bin mir sicher, dass ich kein Engel bin, habe aber eine Weile doch das Gefühl, durch die Wohnung zu schweben.

59

Ich sitze am Computer, um meine Mails aufzurufen und traue meinen Augen kaum. Dirk Ippen hat tatsächlich geantwortet. Als ich vorgestern Florian die Zeitung lesen ließ und mir ebenfalls eine holte, statt sofort ein Gespräch mit ihm zu beginnen, entdeckte ich eine zweite Kolumne dieses Herrn und diesmal blieben meine Augen auf der angegebenen Mail-Adresse hängen. Ich notierte sie mir und sandte nach der Heimkehr auf gut Glück eine Mail los, in der ich den Herrn auf unseren gemeinsamen Nachnamen ansprach, seine Kolumne kommentierte und ihn zum Schluss voller Übermut zum Kaffee ins Café Juliana einlud. Nach Prien, meint er, wird er so schnell wohl nicht kommen, lädt mich im Gegenzug aber ins Verlagshaus nach München ein. Wunderbar. Ich werde fahren. Wann? Zur rechten Zeit.

Heute ist sie fällig, die Radtour nach Bernau über den Uferweg. Die Sonne scheint, weißgraue Wolken ziehen dahin, still und graublau liegen in der Ferne die Berge. Ist das warm! Für November ist es doch viel zu warm. Habe ich nicht gestern etwas in der Zeitung gelesen vom bisher wärmsten November seit Aufschreiben der Temperaturen? Das Klima ändert sich wohl tatsächlich. Was erwartet uns in Zukunft? Warum nur wird nicht mehr getan, sowohl im Großen wie im Kleinen, um die sich anbahnenden Veränderungen zu mildern? Mensch, ich habe Kopfweh. Weil ich wieder mal zu viel denke? Was kommt, das kommt. Müßig, sich darüber den Kopf zu zerbrechen. Dieser Verkehrslärm! Diese Autobahn am See entlang! Verdammt, der Krach geht mir auf die Nerven. Und wie. Ich habe überhaupt keine Lust mehr, weiter zu fahren.

Ich halte an. Ich glaube, ich bin nicht so gut drauf im Moment. Was will ich bloß? Weiter oder zurück? Der Kopf schmerzt immer noch, ich fühle mich total schlapp und lustlos. Also wieder nach Hause. Ich tu mir regelrecht selber leid. Doch dann rede ich mir gut zu und verspreche mir einen Milchkaffee. Einen großen.

Bei so viel Nettigkeit entspannt sich der Kopf, das Weh wird weniger und dann bin ich wieder in Prien, stehe an einer Kreuzung und weiß nicht weiter. Fahre ich die Bernauer- oder die Hochriesstraße? Ich kann mich schon wieder nicht entscheiden. Dann plötzlich doch. Ich nehme die Hochriesstraße, vielleicht treffe ich ja jemanden.

Aber ich kenne doch noch kaum jemanden hier. Und brauche ich etwa jemanden zum Reden? Fühle ich mich etwa allein? Ich weiß nicht. Ich weiß gar nichts. Ich sollte auch besser auf den Weg aufpassen statt mit mir selbst zu reden. Wohnt Christine nicht hier in der Nähe? Ob die in der Mittagspause zu Fuß geht oder mit dem Fahrrad fährt?

Sie geht zu Fuß. Ich kann es erst gar nicht glauben, doch da kommt sie mir leibhaftig entgegen. Meister Zufall hat meinem Selbstgespräch gelauscht und ist in Aktion getreten. Ich freue mich riesig, sie zu sehen und halte sofort an. Was erzählt sie? Sie sei so „verwuselt" im Kopf, müsse sich sehr konzentrieren, eine Freundin habe auch bereits angerufen und erzählt, dass sie so Kopfweh habe.

Ich habe einen Verdacht. „Haben wir heute Föhn?"

Christine weiß es nicht, doch wir beschließen, ab jetzt ganz besonders achtsam zu sein. Als ich weiterfahre, bin ich wieder voll gut drauf und brauche noch nicht einmal mehr einen großen Milchkaffee. Ich rede gern mit mir selbst, aber auch gern mit anderen und so hat mir das kurze Gespräch mit Christine richtig gut getan.

Ich gönne mir trotzdem noch einen Milchkaffee, bin danach sogar so voller Tatendrang, dass ich beschließe, gleich noch einige Besorgungen zu erledigen, und fahre als erstes zur Buchhandlung buks, um das bestellte und das zurückgelegte Buch zu holen. Das bestellte Buch ist da, doch wo liegt das zurückgelegte? Die Inhaberin sucht und sucht. „Ich bin etwas wirr heute", sagt sie, als sie es endlich findet.

„Föhn?", frage ich. Sie weiß es nicht. Was sie weiß, ist, dass sie sich, obwohl sie schon seit mehr als zwanzig Jahren hier lebt, noch immer nicht ans Klima gewöhnt hat. Wo kommt sie her? Aus dem Westerwald. Ich wünsche ihr einen möglichst stressfreien Nachmittag und fahre weiter zum Geschäft Angels Paradise, um für den nächsten Besuch in Bonn frisch abgefülltes Öl zu kaufen. So viele Sorten! Und das heute. Aber es ist gar kein Problem mehr, mich zu entscheiden. Ich weiß wieder, was ich will.

Die Tür geht auf, eine neue Kundin betritt den Laden. „Dieses Wetter!", stöhnt sie.

„Föhn?", frage ich wieder.

„Ja", sagt sie, „und wie! Hier geht es ja noch, aber in Marquartstein ist es ganz schlimm. Eine richtig warme Brise weht da."

Jetzt weiß ich es endlich. Ich habe unter Föhn gelitten. Oder doch nicht? Was sagt die Ladeninhaberin zum Thema? „Früher habe ich schrecklich unter dem Wetter gelitten, mit Migräne und so. Seit ich den Laden habe, nie mehr."

Fehlt mir also doch etwas? Ein Laden mit Sicherheit nicht.

Dezember

Ich schaue aus dem Fenster auf die Berge. Sind das da oben etwa Schneefelder? Kann doch nicht sein. Hier unten war es gestern Abend so warm, dass man, mit Decke allerdings, draußen sitzen konnte.

Draußen sitzen? Ich? Ja. Und das kam so. Gestern Abend war mein Kreislauf plötzlich so daneben, dass er seine Kreise nicht mehr auf die Reihe bekam und mir die Beine zitterten. War das immer noch Föhn? Gleich, was es war, ich ging früh zu Bett und lag gerade gut, als es klingelte. Neugierig, wie ich nun einmal bin, ging ich etwas wacklig zur Sprechanlage. Dina, 33 Jahre jung und in ungeduldiger Erwartung ihres Ehemannes, der sie zum ersten Mal in Prien besuchen kam, aber noch viele Kilometer entfernt war, lud mich ein, mit ihr auszugehen. Wohin? Ins Café Sol.

Obwohl sich meine Beine immer noch nicht stabil anfühlten, konnte ich weder ihr noch ihrem Angebot widerstehen, zog mich in Windeseile an und stand kurz darauf in einer knallvollen Bar. Hauptsächlich junge Leute saßen und standen herum, was mich etwas einschüchterte, und so war ich froh, dass Dina unbedingt draußen sitzen wollte. Wir saßen auf großen Holzklötzen, unterhielten uns über den Tag, der hinter uns lag, und die Möglichkeiten, die vor uns liegen, bis sie sich auf den Weg machte zum Treffen mit ihrem Mann und ich zu meinem Bett zurückkehrte.

Heute Morgen fühle ich mich weiterhin angeschlagen und stelle mir ernsthaft die Frage, ob das nur der Föhn schuld ist oder ob Körper und Geist doch mehr Zeit brauchen zur Umgewöhnung, als ich gedacht hatte. Ich lasse also zumindest dem Körper viel Zeit fürs Eingewöhnen, setze mich aufs Sofa und schaue lange aus dem Fenster. Immerhin weiß ich inzwischen, was ich da sehe. Es ist die Kampenwand und die Lichter, die abends durch das Geäst des Nussbaums leuchten, sind die der Seilbahn, die von Aschau aus hochführt. Nach Aschau möchte ich auch einmal. Aber nicht heute. Heute lege ich ganz legitim die Beine hoch. Ich habe einen Föhn.

Es ist noch dunkel, als ich aufwache. In Böen fegt der Wind ums Haus, rüttelt an den geschlossenen Läden und lässt irgendetwas auf irgendeinem Balkon laut scheppern. Es gießt. Eine Weile lausche ich dem Geschehen ums Haus, schlafe aber bald wieder ein.
Erneut aufgewacht, inspiziere ich den Balkon. Er ist voller kleiner Regenseen, aber sonst ganz heil. Brrrr. Ist das kalt geworden. Und jetzt gießt es auch schon wieder los. Oder ist das etwa Schnee? Keine Ahnung. Tür zu. Ich mache mir einen Kaffee und als ich mit der Tasse ins Wohnzimmer zurückkomme, ist der Schauer bereits vorüber und die graue Wand vor den Bergen dabei, sich zu Haufen zusammenzuballen, sich dann langsam immer höher zu heben und nach und nach die Berge wieder freizugeben. Sie sind weiß! Ein Gefühl von Unwirklichkeit befällt mich. Lebe ich wirklich in Prien? Im Angesicht der Berge? Bin nicht nur im Urlaub hier?
Wie das alles so gegangen ist! Dass ich da immer so mitgegangen bin! Sehr, sehr erstaunlich.

Es schneeregnet und schneeregnet und schneeregnet. Dann regnet es und regnet und regnet. Und dann ist plötzlich Schluss mit all dem Nass von oben. In

Windeseile hole ich das Fahrrad aus dem Keller und treffe an der Haustür auf die Nachbarin unter mir. Sie sieht geschafft aus, aber auch glücklich, und erzählt, sie habe gerade ihren ältesten Sohn verabschiedet und am kommenden Wochenende kämen die anderen beiden Kinder zu einem Adventsbesuch.

Ich freue mich mit ihr, aber wohl vor allem deshalb, weil auch ich meine Kinder nächstes Wochenende sehen werde, wenn ich für ein paar Tage im Rheinland bin, um ihre Geburtstage mit ihnen nachzufeiern. Heute hat mein Sohn Geburtstag und wieder ist mir etwas wehmütig ums Herz, dass ich auch ihn erstmals an diesem Tag nicht sehen kann.

Ich fahre los und nein, das ist gemein, da regnet es auch schon wieder los. Auf der Stelle beschließe ich, statt bis zum Regionalmarkt am Ortsausgang nur bis zum Naturwerkladen zu fahren und Christine nach einem guten Friseur zu fragen. Über den Markt fahrend, höre ich die Uhr zwölf schlagen. Ach je, macht sie da nicht Mittagspause? Mist! Tür zu. Aber wer geht denn da vorne über den Bürgersteig? Sieht schon von hinten aus wie Christine. Ich laufe ihr nach und frage, wo sie hingeht.

Wo geht sie hin? Ich traue meinen Ohren nicht. Zu ihrer Friseurin. Kurz entschlossen begleite ich sie und lasse mir von der Friseurin erzählen, gehe dann mit in den Salon, um mir Räumlichkeiten und Frau anzuschauen, fühle mich wohl und schon ist ein Termin gemacht für morgen. Vor der Tür staune ich wieder einmal. Wie das jetzt so schnell gegangen ist!

Eine der besonderen Energien in Prien wird immer deutlicher wahrnehmbar. Es ist die Energie des Zufalls. Was ich brauche, fällt mir zu. Oder lerne ich gerade, zur rechten Zeit am rechten Ort zu sein?

Heute Morgen nieselt es still vor sich hin, doch ich habe ein großes Bedürfnis nach Bewegung und so fahre ich trotz des ungemütlichen Wetters mit dem Fahrrad zu einer weiteren osteopathischen Behandlung nach Bernau. Nach und nach wird der Regen immer stärker, der Wind ist spürbar gegen mich und pfeift mir in Böen ums Cape. Meter um Meter werde ich schlapper, muss immer wieder anhalten und verschnaufen. Ich wollte den Kreislauf anregen, nun scheint er überfordert zu sein. Steckt mir die Föhnwoche etwa immer noch so in den Knochen?

Die sei nicht ohne gewesen, bestätigt Florian, als ich mit schlotternden Beinen ankomme. „Das ist ein ganz spezielles Klima hier am Alpenrand", sagt er und fügt hinzu: „Meine Frau hat mir von dir erzählt." Aber die kenne ich doch gar nicht. Er lacht und freut sich sichtlich über meinen verdutzten Gesichtsausdruck, dann erzählt er mir die Geschichte. Seine Frau hat sich mit einer Freundin unterhalten, die ihr erzählt hat von einer Frauengruppe, in der auch eine Frau sei, die schon zwei weitere Frauen animiert habe, mitzumachen, die ein Buch über Prien schreiben wolle und ihren Osteopathen zufällig im Café Juliana kennengelernt habe. Daraufhin dämmerte der Zuhörerin, dass der Osteopath niemand anderes war als ihr Mann, und sie gab alles über mich Gehörte sofort an ihn weiter. „Prien ist ein Dorf", scherzt Florian, „pass auf, was du sagst."

Ich staune. Im Dorf kennt jeder jeden, aber ich kenne doch kaum jemanden und kaum einer kennt mich. Aber irgendwie haben die wenigen Leute, die ich bis jetzt kennengelernt habe, Verbindung untereinander. Sehr seltsam.

Ein interessantes Gespräch entwickelt sich dann während der Behandlung. Wir sind uns einig, dass es

Heilung über Geistheiler geben kann, dass es aber, wie in jeder Branche, seriöse und unseriöse gibt. Doch wie erkennt man die seriösen? Da erzählt Florian, er habe eine Bekannte, die Geistheilerin sei und ihm einen Mann zur Behandlung geschickt habe mit einem Brief, den er erst nach der Behandlung öffnen sollte, was er auch tat, um dann zu lesen, dass die Heilerin genau die Körperstellen zur Behandlung genannt hatte, die auch ihm behandlungsbedürftig erschienen waren. Sie habe ihn nicht angefasst, hatte ihm der Klient glaubwürdig versichert. Sehr interessant.

Die Behandlung ist wunderbar entspannend, dennoch macht der Rückweg ordentlich Mühe. Ich muss sehr oft anhalten und verspreche mir nach jeder Böe hoch und heilig, bei solch einem Wetter demnächst den Zug zu nehmen.

Aus Bonn zurück. Es war schön, Freundinnen und Kinder wiederzusehen, und es ist schön, wieder in Prien zu sein. Ich schaue aus dem Fenster. Regenwetter ist angesagt, aber noch nicht angekommen, also mache ich schnell eine Tour in die Umgebung. Ich stehe oft still und blicke auf die wunderschöne Landschaft. All dies Grün. Es erfreut mein Herz, von einem Hügel herunter auf die Wiesen, Wälder, Weiler und Kirchtürme zu schauen. Hier in Prien weht mich etwas Vertrautes an. Der Ausblick in die Weiten der neuen Heimat weckt die Erinnerung an die erste im Bergischen Land, eine Hügellandschaft mit ähnlichen Ausblicken. Doch ist hier alles, wie Martina Glatt es schrieb, viel intensiver und gewaltiger. Und so ist es im Augenblick genau richtig für mich.

Ich komme nicht recht in Schwung heute. Irgendetwas in mir kaut an irgendetwas herum. Mit den Resten eines Traums im Kopf wachte ich am Morgen auf und die im Traum gefühlte Trauer blieb mir noch eine Weile erhalten. Abschied findet statt. Abschied von einem Lebensabschnitt. Nicht nur in Prien steht der Winter vor der Tür. Ich bin sechzig.

Lange schaue ich auf die ruhende Kampenwand und nach und nach werden auch in mir wieder Ruhe und Gelassenheit fühlbar. Ein Raum entsteht, in dem alles Platz hat, Trauer über Vergangenes und Freude über Begonnenes.

Es schneit. Das Kind in mir ist entzückt, schaut durchs Fenster hinaus ins leise Rieseln und kann sich gar nicht satt sehen. Die Flocken sind dick und weich wie kleine Wattebällchen, legen sich leise auf Äste, Dächer, den Rasen, den Bürgersteig, die Straße und verwandeln mit der Zeit alles in eine weiße Märchenlandschaft. Hin und wieder frischt der Wind auf und treibt die Schneeflocken kräftig vor sich her, dann lässt er nach und sie fallen wieder einfach nur sachte von oben herunter. Und jetzt werden die dicken Flocken feiner und feiner. Und jetzt hat es sich erst einmal ausgeschneit. Das graue Gewölk ballt sich zu Wolken zusammen, hie und da blitzt es blau, ein paar Sonnenstrahlen stehlen sich durch die Wolkenlücken und… ach, wie schade, es taut schon wieder. Das Kind ist enttäuscht. Zum Trost darf es ganz außerplanmäßig einige Weihnachtskekse essen. Wer da wohl auch noch dran geht? Es ist wirklich seltsam, aber es werden täglich weniger.

Überraschung. Im Briefkasten liegt eine Karte von Beate, die ich beim Philosophiedoktor kennen gelernt habe. Sie hatte erwähnt, dass sie auch manchmal ins Café Juliana geht, und ich hatte ihr meine Visitenkarte gegeben für den Fall, dass sie Lust bekäme auf weiteres Philosophieren oder Psychologisieren. Die Karte ist die Entschädigung für den bisher noch nicht erfolgten Kaffeehausplausch. Wie lieb.

Es schneit, es regnet, es schneeregnet, doch es macht mir nichts, denn der Tag gestaltet sich wieder einmal so wunderbar spontan, wie ich es liebe. Dina rief an und lockte mich ins Café, wozu es allerdings keiner großen Überredungskünste bedurfte, und jetzt bin ich auf dem Weg zur Bücherei, um nach Büchern über den Chiemgau zu fragen. Ich steige die Treppen hoch, lese wieder die coolen Sprüche an der Wand und dies Mal bleibt der von Pearl S. Buck hängen.
„Die wahre Lebenskunst besteht darin,
im Alltäglichen das Wunderbare zu sehen."
Mit zwei Büchern in der Tasche ziehe ich wieder los und höre plötzlich meinen Namen. Verblüfft halte ich an und schaue zurück. Anja, die Initiatorin des Frauenkreises winkt, wünscht „Frohe Weihnachten" und begleitet mich dann noch ein Stück, ehe sie sich auf ihren Heimweg macht.
Es schneit, es regnet, es schneeregnet, doch es macht mir nichts. Es ist ein wunderschöner Tag heute.

Es nieselt still vor sich hin. Alles ist grau, der Himmel, die Häuser, der Schnee, die Atmosphäre, und mein Gemüt neigt sehr dazu, sich dem Grundton der Umgebung anzupassen. Wie schade. Ich hätte den Kindern nur zu gerne „Weihnachten im Schnee" geschenkt. Ob sie wohl wenigstens die Berge zu Gesicht bekommen? Lieber Gott, bitte mach, dass sich Himmel und Berge zeigen, damit die Kinder sehen können, wo ihre Mutter gelandet ist. Die Kinder. Wie schön, dass sie kommen. Wie wunder-, wunderschön. Niesel, niesel, riesel, riesel….. Plötzlich ist mir gar nicht mehr trüb, die Vorfreude bricht sich Bahn. Christina kommt schon heute Abend, David am ersten Weihnachtstag. Das wird ein Fest!

Das war ein Fest! Außer am Heiligen Abend, an dem es schüttete, wurde meiner Bitte um gutes Wetter gnädig entsprochen und beide Kinder waren dementsprechend gehörig beeindruckt. Nach Davids Abreise heute Morgen ist nun wieder Alltag eingekehrt. Fast. Erst einmal gehe ich jetzt zum Kaffeebesuch zu den Nachbarn über mir. Die Einladung ist zwei Stunden alt und kommt genau richtig, um mich über den Abschied hinwegzutrösten.
Es gibt selbstgebackene Kekse und äußerst spannende Geschichten von Vater und Tochter, die gerade mal achtzehn Jahre auseinander sind. Zweimal schon habe sie ihrem Vater unbeabsichtigt das Leben gerettet, erzählt die Tochter, das erste Mal durch ihre Geburt. Es war Krieg, der Vater war als Soldat bei der Marine und das Schiff lag vor Norwegen, als er den Befehl bekam, nach Oslo zu kommen, wo ihm die Geburt seiner Tochter mitgeteilt wurde. Als er anschließend aufs

Schiff zurückkehren wollte, musste er feststellen, dass es in der Zwischenzeit untergegangen war. Und das zweite Mal? Das liegt noch gar nicht so lange zurück, der Vater war nach dem Tod der Mutter zur Tochter gezogen, sie machten gerade einen Ausflug, als er sich plötzlich sehr schlecht fühlte und nach Hause gefahren werden wollte. Doch die Tochter fuhr ihn gegen seinen Willen ins Krankenhaus, wo nicht nur eine Entzündung am Herzen, sondern auch ein Darmtumor kurz vor dem Durchbruch festgestellt wurde. Es folgten Operation und Chemo und nun sieht der Mann der Zukunft wieder zuversichtlich entgegen, macht wieder täglich seine Liegestütze und will im Sommer wie gewohnt mit seinem Boot auf den Chiemsee hinausrudern. Ist ja auch erst 86.

Als Jüngstes von sechs Geschwistern wuchs er in Ostpreußen auf, wo auch seine Tochter noch geboren wurde, aber nicht lange lebte, da die Mutter am Kriegsende mit ihr nach Westdeutschland floh. Hier ging die Tochter zur Schule, studierte, wurde Lehrerin, heiratete, bekam ein Kind, ließ sich scheiden, heiratete wieder, zog mit dem Mann nach Prien, lebte mit ihm erst in sehr reichen Verhältnissen, dann in sehr armen, ließ sich wieder scheiden und lebt seitdem in der Wohnung über mir, seit einiger Zeit gemeinsam mit dem Vater. Bei diesen Beiden ging es wirklich hin und her und auf und ab.

„Ich könnte ein Buch schreiben", sagt die Nachbarin und ich muss lachen. Genau dasselbe hat auch schon die Nachbarin unter mir gesagt, wenn sie mir von ihren vielen Abenteuern in fernen Ländern erzählte. Aber ausgerechnet ich, zwischen den beiden wohnend und bis jetzt weitgehend ohne größere Abenteuer durchs Leben gekommen, schreibe tatsächlich ein Buch.

Nach drei Stunden wird es Zeit, in die eigene Wohnung zurückzukehren, und dankbar nehme ich nicht nur die Tüte voller köstlicher Plätzchen mit, sondern auch noch etwas fürs Leben. Was sagte die Nachbarin mehrfach? „Aus scheinbar Schlimmem erwuchs immer wieder Gutes und es hat immer Sinn gemacht."

Ich bin auf dem Weg zum Café, steige ab, um das Rad auf den Bürgersteig zu schieben und stehe unvermutet neben meiner Ernsdorfer Bekannten. Sie schaut auf mich, dann auf den Boden. Oh, da liegt Geld auf der Straße. Sie will sich bücken, da tue ich es schnell für sie, gebe ihr die Münze und sage: „Ein Glückscent."
„Den darf man nicht behalten", erklärt sie mir, „den muss man weitergeben, dann bringt er Glück. Das habe ich so gelernt." Sie reicht mir den Cent zurück und sagt: „Ich wünsche Ihnen Glück und Gesundheit." Zeit hat sie natürlich nicht, ist zum Essen eingeladen.
Ich gehe ins Café. „Du bekommst einen kleinen Milchkaffee?", fragt die Blondlockige. Du? Ich fühle mich geehrt, sage ihr meinen Vornamen und erfahre ihren. Barbara heißt sie.
Schon kommt Dina herein, mit der ich verabredet bin, und schon habe ich ihr den Glückscent weitergegeben, möchte Glück und Gesundheit gerne noch ein längeres Weilchen behalten. Nach unserer ausführlichen Besprechung der Ereignisse der letzten Tage fahre ich nach Hause, höre, als ich die Wohnung betrete, eine Motorsäge, ahne sofort, was los ist, trete ans Fenster und tatsächlich, es geht dem Nussbaum ans Leben. Krrrrr……wommmm!!! Da liegt er schon.
Ich bin hin und her gerissen. Einerseits war er mir bereits ans Herz gewachsen, andererseits ist nun die

Sicht auf die Berge völlig frei. Ich mag aber gar nicht schauen im Augenblick, muss das jetzt erst einmal „verarbeiten". Ich hole das Rad wieder heraus, fahre los, stehe im Irschener Winkel in der Sonne herum und weiß gar nicht so recht, wie mir nun ist. Doch dann ist der Anblick des Sees und der hinter ihm aufragenden Bergwelt im Dunst so wunderbar, dass ich den gefällten Baum vergesse.

Nach einer Weile habe ich genug Schönheit getankt und mache mich auf den Rückweg. Es geht mir wieder bedeutend besser und ich schalte den Walkman ein. Ob ich noch freihändig fahren kann? Ja, super, es geht noch. Statt am Rhein fahre ich jetzt am Mühlbach entlang und klatsche den Takt der Musik mit. Das Leben ist schön. Und manchmal muss erst Altes fallen, damit ein neuer Blick aufs Ganze möglich wird, ja, das Ganze überhaupt erst wirklich in den Blick kommen kann.

Das Wetter ist nicht lustig, es nieselt, es ist kalt, der Wind macht das Fahrradfahren noch kälter, aber ich nehme es in Kauf, bin eingeladen bei der Maklerin, die mir die Wohnung vermittelt hat. Das ist auch so eine Geschichte! Ob ich sie erzählen soll?

Also gut. Als klar war, dass Prien der neue und auch recht teure Wohnort werden würde, war auf der Rückfahrt nach Bonn auch klar, dass ich nicht weiter nach einer Drei-Zimmer-, sondern nach einer Zwei-Zimmer-Wohnung suchen würde. Zwei Wochen später tauchte eine mir passend erscheinende im Internet auf, doch unter der angegebenen Nummer meldete sich niemand, einen AB gab es nicht. Na gut, dann eben nicht. Ich vergaß die Wohnung. Tage später wurde ich abends angerufen von der Maklerin, die meine Nummer auf ihrem Display gesehen hatte. Wir kamen ins Gespräch, doch ich war längst nicht mehr interessiert, reagierte recht zögerlich und sagte, ich hätte kein Auto und könne nicht mal eben zur Besichtigung kommen. Was bekam ich daraufhin zu hören?

„Das ist Ihre Wohnung!!! Von dort aus sind es nur zehn Minuten zu Fuß zum Bahnhof. Außerdem ist sie teilmöbliert, da brauchen Sie Ihre Sachen gar nicht alle herschleppen. Sie sind sympathisch, ich reserviere Ihnen die Wohnung bis zum Wochenende. Das ist Ihre Wohnung!!!!"

Seltsamerweise hatte ich das Gefühl, das eben Gesagte sei tatsächlich auch so gemeint und nicht einfach nur geschäftsfördernde Maklerschmeichelei. Und hatte ich nicht längst beschlossen, den größten Teil meiner Möbel zurück zu lassen?

Kaum hatte ich aufgelegt, wurde ich total aufgeregt, rief Gudrun in München an, ob ich bei ihr übernachten könne, rief am nächsten Morgen wieder bei der Maklerin an und fragte, wann ich kommen könne. Die Maklerin wollte meine Vormieterin fragen und mich zurückrufen, doch die Frau war nicht zu erreichen, war wohl zur Arbeit weg, und so musste ich mich gedulden. Über meine eigene Aufgeregtheit verwundert war ich ab 17.00 Uhr mit der Geduld am Ende und griff auf ein meist schnell wirkendes Hilfsmittel zurück. In solchen Fällen sage ich meinem Engel auf der Fensterbank: „Mach du." Ich gebe es ab, an wen auch immer, und muss mich nicht mehr kümmern um etwas, was ich sowieso nicht in der Hand habe. Prompt wurde ich ruhig und bald schon rief die Maklerin an und gab den Besichtigungstermin durch.

Als ich zur vereinbarten Zeit auf dem Weg zur Wohnung an der Hühnerwiese nebenan vorbeikam, fiel mir ein, dass ich diesen Weg bereits bei meinem ersten Besuch in Prien gegangen war und gedacht hatte, dass ich hier gerne wohnen würde. Dann sah ich die Hausanlage und wusste, auch ohne die Wohnung gesehen zu haben, dass ich hier rein wollte. Unbedingt. Als die Maklerin vorfuhr, sagte ich spontan: „Sie haben den siebten Sinn. Das ist wirklich meine Wohnung."

Und was sagte sie? „Ja, ich spreche ja auch mit meinem Engel."

Was? Wie bitte? Oh Gott! Wo war ich denn jetzt gelandet! Eine Maklerin, die mit Engeln spricht, war das Letzte, was ich erwartet hatte. Aber hatte ich nicht auch mit „meinem" Engel gesprochen? Na ja, ich dachte dabei doch nicht an ein Flügelwesen, sondern „gab ab" an, ja, an wen eigentlich? Keine Ahnung. Leise beschlich mich das Gefühl, dass sich „mein Engel", was immer es auch ist, längst verständigt hatte mit seinem Priener Kollegen und die zwei die Wohnungsfindung womöglich mit größter Freude schon lange zuvor eingefädelt hatten. Was erzählte die Maklerin nach der Wohnungsbesichtigung? Sie hatte die Vermietung der Wohnung bereits zwei Monate zuvor in Auftrag bekommen und konnte sich nicht erklären, warum sie sie nicht eher ins Internet gesetzt hatte. Das konnte ich ihr erklären. Zwei Monate zuvor suchte ich eine Drei-Zimmer-Wohnung im gesamten Kreis Rosenheim, hatte Prien noch nicht gesehen und wäre niemals wegen dieser Wohnung hergekommen.

Ja, so kam ich zu meiner schönen Wohnung, der einzigen, die ich überhaupt besichtigt habe, und jetzt besuche ich die Frau, die sie mir vermittelt hat. Es duftet nach frisch aufgebackenem Apfelstrudel, überall brennen Kerzen und der Tannenbaum steht noch in vollem Schmuck. Ich frage die Maklerin ein wenig aus und erfahre, dass auch sie hier besondere Energien wahrnimmt und ihre Intuition ihr schon mal öfter dazu verhilft, zufällig zur rechten Zeit am rechten Ort zu sein. Ihre Erzählungen interessieren mich sehr, trotzdem breche ich nach einem Blick aus dem Fenster schleunigst wieder auf. Es schneit. Und wie!

Schon seit Tagen fühle ich mich etwas bedrückt, doch heute setzt es mir richtig zu, dass diese verdammte Eon-Geschichte kein Ende nimmt, mir auch noch Unfrieden im Haus beschert hat. Und das auf Heiligabend. Ich hatte einen Brief an Eon geschrieben, fand am Tag vor Heiligabend im Briefkasten eine Ablesekarte für den Zähler der Nachbarin, der immer noch auf meinen Namen läuft, las den Zählerstand sofort ab und warf die Karte sofort in den Briefkasten, dachte mit keinem einzigen Gedanken daran, meine Nachbarin zum Ablesen mit in den Keller zu nehmen. Termingerecht endete daraufhin meine Zeit als „Adventsengel", die Nachbarin ist sehr enttäuscht über meine Gedankenlosigkeit.

„Gib es an den Engel ab", riet die Maklerin gestern, doch entweder will der Engel nicht nehmen, wie er soll oder ich soll noch nicht abgeben, wie ich will. Ich fühle mich weiterhin beschwert. Unversehens ist mir die Freude völlig abhanden gekommen. Ich hätte sie gerne wieder, lieber Gott. Könnte mir da mal einer helfen?

Erst einmal gehe ich jetzt einkaufen, bei diesem Schneematsch lieber zu Fuß. Im Ort kommt mir eine freudestrahlende Christine entgegen. Es geht ihr sichtlich gut. Ich gönne es ihr. Aber ich hätte meine Freude auch gern wieder. Ich erzähle ihr die Eon-Geschichte und sie rät zum Ausräuchern der Wohnung. Aber ich räuchere doch fast täglich mit Palo Santo und

Myrte. Das reiche nicht, meint Christine und schickt mich zu ihrer Chefin in den Laden, aus dem ich mit schwarzem Copal und schaurig-rotem Drachenblut wieder herauskomme. Und dann, ich schaue mir verblüfft selber zu, tragen mich meine Beine in die Kapelle. Da ist schon wer, den ich kenne. Christine. Ich bekomme ein Lächeln geschenkt, wende mich der Muttergottesstatue zu, zünde zwei Lichtlein an, bitte um Hilfe für den Hausfrieden und um eine zügige Erledigung der Eon-Geschichte.

Beim Verlassen der Kapelle fühle ich plötzlich Unsicherheit. Erst stelle ich mich beim Arzt als taoistisch angehaucht dar und dann mache ich so etwas. Doch schnell bin ich wieder sicher. Was ist das Tao? Das immerwährende Fließen des Seins, das alles umfasst. Auch das Anzünden von Lichtern vor Statuen, damit in bedrückten Gemütern ebenfalls wieder die Lichter angehen können.

Ein wenig heller ist mir jetzt schon. Ich gehe nach Hause, mache mir etwas zu essen und bekomme Lust, den Kaffee im Café gemacht zu bekommen. Also gehe ich noch einmal los, betrete ein rappelvolles Lokal, finde trotzdem ein Plätzchen, weil zufällig gerade jemand geht, und da geht die Tür auf und ich sehe eine immer noch freudestrahlende Christine zum dritten Mal. Wenn das kein gutes Omen ist fürs kommende Jahr. Wir versinken in einem wunderbaren Gespräch über innere Bilder, Gottvertrauen und Selbstliebe, bestätigen uns immer wieder gegenseitig, wie gut wir es haben und dass wir uns jeden Tag bedanken für das Leben, das uns als ein großes Geschenk erscheint.

Nun ist es in meinem Gemüt noch heller geworden, ich kehre in die Wohnung zurück und beschließe, sofort zu räuchern. Mit Streichholz und Räucherwerk stehe ich da, als es in mir sagt: „Was soll der Hokuspokus. Hast du einen Knall?"

Ding, dong. Eine SMS. Ja, was ist denn das! Meine Ex-Vermieter wünschen mir ein gutes Neues Jahr! Haben sie doch schon per Karte gemacht. Oh! Da fällt mir etwas ein. Als ich vor zehn Jahren in die vorige Wohnung einzog, habe ich doch auch erst einmal, auch damals mit zwiespältigen Gefühlen, alle Räume ausgeräuchert. Meine Vorgängerin hatte es etwas übertrieben mit dem Trinken und Rauchen und wurde schließlich vom Schlag getroffen. Ihre Gewohnheiten wollte ich nicht „übernehmen", war zu der Zeit Quartalsraucherin und seelisch reichlich angeschlagen. Ich habe mich in der Wohnung dann sehr wohl gefühlt und hatte ein gutes Verhältnis zu den Vermietern und den übrigen Hausbewohnern. Das möchte ich auch hier haben.

Schluss mit Denken! Jetzt wird geräuchert. Irgendetwas in mir weiß, dass das alles gar nicht nötig ist, doch irgendetwas anderes in mir beharrt darauf, das jetzt zu brauchen. Das Räuchern und die Hinwendung zu Muttergottes und Engeln liegen hier förmlich in der Luft und da scheint sich mein Unbewusstes mächtig angezogen zu fühlen. Vielleicht glaubt es, so Hilfe zu bekommen. Ich lasse es glauben, was es glaubt. Bekanntlich kann Glaube Berge versetzen. Warum nicht auch Eon und die Nachbarin und mich. Schon habe ich das Streichholz an, warte, bis es schön raucht und gehe dann alle Räume ab, denke mal lieber nicht daran, was sich die Nachbarn im Haus gegenüber denken, wenn sie mich so sehen. Ich meine es ganz ernst. Ich möchte in Freude und ohne Altlasten ins Neue Jahr starten. Und nun Tür auf und raus mit dem Qualm.

Keine Ahnung, ob Copal und Drachenblut wirklich die Wohnung gesäubert haben, aber in mir entspannt sich etwas. Ich fühle mich sehr wohl.

Januar

ZISCH …..BUMMM….. FFFFFFF….. PENG….. SCHSCHSCH. Ich sitze auf meinem Sofa-Logenplatz mit Blick auf die Kirche und bekomme eine Super-Show präsentiert, ohne auch nur einen einzigen Schritt vor die Tür gehen zu müssen.

Nach und nach verebben jedoch Lärm und himmlisches Farbenspiel und ich kann mir in aller Ruhe etwas wünschen: „A happy New Year, my dear, viel Freude und viele weitere bereichernde Begegnungen mit Menschen." „Alles Liebe, meine Liebe", sagt es noch schnell, ehe mir im Bett endgültig die Augen zufallen.

„Um Gottes willen", sagt es, als ich nachts wach werde. Es fühlt sich so komisch an in der Brust, in der Herzgegend schmerzt es richtiggehend, strahlt bis in die Schulter und den Arm aus. Hilfe!!! Das kommt davon, dass ich mich nicht um den Bluthochdruck gekümmert habe, den der Arzt im Oktober festgestellt hat! Und dann auch noch das Räuchern! Vielleicht war das Räucherwerk viel zu stark für das Sensibelchen in mir. Schon allein die Namen fand ich gruselig. Ich halte, wie beim Jin Shin Jyutsu gelernt, meinen Zeigefinger, was mir bei Angst immer ganz wunderbar hilft, und werde langsam wieder ruhiger. Die Stelle über dem Herzen habe ich doch schon öfter gespürt, meist, wenn ich erschöpft war, Bluthochdruck hatte ich auch in Bonn schon zweimal und er ist immer wieder gegangen, wenn ich mich nicht um ihn, sondern um die psychischen Ursachen gekümmert habe.

Als ich im September herkam, plötzlich völlig allein war und weder Telefon noch Internet funktionierten, schossen Ängste aller Art ins Bewusstsein, fast so, als ob sie nur darauf gewartet hätten, endlich gefühlt zu werden. Da ich nicht mit ihnen gerechnet hatte, doch freiwillig und gerne hergekommen war, war ich völlig überrumpelt und geriet massiv unter Druck, auch körperlich, wie die Messung beim Arzt offenbarte. Obwohl ich ihn und mich beruhigen wollte, indem ich erzählte, dass ich das in Bonn bereits zweimal erlebt hatte, warnte der Arzt eindringlich und anschaulich vor den möglichen Folgen eines unbehandelten Blutdrucks, was mir immerhin so viel Druck machte, dass ich mir ein Messgerät kaufte, das mir dann aber solchen Druck machte, dass ich bei jeder Messung ein höheres Ergebnis bekam und das Ding schließlich nur noch anzuschauen brauchte, um Angst zu bekommen. In Erinnerung an die Anweisung des Bonner Arztes, lieber nicht zu messen und darauf vertrauend, dass sich der Blutdruck von alleine wieder reguliert, wenn ich meine Ängste nicht unterdrücke, sondern fühle, packte ich das Ding weg, kümmerte mich nicht mehr um den Bluthochdruck, trank viel Wasser und Misteltee, praktizierte täglich Jin Shin Jyutsu, wurde ruhiger und ruhiger und die Ängste schwächer und schwächer. Die meisten waren zu Beginn meiner Aufzeichnungen bereits in den Hintergrund getreten, wurden durch die vermaledeite Blutdruckmesserei aber noch einmal aufgefrischt. Um Ängste und Blutdruck nicht weiter anzuheizen, schrieb ich lieber gar nicht erst darüber und vergaß beide mehr und mehr.

Rums! Da ist die Angst wieder da. Das geht ja gut los im Neuen Jahr. Wenn das jetzt so weiter geht! Nein, wird es nicht. Das Leben ist mal so und mal so.

Aber die Schmerzen! Die finde ich wirklich bedenklich. Wenn ich jetzt doch was am Herzen hab! Ich glaub ja nicht. Aber wenn doch! Und der Bluthochdruck! Wenn der jetzt doch bleibt und ich irgendwann einen Schlaganfall bekomme! Ich werde mich drum kümmern müssen. Angst und Schmerzen sind Signale und man sollte sie nicht ignorieren. Zum Arzt mag ich allerdings nicht gehen. Ob ich…nein, das mach ich nicht…aber interessant wäre es schon…jetzt drehe ich wohl völlig ab, erst räuchern, dann das…aber gut, warum es nicht einmal ausprobieren…ich wüsste sogar wohin, habe mich ja zufällig mit meinem Osteopathen über Geistheiler unterhalten. Ich glaube, darüber muss ich jetzt erst einmal eine Nacht schlafen.

Ich fühle mich kränklich, habe leicht Kopfweh, wenig Hunger, aber ein großes Trinkbedürfnis. Da halte ich mich brav ganz still, sitze viel auf dem Sofa, die Sinne sanft umschmeichelt vom Palo Santo-Duft, trinke Tee, lese, gehe immer mal wieder ans Fenster und schaue zu, wie nebenan der arme, abgesägte Baum auf Haufen gelegt wird. Dass der Baum weg ist, macht mir immer noch etwas aus. Wieso nur? Ich weiß es nicht. Mein Unbewusstes ist leider Gottes tatsächlich unbewusst.

Ach ja, ich habe meinem Osteopathen heute eine Mail geschickt und um eine Telefonnummer gebeten.

Ich brauche jemanden, mit dem ich über das Räuchern, die Schmerzen und die Angst reden kann und gehe zu Christine in den Laden. Kann Räuchern auch zu stark sein für schwache Seelchen? Ja, kann es, aber es kann auch lösen, was feststeckt, und alles noch einmal aufwühlen. Ich erzähle Christine von meinen Symptomen und vernehme mit Erstaunen, dass sie die auch schon hatte. Ganz offensichtlich hat sie alles bestens überlebt. Das kann ich sehen. Erleichterung.

Sie erzählt, der Arzt habe damals von Verkrampfungen gesprochen und dass die vom Rücken ausgingen. Die Erleichterung nimmt zu. Beim Praktizieren von Jin Shin Jyutsu tat es in den letzten Jahren im Rücken oft weh. Das stimmt also. Es ist der Rücken. An dem stirbt man nicht so schnell. Die Erleichterung wird immer größer. Dann erzähle ich vom Bluthochdruck und meiner Angst davor und sage, da sei wohl Todesangst mit im Spiel.

„Todesangst?", fragt Christine lächelnd und fügt hinzu: „Welche Angst hast du wirklich?"

Ich weiß es sofort. Angst vor dem Leben. Angst, dass das Neue hier tatsächlich bisher völlig Unbekanntes und ganz neue Herausforderungen für mich bringt. Ich schreibe autobiographisch und will es veröffentlichen. Und wenn Kritik kommt?

Ich schaue Christine an, der es sichtlich immer noch gut geht, und fühle große Entschlossenheit, mich dem Neuen zu stellen. Kritik und Blutdruck bringen mich nicht um. Das ist jetzt klar. Ich danke Christine und mit dem ersten Anflug tiefer Freude verlasse ich den Laden und schwinge mich aufs Fahrrad. Bei so viel Bewegung innen brauche ich dringend auch Bewegung im Außen. Ab nach Hittenkirchen.

Ich brause die Bernauer Straße entlang, biege bei der Kumpfmühle ab und schiebe kräftig vor mich hin. Mir ist wie Frühling. Die Vögel tschilpen, der Himmel ist blitzeblau, eine sonnenbeschienene Bank lädt zum Ausruhen ein und beschert mir einen wundervollen Ausblick auf Berge und See. Fasziniert nehme ich all die Blautöne wahr, in denen der See heute schwelgt, dies sanfte, lichte Hellblau vor der Herreninsel, das satte, tiefe Mittelblau dahinter. Das Leben ist schön und es meint es so gut mit mir. Ich nehme es, wie es ist, und bin bereit, es bis zum Ende auszukosten.

Und weiter geht es hoch bis zum Rastplatz auf der Kuppe, wo ich mich wieder auf eine Bank setze und fast den Atem anhalte. Dieser Ausblick ist ja noch großartiger. Über mir wölbt sich blaue Unendlichkeit, neben, hinter und unter mir breitet sich zauberhafte Landschaft aus. Hier ist auf einem Fleck alles, was die Erde an Schönheit zu bieten hat. See und Berge und Wiesen, Häuser und Kirchtürme, Himmel und Wolken. Ja, hier ist alles, was das Leben zu bieten hat an Höhen und Tiefen. Da nehme ich voller Überschwang das Leben gleich noch einmal an. Doppelt hält besser.

Mitten durch Hittenkirchen hindurch geht es wieder den Berg hinunter. Trotz des penetranten Silogeruchs mag ich den Ort. In einem Stall brüllt eine Kuh, aus einer der Haustüren tritt ein junger Vater mit seinem Kind auf dem Arm und all das berührt mich und gefällt mir. Es geht mir gut. Es geht mir einfach total gut.

Durch Weisham hindurch geht es zurück auf die Priener Straße und noch nicht einmal der Verkehr kann mich in meinem Wohlbefinden stören. Es ist, wie es ist. Und im Augenblick ist es super.

Post. Im Briefkasten liegt die Karte einer Bonner Freundin. Und was schreibt sie? Sie sieht mich als jemanden, der Augen und Ohren geöffnet hat für das „Abenteuer Leben". Das Abenteuer Leben. Ja, ich wage es.

Feiertag. Die Kirchturmuhr schlägt zwölf Mal und läutet dann den Mittag ein. Es schneit. Ich schaue den Flocken zu und wie sie fallen, mal fein, mal wattig dick. Nebenan marschiert eine braun-weiß getigerte Katze übers kalte Blechdach des Schuppens, setzt sich dann mitten drauf und schaut gleich mir ins lautlose Rieseln.

Die Welt ist weiß. Die Welt ist in Ordnung. Heute Morgen bekam ich von Florian eine Telefonnummer und von der Mail-Bekannten Ulli eine Einladung zu ihr nach Hause.

Es klopft. Nein, nicht draußen. Drinnen. „He, mach auf." „Wer ist denn da?" „Ich bin`s, die Freude. Lass mich wieder rein." „Mit Freuden."

Ich habe mich schon oft gewundert über die vielen Marienstatuen und –bilder in der Gegend, werde auf einer Seite des bei Juliane ausliegende Buches „Eine kulinarische Entdeckungsreise durch den Chiemgau" aufgeklärt, dass diese besondere Marienverehrung schon seit dem Dreißigjährigen Krieg besteht, als Kurfürst Maximilian I. gelobte, ein „gottgefälliges Werk" zu tun, wenn München verschont bliebe. Maria half, München blieb verschont. Ich blättere um und fast schießen mir die Tränen in die Augen, als ich die Überschrift auf der neuen Seite lese: „Gesegnete Landschaft – geschützt von Seliger Hand." Was ist denn mit mir los? Und wer ist die Selige? Es ist Irmengard, die erste Äbtissin von Kloster Frauenwörth auf der Insel Frauenchiemsee, noch jung im Jahre 866 gestorben, 1928 selig gesprochen und bereits zu Lebzeiten sehr verehrt. Mir ist plötzlich so seltsam.

Aber ich bin mir in diesem Augenblick vollkommen sicher, hier in Prien genau richtig zu sein. Zur rechten Zeit am rechten Ort.

„Hallo." Das klingt nah, sehr nah. Bin ich etwa gemeint? Ja, tatsächlich. Ich erkenne sie sofort, die Beate aus der philosophischen Runde. Sie setzt sich zu mir, wir erzählen einander, wie das ist mit dem Wegziehen und Neuankommen, und ich erfahre, dass es auch für sie irgendwann ganz selbstverständlich war, von Amerang und den Eltern fortzuziehen. Beate beschäftigt sich intensiv mit dem spirituellen Buch „Ein Kurs in Wundern" und ist auf der Suche nach Mitlesern, doch da muss ich sie enttäuschen. Das Buch ist mir viel zu schwer und schwer mache ich es mir nicht mehr, das habe ich mir versprochen. Nach einer Weile kommt Beates Mann Peter auch an den Tisch und ich lerne meinen ersten echten Priener kennen, allerdings einen mit einem echt italienischen Großvater, der in den Chiemgau einwanderte, um hier Arbeit zu finden. Beate und Peter leben in einem Mini-Ort nahe der Ratzinger Höhe, wo ebenfalls ganz besondere Energien sein sollen, wie Peter versichert wurde, was er auch glaubt, zumal er selbst „empfänglich ist für Schwingungen". Ich höre zu und staune und bin ein wenig neidisch, dass ich keine Schwingungen fühle. Doch wer weiß, ob ich diesen Wahrnehmungen überhaupt trauen würde. Mein Verstand ist da sehr kritisch und glaubt erst einmal gar nichts.

„Die Voralpen, ja, die gesamte Alpenregion, ist besonders geschützt" sagt Peter dann mit Überzeugung und das glaube ich ihm sofort. Das möchte ich nämlich glauben, möchte mich nur zu gerne geschützt fühlen.

Ein interessantes Paar. Sie passen gut zusammen, finde ich, woraufhin sie mir alle ihre Gegensätzlichkeiten aufzählen, aber auf so nette Art, dass ich die beiden nach zwei Stunden angeregter Unterhaltung mit gutem Gewissen ihren Gemeinsamkeiten überlasse und nach Hause aufbreche.

Ding, ding! Diesmal stehe ich vor der richtigen Tür, der zur Praxis des Philosophiedoktors, und muss bekennen, dass ich mir „Eingang Lutherstraße" letztes Jahr zwar notiert hatte, aber leider nicht auf dem Blatt mit der Wegbeschreibung. Diesmal habe ich mir zwar gemerkt, wo es rein geht, aber leider die Wegbeschreibung vergessen und mich, still vor mich hin denkend, im Dunkeln prompt verlaufen. Ich merkte es nach einer Weile, fragte jedoch sofort jeden, der mir entgegenkam, schon der dritte wies mir den rechten Weg und so bin ich heute superpünktlich.

Die Runde ist klein, doch das Thema des Abends interessant. Wann ist Wandel? Woran merken wir Wandel? Eine recht kniffflige Frage, die wir wieder ganz konkret mit unseren eigenen Erfahrungen angehen. Was finden wir heraus? Wandel liegt in der Natur und damit auch im Menschen, durchwebt uns wie eine Welle, ist im Innen gewöhnlich schon vor der äußeren „Kurskorrektur" geschehen. Wahrzunehmen ist der Wandel über Veränderungen in unserem Leben, über die Begegnung mit neuen Menschen und neuen Informationen, aber auch, wenn wir Ideen tatsächlich umsetzen und wenn wir merken, dass wir mit anderen Dingen mitschwingen als zuvor.

Die Zeit ist im Nu vorbei, Beate fährt mich zum Bahnhof und ich kehre ein wenig nachdenklich nach Prien zurück. Da hat in mir in letzter Zeit wohl ziemlich viel Wandlung stattgefunden.

86

Zum ersten Mal in meinem Leben sitze ich bei einer Geistheilerin. Sie ist mir sympathisch, benutzt jedoch laufend spirituelle Schlagwörter, was ich gar nicht so mag. Zu meinem Erstaunen spüre ich trotzdem keinerlei Widerstand gegen die Behandlung, die sie vorschlägt, bin weiterhin bereit, mir helfen zu lassen. Dank der Jin Shin Jyutsu-Kurse weiß ich, dass kein Mensch einen anderen heilen kann, dass Menschen einander immer nur „Starthilfe" geben können zur Selbstheilung, was die Geistheilerin ähnlich sieht, nur anders nennt. Sie spricht von der Bereitung eines Energiefeldes und nennt die Methode, die sie bei mir anwenden will, „Metamorphose". Beinahe hätte ich einen Lachanfall bekommen. Heißt Metamorphose nicht Umwandlung und haben wir gestern Abend nicht zufällig genau darüber gesprochen? Da folgt der Theorie postwendend die Praxis.

Eher erheitert denn beunruhigt lege ich mich auf die Liege, entspanne bereitwillig, passe aber genau auf, was geschieht. Ich werde an den Füßen, an den Händen und am Kopf angefasst. Sonst passiert nichts. Denke ich. Aber wahrscheinlich war ich nur nicht auf der richtigen Schwingungsebene, denn ich habe, wie ich bald erfahre, viel verpasst. Drei Engel waren da und haben an mir gearbeitet und es ist viel geschehen.

Ich muss tief Luft holen. Engel! Natürlich weiß ich, dass vieles, was ich nicht sehen und wahrnehmen kann, trotzdem vorhanden ist. Aber auch Engel? Zufällig lese ich gerade in einem Buch über eine Frau, die von Geburt an Engel sah, aber eins ist es, so etwas zu lesen und „eine andere Welt" zu denken, ein ganz anderes ist es, das als Realität in der eigenen Welt hingestellt zu bekommen. Engel. Hm. Aber naja, vielleicht sind die

Geistheilerin und ich doch nicht ganz so weit auseinander, wie ich denke. Sie nennt das, was sie wahrnimmt „Engel", ich nenne das, was ich dank einer gewissen Schwingungswahrnehmungsunfähigkeit nicht wahrnehme, ganz neutral „Energie", „Himmel" oder „Irgendwas" oder sogar „Zufall".

„Jedem seine Welt, respektiere ihre", sagt es plötzlich in mir. Ende der inneren Diskussion. Plötzlich fällt mir ein, dass ich doch gar nicht wegen einer Behandlung, sondern wegen der Beantwortung einer ganz bestimmten Frage hergekommen bin. Muss ich wegen des Blutdrucks zum Arzt? Die Geistheilerin geht eine Weile in sich und schüttelt dann den Kopf. Nein. Na Gott sei Dank. Zu meiner Überraschung traue ich ihr. Ich bekomme noch Räucherwerk mit, muss schon wieder still lachen, als sie mir „Mädesüß" abfüllt, von dem ich vorgestern gelesen habe, dass es den Neuanfang fördert, und das ich mir gern besorgt hätte, wenn ich nur gewusst hätte wo. Ich finde mich dann selber richtig gut, als sie mir Bachblüten vorschlägt, die ich mir längst verordnet habe, und gebe ihr völlig Recht, als sie mir nach meiner Erzählung vom alten Nussbaum empfiehlt, alles Alte „loszulassen".

Alles Alte loslassen. Wie macht man das nur? Das frage ich aber schon nicht mehr die Geistheilerin, sondern mich selbst, als ich wieder nach Hause gehe, und ich weiß auch sofort die Antwort. Das macht man nicht. Das geschieht. Da taucht schon die nächste Frage auf. Warum traue ich mir selbst so wenig? Warum muss ich mir von einer Geistheilerin bestätigen lassen, was ich selber weiß. Aber weiß ich es wirklich? Oh Gott, es geht schon wieder los. Hilfe! Jetzt bloß nicht weiter nachdenken! Lieber an die „Engel" abgeben, an den „Himmel" oder an „Irgendwas". Jetzt ist nicht Grübeln, sondern Gehen und Schauen dran.

Ein großer Gedenkstein taucht auf. „Der wohl geborene Herr Herr Wilhelm Schurff, Freiherr auf Mauerstain und Wildenwarth, Sr. Königl.-Maj.-in-HISPANIA wohlbestallter Haubtmann hat allhier…..vermittelß seines Pferdts...sein zeitlich Leben beschloßen…deme Gott, der Allmechtige ein fröhliche Auferstehung und dass ewige Leben verleihe. AMEN"

So schnell kann es gehen. Ein Unfall und aus ist es mit dem Leben in Prien. Es also genießen. Jede Minute ist kostbar. Trotz der Mahnung am Wegesrand fühle ich mich erstaunlich gelöst und wandere leichten Fußes weiter nach Hause.

Ich bin eingeladen bei meiner Mail-Bekannten Ulli, wo mich köstlicher Apfelkuchen, aromatischer Ingwer-Zitrone-Tee und wundervoller Quittenlikör erwarten und sofort eine angeregte Unterhaltung über uns und unsere Kinder einsetzt. Wann darf man sich einmischen und raten? „Wir müssen auf unsere innere Stimme hören", sagt Ulli plötzlich. Ähnliches habe ich heute auch schon von Christine gehört. „Trau dir selbst", sagte sie aufmunternd nach meinem Bericht über das gestrige Erlebnis.

Hör auf dich. Trau dir. Das scheint jetzt wichtig zu sein. In Ordnung, ich höre auf mich, auf Christine und auf Ulli.

Draußen ist ein strahlender Tag, doch ich gehe nicht vor die Tür, fühle mich angeschlagen, fröstle, niese und muss mir laufend die Nase putzen. Ich mache es mir auf dem Sofa gemütlich, ströme mich, trinke Tee und verdampfe Eukalyptus. Obwohl der Körper schwer an mir hängt, fühle ich mich seltsamerweise dennoch leicht und wohl.

Die Knochen schmerzen, die Nase läuft, doch die Psyche ist weiterhin erstaunlich gut drauf. Ich sitze den zweiten Tag auf dem Sofa und schaue den langsam dahinziehenden Wolken zu, den grauen, den weißen, den von der Sonne angeleuchteten strahlend weißen. Die Wolken ziehen und ziehen und ziehen mich sanft in einen vormittäglichen Heilschlaf.

Ich habe gut geschlafen, gut geduscht und gut gefrühstückt. Krank fühle ich mich nicht mehr, aber noch deutlich geschwächt, weshalb ich hübsch zu Hause bleibe. Draußen ist alles weiß, Milliarden von Schneeflocken treiben sich zwischen Himmel und Erde herum, fliegen, segeln, schweben, tanzen und landen letztendlich doch alle auf der bereits vorhandenen Schneedecke. Berge und Kirchturm sind nicht mehr zu sehen. Es gibt nur noch dies wirbelnde Weiß.

Morgens früh schon steht Anja überraschend vor der Tür, überredet mich zu einem Kaffeeschwatz in einem Café in Aschau und bei der Rückkehr finde ich auf dem AB eine Nachricht von Brigitte, die ich über Marja in der Casa Kronast kennengelernt habe. Ich könne sie, wenn ich Lust hätte, am Nachmittag in ihrer neuen Wohnung besuchen. Ich habe Lust, erledige zügig alles in den letzten Tagen Liegengebliebene und fahre dann mit dem Rad los, um einzukaufen. Ich fahre recht langsam, zum Glück, denn schräg gegenüber von Café Juliana öffnet sich plötzlich vor mir die Tür eines geparkten Autos. Ich kann gerade noch auf die Fahrbahn ausweichen, krieg die Kurve dann aber doch nicht mehr ganz, gehe in den Sturzflug über, sehe mich schon samt Rad am Boden liegen, als ich mich unversehens doch wieder fangen und aufrichten kann. Würde ich an Schutzengel glauben, würde ich glauben, dass da einer zugelangt hat.

Ein Paar steht jetzt neben mir, die Frau entschuldigt sich immer wieder, will mir unbedingt einen Kaffee spendieren, den ich dankend ablehne, weil ja gar nichts passiert ist. Ich bin schon drauf und dran, meinen Weg fortzusetzen, als der Mann mir dringend ans Herz legt, noch ein Weilchen stehen zu bleiben, da der Schock meist erst später komme. Schock? Es ist doch nichts passiert. Schon wieder bekomme ich einen Kaffee angeboten und merke, wie wichtig es der Frau ist, ihre Unachtsamkeit wieder gut zu machen. Ich erkundige mich, wo es denn hingehen soll. Zu Juliane? Okay, dann komme ich mit. Zu meinem Erstaunen wackeln mir beim Losgehen tatsächlich ein wenig die Beine. Wer hätte das gedacht.

Nach dieser zweiten überraschenden Kaffeepause wackelt nichts mehr, ich erledige meine Einkäufe, fahre zu Brigitte, zur Betrachtung der Wohnung und der Bilder, die sie in den letzten Monaten gemalt hat, und natürlich zur nächsten Unterhaltung über Tun und Nichtstun, über Geduld und Ungeduld, über das Bemerken und Befolgen innerer Impulse, vor allem aber darüber, wie viel Vertrauen es braucht für ein Leben, in dem alles offen ist und man nicht weiß, wie es weitergehen wird.

Kaum bin ich zu Hause, schellt das Telefon und eine Bonner Freundin erzählt mir, was es in ihrem Leben an Neuigkeiten gibt. Danach mache ich mir schnell ein Brot, kann es aber schon nicht mehr essen, da Dina früher als verabredet kommt, um nach meinem Drucker zu sehen, wofür ich ihr sehr dankbar bin. Kaum ist sie weg, schellt schon wieder das Telefon und meine Schwester will wissen, wie es mir geht. Super. Ehrlich gesagt, ein wenig geschafft. Der heutige Tag hat alles nachgeholt, wovon ich in den letzten Tagen hätte denken können, es wegen der Erkältung versäumt zu haben. Hatte ich aber gar nicht gedacht.

Lieber Gott, ich liebe Kontakte über alles, du weißt es, aber ehrlich gesagt, am liebsten habe ich sie dosiert.

Lieber Gott, kann es sein, dass du etwas missverstanden hast? Ich sprach von Dosierung, aber doch nicht von Nichts. Wenigstens ein kleines Telefonat hättest du durchgehen lassen können. Aber bitte, wie du willst. Ich weiß ja, dass du mir zwischendurch auch immer mal meinen Willen lässt. Allerdings hege ich den Verdacht, dass du das immer nur dann tust, wenn ich zufällig dasselbe will wie du.

Eigentlich hat es mir ja gut getan, einmal einen ganzen Tag lang den Mund zu halten. Lieber Gott, du hast Recht. Wie immer.

Sonne. Raus. Ludwigshöhe heißt das Ziel. Ich fahre die Westernacher Straße, schiebe den Berg nach Rimsting hoch, fahre an der Kirche vorbei und weiter Richtung Bad Endorf, vorbei an einer Bank, auf der zwei riesige

Hasen sitzen, aha, das war das Wirtshaus „Beim Has`n", rein in den Kreisverkehr, was brummt denn da dauernd über mir, oh, ein Motorflugzeug, Mensch, aufgepasst, hier ist nicht nur Kreis-, sondern vor allem lebhafter Autoverkehr, schau dir den Steinengel vor dem Hotel zur Sonne an, der hat auch nicht aufgepasst und jetzt ist der Kopf futsch.

Da ich meinen noch eine Weile behalten möchte, fahre ich ab jetzt achtsamer, biege in einer Verkehrspause nach links ab in den Höhenweg, lasse das Rad dort stehen und mache mich an den Aufstieg. Auf der Anhöhe angekommen, fällt mir wieder einmal nichts Besseres ein als „Wow!!!!" Diese Aussicht! Über mir der Himmel in Blau-weiß, unter mir der See in Türkis. Dann die Berge, je weiter weg, desto weißer. Die Landschaft in ihren winterlich gedämpften Gelb-, Braun- und Grüntönen. All diese Häuser und Kirchen nah und fern. Von einem weit entfernten Feuer steigt dicker, grauer Rauch auf, ein Zug rollt vorbei, auf der Straße herrscht weiterhin reger Verkehr, Krähen flattern umher und hinter mir tschilpen Vögel um die Wette.

Ich sitze auf der sonnenwarmen Holzbank und kann mein Glück kaum fassen. Wieder einmal fühlt sich das Leben an wie ein Film und die Landschaft unten erinnert an das in großem Maßstab verkleinerte Gelände einer Modelleisenbahn. Aber es ist alles echt hier. Oder?

Versehentlich drehe ich mich halb um und erschrecke. Aus einem kleinen Häuschen hinter mir schaut mich jemand an. Ich fasse mich wieder und trete näher. Entwarnung. In Lebensgröße gemalt schaut mich die Selige Irmengard an. „Schütze den Chiemgau", steht unter ihrem Bild.

„Ich bin zwar noch neu hier, aber mich auch", bitte ich und trete mit dem sicheren Gefühl, gehört worden zu sein, den Rückweg an.

Weiß. Alles. Die Bäume, Sträucher, Häuser, die Kirche, die Berge. Plötzlich bricht die Sonne durch die Wolken und für einen kurzen Moment ist alles in ein geradezu überirdisches Licht getaucht, in einen so wundersamen Glanz, dass es mit Worten nicht zu beschreiben ist.

Und schon ist das Wolkenfenster wieder geschlossen, alles wieder einfach nur weiß wie zuvor, und ist es darüber hinaus Zeit, aufzubrechen zu einem VHS-Wochenendseminar „Familienstellen" im Sportpark Prien. Fasziniert von dieser Methode, habe ich über die Jahre hinweg schon viele derartige Seminare mit wechselnden Leitungen erlebt und bin gespannt auf das kommende. Gut gelaunt stapfe ich durch den Schnee die Bernauer Straße entlang und genieße das Gehen in der frischen, kühlen Luft.

Vor dem Eingang zum Sportpark begegne ich einer Frau, die mich so freudig begrüßt, als kenne sie mich seit langem, doch schnell stellt sich heraus, dass sie mich wohl verwechselt hat mit einer Frau, die auch schon mehrmals zum Familienstellen kam. Immer mehr Teilnehmerinnen tauchen auf, eine kommt mir sehr bekannt vor, aber ich habe keine Ahnung, woher ich sie kennen könnte.

Pünktlich geht es los mit dem Familienstellen. Wie immer leuchtet Schicksal auf, rückt hautnah heran und berührt mich. In der Mittagspause gehe ich mit den anderen Teilnehmerinnen ins Restaurant und finde mich neben Ingrid wieder, der Frau, die mir so bekannt vorkommt. Ich frage sie ein wenig aus, doch höchstwahrscheinlich sind wir uns noch nie zuvor begegnet. Allerdings gesteht sie mir, dass auch ich ihr sofort bekannt vorgekommen sei, sie habe mich allerdings mit einer Frau verwechselt, die auch oft zu diesen Seminaren komme. Mit der wird mich wohl auch die andere Frau heute Morgen verwechselt haben. Nein, diese andere sitzt uns gegenüber, hat zugehört und gibt uns zu verstehen, dass sie mich verwechselt habe mit Ingrid, die neben mir sitzt und von der ich gedacht hatte, ich würde sie kennen. Was für eine Verwechslerei! Dabei gibt es jemanden im Raum, den ich tatsächlich hätte kennen können. Die Leiterin der Aufstellungen wohnte zur selben Zeit wie ich in Köln, studierte Ähnliches, und wir sind uns möglicherweise mehrfach begegnet, ohne zu ahnen, dass sich unsere Wege Jahrzehnte später noch einmal kreuzen würden.

Es ist schon dunkel, als ich abends nach Hause gehe, doch dass die Bäume nicht mehr weiß sind, die Temperaturen dem Schnee in Bälde ganz den Garaus gemacht haben werden, das kann ich fühlen. Müde bin ich. So ein Seminar ist nicht ohne!

So viel nette und interessante Menschen. Auch heute habe ich mich mit ihnen sehr wohl gefühlt. Zu meiner Überraschung kommen die meisten Teilnehmerinnen aus München und Regensburg. Ingrid allerdings wohnt auch in Prien. Als wir uns abends voneinander verabschieden, flammt plötzlich spürbar gegenseitiges Interesse auf und wir beschließen, uns demnächst zum Kaffee zu treffen. Ihr letzter Satz, ehe wir uns endgültig trennen, geht mir nicht aus dem Kopf: „Ich führe hier genau das Leben, das ich mir erträumt habe."

Auch Gisela sehe ich vielleicht wieder, wenn sie zum Einkaufen nach Prien kommt. In der Pause hat sie mir erzählt, wie sehr das Seminar sie berührt und wie viel es aufgerührt hat in ihr. Sie wurde in Berlin geboren, lernte als Baby und Kleinkind die Luftschutzkeller kennen, wo man nicht schreien durfte, sondern den Mund zugehalten bekam, wuchs dann in Bayern auf, studierte und führte ein für die 60er Jahre noch recht ungewöhnliches Ehe- und Familienleben. Sie ging zur Arbeit, der Mann, von dem sie sich nach einigen Jahren scheiden ließ, kümmerte sich um die Tochter. Sie lebte dann allein, zog zeitlebens viel um, lebte auch einige Jahre in Prien und jetzt in einem nach eigenen Ideen gebauten Haus in Eggstätt.

Ich freue mich sehr auf ein Wiedersehen mit den beiden.

Was für ein Tag! Was für eine Aussicht! Der Himmel ist strahlend blau, der Rest der Welt ist strahlend weiß und das Sonnenlicht lässt die Schneekristalle funkeln und blitzen, dass es eine Pracht ist. Raus gehe ich trotzdem nicht, habe mir für heute Morgen „Ausgehverbot" erteilt, um endlich wieder einmal an den Schreibtisch zu kommen, was gestern, trotz bester Vorsätze, gründlich misslungen ist. Ich war mit Marja verabredet, die wieder für einige Wochen im Chiemgau ist, doch unser Treffen dehnte sich bedeutend länger aus als geplant, da ihre Schuhe und Socken völlig durchnässt waren, so dass wir nach dem Kaffee im Café erst einmal zum Sockenwechseln zu mir in die Wohnung fuhren. Sie hatte ihren Hund Mandy mit, eine sehr liebe Labradorhündin, die ihr Gesellschaft leistet im abgelegenen Mini-Häuschen, das sie seit Anfang

Dezember gemietet hat. Telefonisch ist sie dort immer noch nicht erreichbar und sie kann auch nicht mehr abends mal eben in eine Gaststätte gehen oder jemanden besuchen, wie das in Prien möglich war. Das bedarf der Gewöhnung. Sie sprach sehr offen und ehrlich über sich und ich fühlte mich geehrt ob des Vertrauens, das sie mir entgegen brachte.

Ich reiße mich los von dem blendenden Anblick vor dem Fenster und schalte den Laptop an, da klingelt es an der Wohnungstür. Auch meine Nachbarin von unten strahlt heute. Sie ist mir wieder gewogen und sogar wieder Kundin bei Eon. Das erleichtert mich sehr. Da werde ich wohl auch irgendwann Post bekommen und dann können wir miteinander abrechnen. Im Guten. Was für ein Tag! Danke schön, liebe Muttergottes, lieber Engel oder lieber Himmel oder wer auch immer da nachgeholfen hat.

Weiß. Alles. Kein Himmel mehr und keine Erde. Nur noch Nebel. Und minus acht Grad. Da ist eins ganz klar: heute sitze ich am Schreibtisch. Was für ein Glück, dass meine Arbeit gar keine Arbeit macht, sondern vielmehr ganz viel Freude.

Ein Blick aus dem Fenster und ich weiß, dass ich auch heute den ganzen Tag am Schreibtisch sitzen werde. Aber wieder kommt alles ganz anders. Kaum sitze ich dort, geht das Telefon und Beate, meine philosophische Mitdenkerin, fragt an, wie es mit einem Wiedersehen am Nachmittag bei Juliane wäre. Gut wäre es. Super. Und so geht es wieder einmal von einem Vergnügen zum nächsten. Wir reden und reden. Über Träume und ihre mögliche Deutung, über Menschen, die uns nerven und was das möglicherweise mit uns zu tun hat, dann über körperliche Symptome und was sie uns vielleicht sagen wollen.

Ich gehe recht nachdenklich zurück. Was der Blutdruck sagen wollte, war mir schnell klar. Aber was hat der Knubbel unter dem Fuß zu bedeuten? Trotz Wadendehnung, Jin Shin Jyutsu, Homöopathie und Osteopathie bleibt er ungerührt da, wo er ist. Er scheint sehr eigen zu sein und spricht nicht mit jedem. Zumindest nicht mit mir. Auch gut, da soll er doch bleiben, wo er ist und sich weiter mit Füßen treten lassen. Mir tut es nicht weh. Ihm offensichtlich auch nicht.

„Grüß Gott, ihr zwei Turteltäubchen. Da seid ihr ja wieder. Ich habe euch echt vermisst." Ganz dicht sitzen sie beieinander, rücken dann noch dichter zusammen und machen, wenn ich das aus der Ferne richtig sehe, ihrem Namen alle Ehre, schnäbeln miteinander, was das Zeug hält. Es ist wahrlich das Beste, was sie bei diesem Wetter tun können.

Mich wärmt etwas anderes. Angefeuert durch die gelegentlichen Blicke ins kalte Grauweiß draußen, hat mich die Schreibwut fest am Wickel. Im Grunde ist es keine Schreibwut, sondern eher Spielsucht. Das Spiel mit Worten zieht mich magisch an. Ich kann nicht widerstehen. Also lass ich es geschehen.

Mittags ist Schluss mit lustvollen Wortspielereien. Ich brauche Abwechslung. Das Café ist knallvoll. Mein suchender Blick begegnet dem der Taxigefährtin, die mich herwinkt und mir meinen Lieblingsplatz am

Fenster samt Rückenkissen und Zeitung überlässt. Ich schaue zur Theke und in die Augen der freundlichen Bedienung, die mich in letzter Zeit immer so reizend anlächelt. Wie gestern nickt sie fragend und ich nicke als Antwort zurück. Ja, einen kleinen Milchkaffee.
Gestern kam trotz unserer wortlosen Verständigung erst einmal kein Kaffee. Irgendwann trafen sich unsere Blicke zufällig wieder und, sich erinnernd, verdrehte sie die Augen, und zum Trost fürs Warten gab es dann noch ein superleckeres Pralinchen dazu. Heute ist der Kaffee leider ganz schnell da und genüsslich nehme ich während der Zeitungslektüre einen Schluck nach dem anderen. Dann ist der Kaffee ausgetrunken, die Zeitung ausgelesen und die Schreiblust meldet sich erneut zu Wort.
„Bis morgen?", fragt die junge Dame, als ich bezahle. Früher stand hier meistens Barbara, jetzt steht sie gewöhnlich hinter der Theke. Ist sie etwa jeden Tag da? Aber nein, montags und dienstags hat sie frei. Ist das okay für sie? Ja. Sie strahlt mich an. Spontan stelle ich mich mit Vornamen vor und erfahre ihren.
„Servus Anita." Bis morgen. Vielleicht.

„Hallo Anita." „Hallo Elisabeth."
Mein Lieblingsplatz am großen Fenster ist frei, ich besetze ihn sofort und habe wenige Minuten später schon Besuch. Brigitte ist auch da und setzt sich eine Weile zu mir. Wir reden über das Leben und dass es am leichtesten ist, wenn wir es ohne festgemauerte Absichten und Erwartungen leben, nichts mit Gewalt überstürzen, aber deutlichen Impulsen nachgeben. Dem Leben zu trauen statt ständig zu grübeln und zwanghaft alles bis ins Kleinste planen zu wollen, schenkt ein

Vertrauen, das auch über Krisenzeiten hinweg trägt. Wenn eine Veränderung wichtig und dran ist, dann merken wir das gewöhnlich.

Brigitte bricht auf und ich nutze den Fensterplatz tatsächlich einmal zum „Leutegucken". Ein alter Mann mit Sommerschuhen, weißen Socken, Trainingshose und blauem Anorak geht langsam und unsicher vorbei. Ein junges Paar schlendert, sich eifrig unterhaltend und ohne jeden Blick für die Umgebung, Arm in Arm dahin. Ein knallroter Hut sticht mir ins Auge, danach der Pelzmantel und die eleganten schwarzen Stiefel, eine Dame geht vorbei. Nach einer Weile folgt ein Herr, ganz ohne Hut, aber mit grünem Lodenmantel und da kommt ein Hund angehechelt, mit Herrchen fest an der Leine. Doch dann kommt erst mal keiner mehr. Okay, dann geh ich jetzt. „Tschau Anita"

Die Temperaturen liegen weiterhin unter null Grad, doch ich schaffe es, mit meinem Rad bis zum Regionalmarkt am Ortsausgang zu flitzen und mir dabei einzubilden, das sei Sport, dann schleunigst wieder zurück zu radeln und mir im Café den Fensterplatz zu sichern. Ich bin hier mit Ingrid, meiner Bekanntschaft vom letzten Wochenende, verabredet und nutze die kurze Wartezeit, um schnell die Zeitung durchzublättern. Meine Augen fallen gerade auf die Ankündigung „sibirischer Kälte" mit Temperaturen bis zu minus zwanzig Grad, oh Gott, da kommt Ingrid herein und drückt mir zur Begrüßung ein Päckchen in die Hand, dessen Inhalt ich sofort erfühle, aber besser nicht hier essen sollte. Kuchen! Woher wusste sie, dass ich mir den ganzen Tag schon Kuchen gewünscht habe? Ganz einfach. Ingrid lebt in einer Welt, in der das

Wünschen hilft. Sie wünschte sich vor vielen Jahren ein Auto. Für einen Euro bekam sie es. Sie wünschte sich einen Mann. Sie hat ihn. Sie wünschte sich einen Mann mit Bart. Er hat einen. Dass das Wünschen einen solchen Erfolg hatte bei ihr! Ob sie bestimmte Tricks anwandte? Ich vergesse ganz, sie danach zu fragen. Ist auch überflüssig. Ich lebe in einer Welt, in der sicher ist, was ich als Spruch seit Jahren auf dem Schreibtisch liegen habe.

„Was ich brauche, kommt auf mich zu. Was ich nicht mehr brauche, geht auf sanfte Weise von mir."

Ingrid kam Ende 1945 als kleines Kind mit ihrer Mutter und dem nur wenige Monate alten Bruder aus dem Sudetenland nach Rosenheim, lebte später viele Jahre in Flensburg, wo auch ihre beiden Kinder aufwuchsen, und kam dann vor acht Jahren über ihren Lebenspartner nach Prien. Immer wieder leuchten Parallelen auf in unseren Lebensläufen und wieder habe ich jemanden gefunden, der dankbar ist für das Leben, das er führt, und mit dem sich hemmungslos reden lässt über alles Mögliche.

Es ist kalt und grau, doch gegen Mittag wird es heller, ganz zart zeichnen sich durch die Nebelwand die Umrisse der Berge ab, über der Hühnerwiese werden die Wolken immer durchlässiger und auf einmal bricht die Sonne durch und überflutet mein Wohnzimmer mit Licht. Völlig verzaubert sehe ich einem einmaligen Schauspiel zu. Die Strahlen verwandeln das Grau des aus dem Räucherwerk aufsteigenden Rauchs in filigrane, hellblau und silbern getönte Wölkchen und Fäden. In Windungen und Wendungen, zart, luftig und duftig drehen sie sich wie im Tanz um sich selbst, steigen und steigen, werden dünner und dünner und sachte, sachte, entschweben sie in unsichtbare Gefilde.

Februar

Habe ich mir für dies Jahr nicht weiterhin so schöne Begegnungen gewünscht wie im letzten Jahr? Das Leben erfüllt mir diesen Wunsch mit größter Bereitwilligkeit, ja, es verwöhnt mich geradezu. Ins Mittagsläuten hinein schellt das Telefon und Dina fragt an, ob ich die Mittagspause mit ihr im Café zubringen wolle. Mit Vergnügen.

Da wir uns länger nicht gesehen haben, ist wieder einmal Schnellsprechen angesagt und eigentlich sind wir noch längst nicht fertig mit der gegenseitigen Berichterstattung, als sie schon wieder zur Klinik aufbricht, nicht ohne mir vorher eins dieser absolut köstlichen Pralinchen spendiert zu haben.

Hinter uns kommt Peter, Beates Mann, aus dem Café, geht zu seinem Fahrrad und beobachtet, wie ich mich eiswettertauglich einpacke und dann den Helm noch obendrauf setze. Er hat keinen auf, denn der ist gerade durchgeschwitzt. Ja, wie hat er denn das geschafft bei dieser Kälte? Ganz einfach, indem er morgens von der Ratzinger Höhe bis Prien und abends auch wieder zurück mit dem Fahrrad fährt.

Echt? Ich erstarre vor Bewunderung gleich noch ein wenig mehr, als ich es bei minus 16 Grad sowieso schon bin. Er gibt aber freiwillig zu, dass er das bei diesen Temperaturen nur mache, weil das Auto kaputt sei. Damit Mensch und Rad nicht immer weiter erstarren, fahren wir dann schnell wieder auseinander, er zur Arbeit, ich in meine Wohnung, für deren funktionierende Heizung ich sehr, sehr dankbar bin.

Weiterhin minus 16 Grad und Besuch von Freundin Gudrun, die mir so einen wunderbaren Grund liefert, heute schön im Warmen zu bleiben. Gudrun lebt immer noch in ihrem übergangsweise gemieteten Appartement in München, von wo aus sie ein Haus mit Garten sucht. Eilig hatte sie es damit bisher nicht, da ganz in der Nähe des Appartements die ältere Tochter und das Enkelkind wohnen und sie darüber hinaus immer mal wieder für viele Wochen ihren Mann Arno besucht, der zurzeit die Hälfte des Jahres in Brasilien lebt, wo er auch aufgewachsen ist, und wo er nun versucht, die Fäden zur Verwandtschaft neu zu knüpfen, und ein Buch zu schreiben über sein Leben und über das seiner Familie. Gudrun ist gerade erst wieder zurück aus Brasilien und so gibt es natürlich viel zu erzählen, auch über ein Haus mitten im Urwald, ohne Heizung, aber mit viel „Getier" rundum, und nicht alle Tierchen sind so ungefährlich und so nett anzusehen wie die süßen, kleinen Glühwürmchen. Ich bewundere Gudrun, dass sie das ausgehalten hat, und bin gespannt, wann und wo sie ihr Haus finden wird. Prien findet sie sehr „anziehend". Es fühlt sich schon so „vertraut" an. Na!?

Noch`n Spruch aus`m Treppenhaus. Diesmal von Erich Kästner:

„Entweder man lebt,
oder man ist konsequent."

103

Ich mache beides, gehe nach dem Besuch der Bücherei konsequent ins Café, wo es zu meiner Überraschung nahezu leer ist. Ich drücke Barbara gegenüber meine Verwunderung aus, doch sie lacht und sagt, das sei bis eben noch ganz anders gewesen, sie hätten ordentlich zu tun gehabt.

„Hallo Elisabeth". Ah, Anita ist auch da. Ich erzähle ihr, dass ich in wenigen Tagen für eine Woche nach Bonn fahren wolle, von wo ich erst vor wenigen Monaten fortgezogen sei, da bekomme ich erzählt, dass auch sie nicht immer hier wohnte, dass sie Ungarin sei, vor ungefähr fünfzehn Jahren nach Deutschland kam und erst hier Deutsch lernte. Ich staune, hatte keinen Akzent gehört, höre ihn jetzt aber tatsächlich doch heraus. All diese interessanten Menschen. Und wie schön, dass sie mir von sich erzählen.

Bin gestern aus Bonn zurückgekommen und, müde von den vielen Begegnungen, Gesprächen und der langen Zugfahrt, früh ins Bett gegangen, komme heute Morgen trotzdem nicht wieder raus. Okay, da schenke ich mir noch eine Stunde Strömen, Selbstbehandlung mit Jin Shin Jyutsu, und dann geht es auf einmal doch. Und dann geht es natürlich mittags wieder zu Juliane.

„Hallo Elisabeth." „Hallo Anita." „War`s schön in Bonn? Kleiner Milchkaffee?"

Juliane taucht auf und wir lächeln uns an, wie immer in den letzten Wochen, wenn unsere Blicke sich zufällig begegnen. Dies Lächeln sagt alles. Wir sehen uns.

Was soll denn das jetzt! Ich erkenne mich selbst nicht wieder. Ich putze die Fenster im Wohnraum, aber keineswegs nur, weil die Sonne vorgestern ein Licht warf auf ihren trüben Zustand, sondern auch, weil die Nachbarn von oben heute Nachmittag zu Besuch kommen und sie wenigstens beim ersten Mal einen guten Eindruck bekommen sollen von mir, aber auch von der Wohnung und dem grandiosen Ausblick. Nach den Fenstern nehme ich mich noch des Fußbodens an. Hoffentlich hören sie mich nicht saugen und denken, ich täte es ihretwegen. Sie hätten ja so Recht.

Ich decke den Tisch, koche Kaffee und dann sind die Gäste auch schon da und erzählen von sich, von Freunden in der Ferne, von Nachbarn in der Nähe und wie das ist, wenn man älter wird und nicht mehr alles so machen kann wie man will, weil die Augen krank werden und die Durchblutung der Finger nachlässt. Wieder bekomme ich einen Satz fürs Leben gesagt. „Das einzig Beständige ist der Wandel."

Als die Nachbarn wieder in ihrer Wohnung sind, treffe ich beim Gang durchs Treppenhaus die Nachbarin von unten und erfahre, dass wir uns zu früh gefreut haben über ihre erneuerte Eon-Mitgliedschaft. Sie hat noch einmal nachgeschaut und festgestellt, dass sie nur, aber immerhin, die Endabrechnung vom Sommer erhalten hat. Bei einem neuerlichen Telefonat wurde ihr gesagt, der Fall liege immer noch in der Fachabteilung, wo die Stapel auf den Schreibtischen sehr, sehr hoch seien. Sie nimmt es inzwischen relativ gelassen. Es ist das Beste, was man tun kann, wenn man nichts tun kann. So ist das jetzt eben.

Das Wetter ist superklassetoll und mich hält hier drinnen nichts mehr. Ich weiß sogar, wo ich hin will, habe gelesen von der wundervollen Aussicht, die der Ort Söllhuben bieten soll. Wie schon so oft fahre ich die Alte Rathausstraße, biege ab nach Pinswang und dann nach Hörzing und Zacking. Tempo 80 ist hier erlaubt, aber die schaffe ich nicht. Bei dem Gegenwind. Und der Kondition.

Es ist bedeutend wärmer als gedacht, der Schnee schmilzt in der Sonne nur so dahin, immer mehr Braun und Grün lugen zwischen dem Weiß hervor. Die Vögel zwitschern um die Wette. Sachte, sachte grüßt von ferne der Frühling.

Ich fahre und schiebe, vorbei an Höfen und kleineren Ansiedlungen, und plötzlich geht es meilenweit nur noch bergab. Mir schwant Übles. Das muss ich bestimmt alles wieder hinauf. Richtig. Schon kommt die nächste Anhöhe in Sicht. Runter vom hohen Ross und weiter auf Schusters Rappen. In Wurmsdorf entdecke ich auf einem großen Parkplatz mehrere Wagen mit der Aufschrift „Chiemgauer Volkstheater. Das erfolgreichste Fernsehtheater". Habe ich etwas verpasst dadurch, dass ich keinen Fernseher habe? Ach wo, die Fernsicht ist heute wieder einmal grandios. Oh! Ist das da hinten oben Sollhuben? Wahrscheinlich. Oh weh, ich habe es ja geahnt. Aber so ist das. Wer Weitblick haben will, muss hoch hinauf.

Immer höher geht`s `nauf, schnauf, doch netterweise gibt es einen markierten Seitenstreifen, auf dem ich sorglos schieben kann, den rinnenden Schmelzwässern genau entgegen. Im Ort angelangt, entdecke ich noch weiter oben auf einem Hügel eine kleine, weiße Kapelle unter einem großen Baum. Ein malerischer Anblick. Da will ich hin. Unbedingt. Ich finde hin, lande auf der Bank vor der Kapelle und bin überwältigt. Im Süden die Berge, grüß Gott liebe Kampenwand, im Norden und Westen die Weite des Rosenheimer Landes. Und dann noch dieser Baum neben der Kapelle. Eine so wundervoll runde Krone hat er. Ob das wohl eine Linde ist? Wie die wohl belaubt aussieht? Ich werde im Sommer bestimmt noch einmal herkommen, um sie im Schmuck ihrer Blätter zu sehen. So schön ist es hier. So wohl fühle ich mich hier.

Ein Auto fährt vor und zwei Frauen steigen aus. Die eine setzt sich neben mich auf die Bank, um sich ihre Wanderschuhe anzuziehen. „Das ist ein Kraftplatz hier", sagt sie, "ganz besonders für Frauen." Mich überläuft ein kleiner Schauer. „Ich bin nicht besonders esoterisch veranlagt", fährt sie fort, „aber ich habe sofort gespürt, dass hier etwas Besonderes ist. Vor allem auch der Baum. Ob das wohl eine Linde ist? Sie müssten im Sommer noch einmal kommen und schauen."

Kann die Frau Gedanken lesen? Mit fröhlichem Winken entfernt sie sich mit ihrer Kameradin und da sitze ich wieder allein auf der Bank. Ich lausche nach innen. Ob ich auch was spüren kann? Augen zu. Die Sonne wärmt mir das Gesicht, ein leichter, kühler Wind umfächelt Beine und Rücken. Ich fühle meinen Körper, in dem es munter pulsiert. Kein Wunder nach der Bergtour. Ein Flugzeug brummt recht tief über mich hinweg und schon sind die Augen wieder offen. Oh, eine Fliege auf dem Mantel. Ich puste sie weg. Dass die schon wieder unterwegs sind! Ach, Mensch, so wird das doch nie was mit dem Spüren besonderer Energien. Ein letzter Versuch. Augen zu. Stille. Wohltuende, tiefe Stille……

Das Geräusch eines schweren Lasters unten im Ort holt mich zurück. Also, ich spüre einfach nichts Besonderes, aber ich fühle mich wohl hier. Könnte ja auch etwas Besonderes sein.

Ich stehe auf, gehe in die Kapelle und nehme mir ein Faltblatt mit Informationen. Ja, der Baum ist eine Linde und hundert Jahre alt. Da weiß ich, was ich wissen wollte, und trete den Rückweg an. Kilometer um Kilometer fühlt sich der Wind immer kälter an, ich mich auch, der Hunger meldet sich immer energischer, trotzdem fahre und schiebe ich tapfer so lange weiter, bis mich die schwächelnde Kondition endgültig im Stich lässt und ich anhalten muss. Seltsam. Komme ich nicht geradewegs von einem Kraftort? Wird wohl keine Tankstelle für Muskelkraft gewesen sein. Ein Plakat lenkt meine Aufmerksamkeit auf die nächste, aber eher temporäre Kraftquelle. Starkbierfest in Greimharting mit Sauverlosung. Scheint eher eine Kraftquelle für Männer zu sein.

Mit einem weiteren Stopp erreiche ich schließlich Prien, treffe an der Haustür die Nachbarin unter mir, genieße ihren bewundernden Blick, als ich erzähle, wo ich herkomme und finde mich selber richtig gut.

In der Wohnung mache ich mir ein dickes, fettes Butterbrot und erlaube mir, es auf dem Sofa zu essen mit Blick auf Kampenwand, Himmel und Wolken. Wie interessant die Wolken heute aussehen, so faserig-langgezogen und alle ziehen sie so gerade dahin wie auf einer Straße. Haben wir etwa Föhn? Sollte ich das Himmelsbild richtig deuten, dann finde ich mich nicht nur gut, sondern bin regelrecht stolz auf mich. Mit Föhn und ohne Kondition bis nach Söllhuben und zurück! Super.

Es regnet ein bisschen, es schneit ein bisschen, ich hänge ein bisschen durch und habe kein bisschen Lust vor die Tür oder sonst wohin zu gehen. Da ich aber verabredet bin, mache ich mich nachmittags doch auf zum Café. Gisela, die ich bei den Aufstellungen kennengelernt habe, macht mich schnell wieder munter mit Erzählungen über ihre „wilde Jugendzeit" und ihren Auslandsaufenthalt in Indonesien. Sie ist eine sehr engagierte Frau, hat sich in ihrer Priener Zeit politisch betätigt, bleibt auch in Eggstätt weiter interessiert am Geschehen im Ort und weil sie „manchmal einfach nicht anders kann", schreibt sie Leserbriefe an die Chiemgau- und die Süddeutsche Zeitung, die auch hin und wieder abgedruckt werden.

Wie lebendig sie ist. Wie jung. Als sie beim Aufbruch das selbstgestrickte Stirnband übers hennafarbene Haar zieht, sieht sie richtig keck aus. Ihr Auto passt gut zu ihr. Knallrot ist es. Bei der Abfahrt winkt sie mir noch einmal zu und so trete ich den Heimweg in allerbester Laune an.

Ich hänge durch wie ein halbvoller Mehlsack, fühle mich aber so schwer wie ein voller. Nach anfänglichen Versuchen, der Schwermut auf den Grund zu kommen, muss ich erkennen, dass sie im Grunde grundlos ist, mir aber einen guten Grund liefert, heute ganz besonders nett umzugehen mit mir. Ich koche mir einen Kaffee, mache mir ein Honigbrot, setze mich aufs Sofa und schau in die Weite, die heute ziemlich eng ist. Nicht nur mein Gemüt ist verhangen. Und jetzt regnet es auch noch. Ich gebe zu, ich hätte es gern anders. Heller.

Ich sitze auf dem Sofa, schau in die enge Weite, trinke Kaffee, ströme mich und fühle nach einer Weile eine deutliche Entspannung. Wie das? War ich etwa angespannt? Wieso denn das?

Ist doch klar. Ich wollte es nicht so, wie es war. Das macht Stress.

Was macht die Schwermut? Die Schwere ist gegangen, der Mut erfreulicherweise geblieben. Allein traut er sich eher. Wozu? Das Leben leicht zu nehmen.

März

Heute geht es nach Gstadt und ich bin bester Laune. Diese Freiheit, fahren zu können, wann und wohin ich will, ist wundervoll. Ich fahre den Uferweg unterhalb von Rimsting und schaue mich um. Kein Schnee mehr. Dafür aber viele Krähen, die einen Mordsspektakel veranstalten. Ein Schild taucht auf. Gstadt noch 5 km. Ein Klacks so ohne Hügel. Aber von wegen. Die Straße entfernt sich vom See und da ist schon ein erster, weitere folgen alsogleich. Wusch, geht es den Berg runter und, ächz, den nächsten wieder rauf. Ich hatte es mir heute leicht machen wollen, doch meine Erwartungen an die Strecke erweisen sich als völlig unzutreffend. So ist das im Leben. Es ist immer wieder für Überraschungen gut, hält gerne zurück, worauf wir warten, präsentiert uns stattdessen Herausforderungen, mit denen wir nicht gerechnet haben, und manchmal überschüttet es uns unvermutet mit den schönsten Geschenken.

Wo ist nur der Uferweg geblieben? Ob ich ein Schild übersehen habe? Ich fahre durch Reit (ohne Winkl), dann durch Breitenloh. Über mir zieht ein Raubvogel lautlos seine Kreise. Was für ein Glück, dass ich keine Maus bin. Bei Wolfsberg geht es ab nach Urfahrn, das auf einer kleinen Landzunge direkt am See liegt, und hier weist mir ein Schild endlich die Richtung zum

Uferweg mit seiner hellen, frisch aufgeschütteten Bedeckung, die einem, wenn es so nass ist wie jetzt, das Rad so herrlich versaut mit unzähligen weißen Spritzern. Dabei habe ich es doch gestern erst geputzt.

Vorbei geht es an einem Yachthafen im Winterschlaf, dann führt der Weg erneut ins Gelände und natürlich geht es sofort wieder hügelauf und hügelab. Wann kommt denn endlich Gstadt, die „am Gestade Liegende" in Sicht? Fünf Kilometer bin ich doch längst gefahren. Ach je, die galten doch für die Straße, ich fahre aber längst die Buchten und Landzungen ab.

Nach einer gefühlt endlos langen Zeit komme ich tatsächlich nach Gstadt, steuere die Terrasse des Cafés „Inselblick" an, setze mich auf einen Sonnenplatz direkt am Wasser, lehne mich gegen die Hauswand und bin einfach nur noch hin und weg. Angestrahlt von der Sonne liegt die Fraueninsel im Blau. Berge, Himmel, See, alles ist blau, in den allerzartesten und unterschiedlichsten Schattierungen. Vom „Campanile", dem Glockenturm der Klosterkirche, weht das Mittagsläuten herüber. Leise plätschert zu meinen Füßen das Wasser. Hin und wieder durchbricht ein Motorboot die mittägliche Stille, ein Passagierschiff legt an und da schlagen die Wellen lauter und lauter ans Ufer, werden aber bald wieder leiser, bis nur wieder das sanfte Plätschern zu hören ist. Ich sitze und schaue und lausche und bin ganz still. So fühlt sich Frieden an. Ich könnte glatt losheulen vor Rührung und mag gar nicht mehr fortgehen, gehe dann aber wenigstens zu den Toiletten und bekomme zur Belohnung unterwegs im Gang einen wunderbar passenden Satz zu lesen.

„Wenn wir jeden Moment so intensiv wie möglich leben und das Beste daraus machen, dann empfangen wir das meiste von diesem wundervollen Geschenk, das man Leben nennt."

Keine Ahnung, von wem diese Zeilen stammen. Ist auch nicht wichtig. Wichtig ist einzig und allein, sich genau daran immer wieder zu erinnern im ganz normalen Alltag. Plötzlich erinnere ich mich an etwas ganz anderes, das es in Gstadt geben soll, an den „Friedensgarten", angelegt von Nicky Sabnis, dem ayurverdischen Koch auf der Fraueninsel. Ich fahre hin und her, gebe schließlich auf, ihn finden zu wollen, trete die Rückfahrt an über die Landstraße nach Breitbrunn, erspähe von hier aus zur Linken einen Radweg, überquere einen Parkplatz, will auf den Radweg einbiegen und stehe zu meiner Überraschung vor dem Friedensgarten.

Zwischen zwei „Vogelwächtern" betrete ich das Gelände, bewundere das große Lavendelherz, betrachte die vielen kleinen und den großen Steinhaufen, auf den jeder etwas legen kann, was für ihn eine besondere Bedeutung hat. Dünne tibetische Gebetsfahnen wehen im Wind und auf einigen der verstreut liegenden Steinen sind Zeichen eingekerbt. Schriftzeichen? Indische? Ägyptische? Phantastische?

Eine Kultstätte wurde hier angelegt und sie übt einen großen Zauber aus auf mich, doch der Hunger ist stärker. Ich nehme mir fest vor, zurückzukommen, setze meinen Heimweg fort und bin schnell wieder in Breitenloh. Zufällig schaue ich hoch. Der Raubvogel ist immer noch auf Kreisflug, jetzt sogar so tief, dass ich die helle Unterseite seiner ausladenden Schwingen gut erkennen kann. Dass dem die Flügel nicht lahm werden?

Zu Hause angekommen hat mir das Leben in der Zwischenzeit gleich zwei Geschenke vorbeigebracht, das eine liegt im Briefkasten und ist eine Einladung vom ehemaligen Ehemann zu seinem 60. Geburtstag, das andere ist Gudruns Stimme auf dem AB, die mir sagt, wie sehr sie sich freut, dass wir zwei so gut befreundet sind. Da heule ich denn doch ein wenig. Was für ein Tag. Was für ein Leben.

Weil mir die Tour gestern so gut gefallen hat, mache ich heute gleich die nächste Richtung Frasdorf. Doch wieder einmal wird meine Erwartung enttäuscht. Der Nebel lichtet sich nicht, sondern verdichtet sich eher noch, und aus der Sightseeingtour wird doch glatt ein Konditionstraining. Und das nach nur drei Stunden Schlaf, der partout nicht kommen wollte. Statt seiner kamen laufend völlig überflüssige Gedanken.

Prutdorf. Interessantes Kapellchen mit Schindeldach. Ach, das ist ein Kriegerdenkmal. Innen drin steht ein großes Bild, oben schwebt der Heiland, umgeben von ihn anbetenden Soldaten, unten sitzt ein heller Engel mit einem grauen, sterbenden Soldaten im Schoß. Da wird mir schlecht. Krieg. Ich verstehe da etwas nicht.

Weiter geht es nach Frasdorf. Halt! Vor lauter Nebel wäre ich beinahe an der Wallfahrtskirche St. Florian vorbeigefahren, sehe aber im letzten Moment von einem Hügel her ein rotes Satteldach leuchten. Also ein Abstecher hoch und oben auch noch ein kurzer Halt bei einer weiteren schindelgedeckten Kapelle, die, wie ich gelesen habe, über einer wundertätigen Quelle errichtet wurde. Abgeschlossen. Wunder sind eben nicht so einfach zu haben und schon mal gar nicht jederzeit. St. Florian residiert ebenfalls hinter verschlossener Tür, kann froh sein, dass er überhaupt noch ein Dach über dem Kopf hat, denn die Kirche sollte während der Säkularisation abgerissen werden. Da es für mich kein Hineinkommen gibt, wende ich dem Bau den Rücken zu, sause den Berg wieder hinunter und weiter bis nach

Frasdorf, halte erst an vor der Kirche, deren Tür sich tatsächlich öffnen lässt. Eine reichlich ausgemalte Decke, prunkvolle Altäre mit viel Marmor und Gold leuchten mir entgegen. Für einen Moment ist es wunderhübsch anzusehen, vermag meine Sinne aber nicht wirklich zu fesseln. Ich bin wohl eher schlichter Natur. Oder habe ich einfach nur Hunger? Nahe der Kirche erspähe ich eine Bäckerei und davor ein Schild, das zwei Nussschnecken für nur 2,09 € anbietet. Schnell springe ich in den Laden hinein, es ist buchstäblich kurz vor zwölf, erstehe zwei der noch vorhandenen Köstlichkeiten, radle die Hauptstraße hinauf und wieder hinunter, verlasse den Ort, fahre unter der Autobahn durch und biege rechts ab Richtung Hittenkirchen.

Wo soll ich die Hefeteilchen essen? In Hittenkirchen? Das war doch einer der Orte mit einer Super-Aussicht. Aber ringsum ist immer noch alles voller Nebel. Heiliger St. Florian, schieb doch mal die Wolken an. Oh Gott, halt, halt halt! Was mach ich denn da! Da wäre ich beinahe auf die Autobahn aufgefahren. Da hätte ich mich aber gewundert! Und die Autofahrer erst! Das kommt davon, wenn man in die Luft guckt und mit Heiligen über Lappalien redet, statt die Beschilderung im Auge zu behalten. Das war aber auch nicht zu vermuten, dass es nach der Biegung rechts herum gleich wieder links herum geht. Immerhin weiß ich jetzt, wann das erste Teilchen dran ist. Sofort. Ich brauche etwas für meine Nerven. Hm. Lecker. Schmeckt sogar im Stehen.

Das hat gut getan. Frisch und munter fahr ich weiter Hügel rauf und runter. In Umrathshausen passiere ich einen riesigen dampfenden Misthaufen, halte vor der Kirche mit der vielfach gezwiebelten Haube und werfe einen Blick hinein. Unter der Orgel fallen mir die großen Bilder ins Auge, die mich an die kleinen Kommunionsbildchen erinnern, die ich als Kind so mochte. Einen Moment lang übermannt mich Nostalgie, dann wende ich mich entschlossen dem Innenraum zu, den gold- und silberglänzenden Altären, der bemalten Decke, doch es geht mir wie in Frasdorf und so stehe ich auch hier bald wieder vor der Tür, wo ich laut loslache, denn genau gegenüber prangt unübersehbar rot-orange ein Schild, das einlädt zur Erotik-Messe. Das hätte es früher aber nicht gegeben. Öffentliche Werbung für so etwas.

Dann bin ich in Hittenkirchen. Der Nebel hat leider immer noch keine Einsicht, ich also keine Aussicht und St. Florian scheint auch nicht gerade unter einem Helfersyndrom zu leiden. Es brennt aber ja auch noch nicht. Ich halte bei der Kapelle gegenüber dem Aussichtsplatz, auf dem ich Anfang Januar gelobt habe, das Leben zu leben mit all seinen noch unbekannten Risiken, setze mich auf die Bank, esse mit Genuss die zweite Schnecke und betrachte währenddessen den Kies zu meinen Füßen. Er schimmert in den unterschiedlichsten Farben. Einige Steinchen hebe ich auf und stecke sie in die Manteltasche. Man weiß nie, was wofür gut sein kann.

Und dann geht es nur noch bergab. Schnell bin ich auf der Bernauer Straße und dort geht es, volle Kraft voraus, ab nach Haus.

Das Wort zum Sonntag kommt heute wieder von Dirk Ippen. „Keine Angst vor der Angst" ist die Kolumne genannt und enthält einen superguten Schluss. „Erst unsere Risikoliebe bringt Farbe und Fortschritt in unser Leben. Bewusst und voller Kenntnis der Umstände ein

Risiko für uns selbst einzugehen, ist ein Element unserer Freiheit." Dann zitiert er einen Freund. „Wenn ich mein Leben noch einmal leben könnte, dann wäre ich ein bisschen verrückter, als ich es gewesen bin und ich hätte auch weniger Angst vor der Angst."

Riskiere das volle Leben und fürchte dich nur, wenn es wirklich etwas zu fürchten gibt. Zu dieser Kolumne gibt es keine Mail, über die werde ich mit dem Herrn persönlich sprechen. Nächste Woche fahre ich nach München.

Ich stehe am Fenster und schaue hinaus. In den Beeten entfalten sich die gelben Blüten der Winterlinge, die Weide ist voller silbergrauer Bällchen und auf einem Balkon am Nachbarhaus gibt es bereits den ersten Vorgeschmack auf Ostern, bunte Eier baumeln an Stangen, eingesteckt in einen großen Topf mit gelben Primeln.

Das Telefon holt mich aus meinen Betrachtungen. „Hallo Beate." „Ich bin Gisela. Ich komme morgen zum Friseur, können wir danach einen Kaffee trinken?" „Schade, nein, morgen bin ich in München, aber Donnerstag geht es." „Nein, da bin ich in München. Freitag?" „Gut, Freitag."

Minuten später schellt das Telefon noch einmal. „Hier ist Beate, ich komme morgen zum Friseur. Können wir danach einen Kaffee trinken?" Ich lache in mich hinein. Habe ich diesen Satz heute nicht schon einmal gehört? Und dabei an Beate gedacht? Da habe ich in zufälliger Voraussicht gar nicht so danebengelegen. Meine Antwort ist die gleiche wie zuvor. „Nein, morgen bin ich in München." „Freitag?" „Lieber nicht, morgens

116

treffe ich Uschi, nachmittags Gisela. Das reicht erst einmal. Ich melde mich wieder bei dir."

Da ich inzwischen so viele nette Leute um mich habe und so viele wunderbare Zweiergespräche führe, werde ich ab jetzt nicht mehr zum Philosophieren gehen. Das Theoretisieren in der Gruppe ist auf Dauer doch nicht das Rechte für mich, wenngleich diese Erfahrung noch einmal sehr wichtig war. Auch zum Frauentreffen gehe ich nicht mehr, treffe alle, die mir wichtig sind, auch außerhalb der Gruppenabende, kann so viel mehr erfahren von ihnen und viel besser dran bleiben an den Themen, die mich interessieren. Ich war noch nie besonders gruppentauglich und das hat sich wohl auch nicht geändert.

Besuch beim Namensvetter. Er sieht tatsächlich aus wie sein Foto, nur noch netter, und ist dann auch ausgesprochen nett zu mir. Nach der Klärung der jeweiligen Abstammung und den Mutmaßungen über die Herkunft des Namens werde ich nach meinem Leben und Werdegang befragt, es wird interessiert zugehört und zum Schluss wird mir mit Wärme viel Glück gewünscht für meine berufliche Zukunft. Kurz darauf sitze ich im Zug nach Prien und denke über das Gespräch nach. Einzelne Worte haben sich deutlich ins Gedächtnis eingegraben und im Nachhinein erweist sich diese Begegnung überraschenderweise als eine Art „Standortbestimmung". Ich wurde nach den Kindern befragt und hörte mich sagen, das sei der wichtigste Job meines Lebens gewesen. Mir wurde viel Erfolg gewünscht, doch auf einmal weiß ich, dass ich bereits den größten Erfolg habe, den ein Mensch wie ich haben kann. Ich liebe das Leben und das Leben liebt mich. Ich bekomme so viel geschenkt, eine zauberhafte Landschaft, wundervolle Begegnungen mit Menschen und viele freudige Augenblicke, die sich manchmal nahtlos aneinander reihen wie Perlen auf einer Schnur.

Ich müsse für den Erfolg kämpfen, sagte mein Gegenüber und spontan sagte ich: „Wenn nicht, dann nicht. Ich verbeiße mich nicht mehr." Auch wenn ich das Buch sehr gern gedruckt sehen möchte, so liegt doch tatsächlich der wahre Lohn bereits im Tun. Das Schreiben macht solche Freude und keinerlei Mühe.

Gut, befragt worden zu sein. Gut, noch einmal nachzudenken über das, was wesentlich ist für mich. Wenn nicht, dann nicht. Dieser Satz geht mir allerdings nun nicht mehr aus dem Kopf. Wäre mir das womöglich sogar lieber? Habe ich immer noch Angst?

Morgens früh um sieben
bin ich aus dem Bett gestiegen,
morgens früh um acht
hab ich mir das Frühstück gemacht,
morgens um halb neun
ging ich, nein, nicht in die Scheun,
bin doch keine kleine Hex. Ich ging auf den Priener Wochenmarkt, um mich mit Uschi aus Rimsting zu treffen, die dort am liebsten ganz früh einkauft, bevor es voll wird. Ich hatte sie in mein Lieblingscafé eingeladen und dort sitzen wir nun und unterhalten uns. Die Tür geht auf, Peter kommt herein, um etwas zu kaufen, grüßt mich fröhlich und verschwindet wieder. Die Tür geht ein weiteres Mal auf und Florian, der Osteopath, holt sich einen Kaffee. „Bis morgen", ruft er mir beim Hinausgehen zu und ganz deutlich spüre ich wieder ein Gefühl von Vertrautheit und Zugehörigkeit.

Ich habe es gut. Ich habe es so gut.

Gaack-gack-gack-gaaack-gack-gack. Na, das muss ja ein Riesenei sein, das da hingelegt wurde. Außer mir nimmt niemand Notiz von dem aufgeregten Huhn, die Kolleginnen picken und scharren ungerührt weiter, der Hahn setzt gemessen und erhobenen Hauptes seinen Gang ums Revier fort. Da fahre auch ich weiter, bin auf dem Weg zum Osteopathen Florian.
Wie immer profitiere ich mehrfach von der Behandlung und der Begegnung. Nicht nur der Körper, auch der Geist bekommt einen Schubs in Richtung Harmonie. Was sagt Florian gegen Ende der Behandlung? Man solle seinen Empfindungen und Ahnungen, und seien sie auch noch so vage, trauen, anstatt Glaubenssätze zu kultivieren wie: „Ich merke sowieso nichts."
Auf der Rückfahrt bin ich sehr nachdenklich. Der „rechte" Glaube kann Berge versetzen, der „falsche" das kleinste Staubkorn am Boden festdrücken. Und wenn ich mir weiterhin erzähle, dass ich Schwingungen nicht mitbekomme, dann werde ich sie mit ziemlicher Sicherheit auch weiterhin nicht mitbekommen.

Es regnet den ganzen Tag. Ich lese und schreibe, Stunde um Stunde, doch am Nachmittag habe ich Lust auf Unterhaltung und rufe eine Freundin aus dem Rheinland an. „Na so etwas", sagt sie, „ich habe mir gerade deine Telefonnummer herausgesucht." Na so etwas! Ähnlich war es bereits heute Morgen gegangen. Ich fand eine Antwortmail von Ulli, die sich freute, dass ich ihr eine Mail geschickt hatte, just nachdem sie an mich gedacht hatte. „Schön, dass die Telepathie wieder mal funktioniert hat", schrieb sie.

Mir will scheinen, ein neuer Glaubenssatz ersetzt den alten. Ich krieg wohl doch was mit. Auch wenn ich es nicht mitkriege.

Prien sorgt gut für mich. Ingrid auch. Schon morgens um neun Uhr ruft sie an, sie habe Brote gebacken, ob ich eins haben wolle. Ich will und bekomme auch noch Quittengelee dazu. Es ist fast wie im Schlaraffenland. Nachmittags geht die Bescherung gleich weiter. Ich treffe mich mit Marja, die wieder für eine Zeit in ihrem Häuschen wohnt, und bekomme das Bild geschenkt, das uns zu unserer Bekanntschaft verholfen hat. Ich blieb auf dem Kunsthandwerkermarkt bei ihr und ihren Bildern stehen, weil auf einem die Zeile eines Liedes stand. Wir kamen ins Gespräch und sind es immer noch.

Marja hat seit heute Mittag eine Freundin zu Besuch, die aber zurzeit einen langen Verdauungsspaziergang mit ihrem Hund macht, der erst sieben Monate alt ist, aus dem Tierheim kommt, bisher noch kaum Erziehung genossen, aber einen erstaunlich stabilen Magen hat, in dem jetzt ein buntes Sammelsurium verarbeitet wird, unter anderem ein leckerer Kuchen, happs, den er unaufgefordert verschlang, eine Kerze, das Abgenagte vom Schuh seiner Herrin und die Ölfarbe, die er von den herumstehenden Bildern abschleckte.

Marja hat viele Bilder aus Holland mitgebracht und malt laufend weitere. Sie malt für sich und nicht für andere und so macht ihr das Malen große Freude, hält sie manchmal stundenlang in tiefer Konzentration gefangen. Im Häuschen fühlt sie sich inzwischen nicht mehr so allein, zumal die ganze Familie bereits zu Besuch da war und auch der Ehemann immer wieder gerne ein paar Tage mitkommt, wenn sie aus Holland in den Chiemgau zurückkehrt. Es geht ihr gut zurzeit. Mir auch. Bei so vielen Geschenken. Womit ich die bloß verdient habe?

Was für eine Frage. Geschenke verdient man nicht. Geschenke bekommt man geschenkt.

Mitten in der Nacht werde ich wach und bleibe es. Da liege ich nun. Die Prien rauscht. Der Wecker tickt. Das Herz pocht. Irgendwo im Haus schlägt eine Tür zu. Der Kühlschrank springt an. Die Prien rauscht. Der Wecker tickt. Das Herz pocht…

Irgendwann muss ich doch wieder eingeschlafen sein, wie ich beim Aufwachen morgens feststelle. Mir ist nicht wohl, seltsame Gefühle wabern in mir herum. Undefinierbare. Nein, eins ist mir wohl vertraut. Ungeduld. Ich habe vor Wochen schon erste Kontakte zu einem Verlag aufgenommen, doch es kommt keine Antwort. Herrgottsakramentnochamoal. Das ist kein Fluch. Das ist eine Unmutsäußerung, die mich jedoch nicht wesentlich erleichtert. Da braucht es schon ein wenig mehr und so gehe ich kurz vor zwölf zu Christine in den Laden. Ich habe Glück, sie hat in der Mittagspause Zeit und wir trinken gemeinsam einen Kaffee.

Wieder zu Hause finde ich einen Brief von Eon, denke, jetzt haben sie alles geklärt, ziehe aus dem Umschlag aber leider nur den Willkommensbrief für den Vertrag vom 1.11.2011 mit der Zählernummer der Nachbarin und einer wiederum neuen Vertragskontonummer.

Sofort springen Unruhe und Ungeduld wieder an. Bin ich diese Geschichte leid!

Ganz plötzlich werde ich aktiv und rufe Eon an, erfahre zu meiner Freude, dass der gerade geschickte Vertrag bereits seit dem 22.Januar gekündigt, meine Nachbarin seitdem tatsächlich wieder Kundin ist und das schriftliche Zubehör wohl demnächst eintreffen wird. Ein wenig besser fühle ich mich jetzt schon, aber noch nicht gut. Hat mir das Leben die Liebe entzogen?

Nein, es traut mir etwas zu. Es traut mir zu, fertig zu werden auch mit seinen Schattenseiten. Das Leben weiß, dass vor allem diejenigen wissen, wie sich Freude anfühlt, denen sie auch immer mal wieder abhanden kommt. Dankbar bin ich, dass mich im Grunde nur Kleinigkeiten bedrücken. Und ich weiß es doch. Hinter den Wolken ist der Himmel klar und rein. Immer.

Ich bin auf dem Weg zum Simssee. Der Himmel zeigt sich in strahlendem Blau und ohne das kleinste Wölkchen, ganz im Gegensatz zu meinem Gemüt, das sich beharrlich hinter dichter Bewölkung verschanzt hält. Um die Kondition steht es auch nicht zum Besten, wie ich feststellen muss, als ich die Straße nach Rimsting hochkeuche und dann Richtung Bad Endorf weiterfahre. In Mauerkirchen biege ich ab zum Simssee und beim Anblick und Geruch eines frisch gepflügten Feldes hinter dem Dorf Antwort habe auch ich plötzlich eine Antwort auf die Frage, was nur los ist mit mir. Ich habe wieder meine „Frühjahrsdepression". Jedes Jahr, wenn die Natur zu neuem Wachstum erwacht, macht sich mein „bäuerliches Erbe" bemerkbar, ich vermisse einen Garten und das „Ackern und Rackern" darin.

Ach so! Na, wenn es weiter nichts ist! Das habe ich noch jedes Jahr überlebt. Und einmal bekam ich zum Trost sogar einen Garten geliehen. Vor gut drei Jahren bewunderte ich gerade den Garten eines Bekannten, als ich mich zu meiner Überraschung laut sagen hörte: „Ich will auch wieder einen Garten haben!" und erleben musste, dass ich zur Bekräftigung auch noch mit dem Fuß aufstampfte. Es dauerte ein paar Tage, dann fragte der Gartenbesitzer an, ob ich Lust hätte, mich in seinem zweiten Garten zu betätigen, wozu er keine Zeit mehr habe. Ich hatte Lust und Zeit, doch mit der schönen Gartenarbeit war natürlich Schluss, als ich umzog.

Das war jetzt die Geschichte, wie ich in einer Wohnung mit Balkon lebte und einen Garten bekam, doch es gibt auch die Geschichte, wie ich eine Wohnung mit Balkon bekam, als ich auf einen Garten verzichtete. Als vor mehr als zehn Jahren der Umzug aus dem Familienhaus in eine Wohnung anstand, suchte ich etwas Ebenerdiges mit Garten, hatte aber keine Lust zu suchen und fragte spontan meinen Friseur, ob er zufällig von einer solchen Wohnung wisse. Er wusste nur etwas von einer Wohnung im ersten Stock und mit Balkon, die ganz in der Nähe war, notierte sich aber trotz meines „Nein, danke" meine Telefonnummer. Zehn Tage später war mir plötzlich klar, dass ich keinen Garten mehr haben „musste", konnte aber erst am übernächsten Tag zum Friseur gehen, um ihm den Sinneswandel mitzuteilen. „Die Vermieterin hat sie gestern angerufen", sagte er, als er mich sah. Es hatte tatsächlich am Vortag jemand bei mir angerufen, aber nicht auf den AB gesprochen. Ich bekam eine Telefonnummer, rief sofort an, konnte sofort zur Besichtigung kommen, fand die Wohnung super, verstand mich mit der Vermieterin auf Anhieb und bekam die Wohnung. „Wenn ich daran denke, wie das jetzt gelaufen ist, dann stehen mir die Haare zu

Berge", sagte die Vermieterin, die mit Esoterik nichts zu tun hatte. Sie war einfach nur zu ihrem Friseur gegangen, hatte ihn gefragt, ob er jemanden wisse, der eine Wohnung suche, und hatte meine Telefonnummer bekommen.

Jetzt lebe ich wieder in einer Wohnung mit Balkon im ersten Stock, doch bisher hat mir noch niemand einen Garten angeboten. Auch okay. Bis auf manchmal.

Ich habe versucht, mir am Automaten eine Fahrkarte nach Traunstein zu besorgen, habe als erstes gleich die Bahn-Card falsch herum eingeschoben, habe mich dann völlig verheddert in „Hinfahrt" und „Rückfahrt", habe abgebrochen, gehe jetzt zum Fahrkartenschalter und komme mir reichlich dumm vor. Am Schalter gebe ich meine Unfähigkeit zu und entschuldige mich, dass ich wegen einer so kurzen Fahrt hier stehe. Die junge Dame lächelt mich ohne das geringste Zeichen von Geringschätzung an und sagt, das sei voll in Ordnung. „Wenn alle nur noch zum Automaten rennen, sind wir bald arbeitslos." Das will ich natürlich keinesfalls mit schuld sein, fühle mich gebraucht und darüber hinaus auch gar nicht mehr so dumm.

Beschwingt gehe ich zum Bahnsteig und treffe in der Unterführung auf Brigitte. Schnell ergibt sich eine kleine Unterhaltung über achtsames Gehen und noch etwas beschwingter steige ich die Treppe hoch. Halt! Es ist die falsche. Ich will doch nicht wie sonst Richtung München, sondern nach Traunstein. Schon finde ich mich wieder dumm. Da rede ich über achtsames Gehen und passe noch nicht einmal auf, wohin ich gehe. Das scheint heute nicht mein Tag zu sein. Aber, das Ganze ganz ohne Urteilen betrachtet, ohne das Scheitern am Automaten hätte ich kein freundliches Lächeln bekommen, ohne den Gang zur falschen Treppe Brigitte nicht getroffen und keinen Hinweis bekommen auf achtsames Gehen.

Der Zug fährt ein und fährt mich durch eine wundervolle Landschaft. Viel zu schnell bin ich in Traunstein und mache mich auf den Weg zum Stadtplatz. Eine recht baufällige Kirche fällt mir auf und ich schaue sie mir genauer an. Es ist eine ehemalige Friedhofskirche, doch der Friedhof wurde aufgelassen, statt seiner wird das Gelände heute genutzt für Denkmäler zu Ehren der „auf dem Felde der Ehre Gefallenen".

Ich weiß nicht, was heute los ist mit mir, aber im Weitergehen muss ich jetzt ständig an junge Männer denken, die noch nicht einmal dreißig werden konnten, und an Eltern, die ihre Söhne verloren haben. Irgendwann komme ich doch wieder in die Gegenwart und nach Traunstein zurück, wandere über den Stadtplatz und durch die Straßen, vorbei an all den Menschen, die vor den Cafés in der Sonne sitzen und die lauen Lüfte genießen. Und dann kippt alles. In einer kleinen Seitenstraße schaue ich zufällig hoch und erhasche auf einem verwahrlost aussehenden Balkon einen kurzen Blick auf eine rauchende Frau. Eine Aura von Resignation und Verlorenheit scheint sie zu umgeben. Ich schaue sofort wieder weg, doch der Anblick hat sich bereits eingegraben. Auf der anderen Seite der Straße befindet sich eine hohe Mauer mit Stacheldraht obendrauf. Mitten in der Stadt? Seltsam. Ich biege um die Ecke, sehe einen Polizisten eine kleine Tür öffnen und durchgehen, sehe ein Schild, trete näher und lese: „Justizvollzugsanstalt" Vollzug. Gefangen. Eingesperrt.

Ich gehe schneller, möchte die Gedanken abschütteln, die mir durch den Kopf gehen. Es gelingt nicht. Vielleicht sollte ich einen Kaffee in der Sonne trinken. Hier? Oder lieber in Prien? Plötzlich mag ich gar keinen Kaffee mehr trinken, weder hier noch in Prien. Ich möchte nur noch zum Zug und zurück nach Hause. Und das mache ich denn auch. Zum Glück. Ich hätte sonst den Anruf des Sohnes verpasst, der plötzlich die Idee hatte, sich ein wenig mit seiner Mutter zu unterhalten. Er ahnt nicht, wie gut ihr dieser Anruf tut. Ob er ihn zufällig tat?

Meine Faszination fürs Familienstellen ist ungebrochen und so bin ich dies Wochenende, gemeinsam mit Ingrid und Marja, auf einem weiteren Aufstellungsseminar der VHS und die letzte Aufstellung des Tages ist meine. Ich habe die Gelegenheit ergriffen, nachzuforschen, was es mit meiner Lebensangst und meiner Angst vor einem möglichen Erfolg auf sich haben könnte. Schon bald ist die Lebensangst im Hintergrund verschwunden, es wird nur noch von der Angst vor Erfolg gesprochen und da geschieht gegen Ende der Aufstellung etwas Interessantes. Zu meiner Überraschung höre ich mich sagen: „Es geht mir eigentlich gar nicht um Erfolg. Es geht mir darum, bei mir bleiben zu können, aber wenn ich mich am Erfolg festbeiße, holt mich das aus meiner Mitte heraus."
Was habe ich da gesagt? Plötzlich fühle ich mich völlig gespalten. Ein Teil von mir ist verärgert über die Bemerkung, weil er Angst hat, mit dieser Einstellung würden sich nie Erfolge im Außen einstellen, ein anderer weiß genau, dass es für mich wirklich nicht um äußere Erfolge geht.

Am Ende der Aufstellung trete ich erschöpft den Heimweg an. Der AB blinkt. Ein in Prien lebender Verlagsvertreter, dem ich Auszüge aus meinem Manuskript geschickt hatte, gibt bekannt, dass er sie gelesen habe und sich wieder melden werde. Das nehme ich ihm ab, rufe sofort zurück und erfahre, dass man aus dieser „Hymne an Prien" kein Buch machen könne. Viel zu viel Prien und viel zu wenig Psyche.

So viel also zum Thema Erfolg. Die Aufstellung scheint keine sofortige Wirkung zu zeigen. Na gut. Oder auch nicht gut. Ach je. Ich sitze auf dem Sofa und lausche dem Rauschen der Prien. Im Flur werden Schritte laut, ein Schlüssel wird in ein Schloss gesteckt, eine Tür geht auf und wieder zu. Ein Hund jault. Auf dem Friedhof leuchten die roten Lämpchen.

Himmel, bin ich geschafft. Ich muss sofort ins Bett.

Der nächste Aufstellungstag. Wir sind nur zu siebt, da jagt eine Rolle die nächste. Die aufwühlendste Rolle ist für mich die einer jüngeren Schwester, bei der ich andauernd denke, so könnte sich meine Schwester neben mir gefühlt haben, gleichzeitig registrierend, dass ich all diese Gefühle auch selbst kenne, bin von der Jüngeren ja praktisch entthront worden, was für eine Kinderseele ebenfalls leidvoll ist. Sehr ermutigend und regelrecht aufbauend ist die Schlussszene der letzten Aufstellung, in der die aufstellende Frau mehrmals wiederholt: „Ich bin gut so, wie ich bin. So wie ich bin, bin ich gut." „Sag es der Welt", wird sie von der Leiterin aufgefordert und da öffnet sie die Balkontür und ruft es laut in den Ort. Wow!

Dieser Superschluss kann leider nicht verhindern, dass ich schon wieder völlig geschafft bin, als ich nach

Hause komme. Und schon wieder blinkt der AB. Diesmal ist die Stimme meiner Schwester zu hören. Sie klingt etwas gepresst. Ich rufe sofort an und erfahre, dass sie sich morgens das Handgelenk gebrochen hat. Au weia. Das tut mir echt Leid für sie. Noch jemand hat auf den AB gesprochen. Meine Nachbarin von unten tut kund, dass sie von Eon gleich zwei Willkommensschreiben für zwei ganz unterschiedliche Vertragsanfänge mit zwei verschiedenen, viel zu hohen Abschlagsforderungen erhalten hat. Nein! Es reicht.
Ich gehe nach unten, schaue mir die Briefe an, die immerhin beide auf ihren Namen lauten und die Nummer ihres Zählers angeben, und mache ihr und mir Mut, dass auch das noch geregelt werden kann. Sie wird morgen wieder einmal bei Eon anrufen.
Bin ich geschlaucht! Ein wenig fühlt es sich an, als bekäme ich eine Erkältung.

Ich fühle mich schwach und deutlich erkältet. Aber das Telefon ist unerbittlich. Die Nachbarin von unten fragt an, ob ich bitte auch noch einmal mit Eon telefonieren könne, da sei etwas unklar, also telefoniere ich auch noch einmal mit Eon, dann mit der Nachbarin, dann noch einmal mit Eon, dann wieder mit der Nachbarin. Immerhin ist mir jetzt mehrfach bestätigt worden, dass ich raus bin und die Nachbarin wieder drin ist. Dann ruft Brigitte an, um zu hören, wie das Wochenende war. Ich gebe ihr eine Kurzfassung. Doch als dann Beate aus demselben Grund anruft, ist noch nicht einmal mehr die Kurzfassung möglich, sondern nur noch ein Vertrösten auf später. Da hält mich auch nicht mehr die Freude aufrecht, dass sich jemand für mich und meine

Angelegenheiten interessiert, da geht plötzlich nichts mehr und ich falle nur noch ins Bett.

Da hat es mich also schon wieder umgehauen. Das Wochenende bedarf offensichtlich einer stillen Nachbereitung. Ich habe Husten und Fieber, schlafe ein, wache auf, döse vor mich hin, Gedanken kommen und gehen, Wörter tauchen auf, Sätze formen sich und verwehen. Einer bleibt. „Wenn ja, dann ja." Ach nein, was soll denn das jetzt heißen! Oh. Stimmt. Genau dieser Satz hat noch gefehlt. Wie oft habe ich schon gedacht und gesagt; "Wenn nicht, dann nicht". Das ist die eine Seite der Medaille. Jetzt taucht die zweite auf. Wenn ja, dann ja, dann nehme ich den Erfolg gerne an. Wenn nicht, dann nicht. Ich verbeiße mich nicht darein.

Bin platt wie `ne Flunder, liege weiterhin fest im Bett. Kein Hunger. Kein Durst. Kein Kreislauf. Teekochen ist viel zu anstrengend. Heißes Wasser tut`s auch. Geht aber nur schluckweise rein. Selbst das Trinken ist anstrengend. Irgendwann wird mir bewusst, dass sich ein Gefühl von Weichheit in der Brust ausbreitet. Seltsam. Ich hatte gar nicht gemerkt, dass sich da etwas verhärtet hatte. Was es wohl war?
Ich weiß es. „Wenn nicht, dann nicht. Ich verbeiße mich nicht mehr." Ha! Erwischt. Da haben heimlich, still und leise doch wieder einige Zähnchen zugebissen. Zu weiterem Festbeißen fehlt es jetzt allerdings an Kraft. Da muss losgelassen werden.

„Ich bin gut so wie ich bin", singt es leise. Richtig. Da brauche ich nichts Besonderes sein zu wollen. Über irgendwelche Erfolge.
Wie es wohl der Schwester geht?

Ich liege immer noch, doch ein wenig Haferbrei geht schon wieder rein in den Bauch und zwischen längeren Dös- und Schweigepausen melden sich immer häufiger auch wieder Überlegungen, wie es jetzt weitergeht mit mir und meinem Schreiben.
Eigentlich bin ich doch sehr enttäuscht, dass der Verlagsvertreter meine Seiten nicht schätzen konnte. Während des Telefonats und auch anschließend habe ich so getan, als mache es mir nichts aus, aber natürlich macht es mir was aus. Viel sogar. Und das bekomme ich jetzt zu fühlen. Seltsam. Alle Freundinnen und Bekannten, die bisher den Text oder Teile davon lasen, gaben äußerst positive Kommentare ab. Ist es eher ein Buch für Frauen, wie eine der Leserinnen meinte?
Es hilft alles nichts. Ich muss es nehmen, wie es ist. Wenn ja, dann ja, wenn nicht, dann nicht.
Die Schwester muss es auch nehmen, wie es ist. Sie kam heute Nachmittag aus dem Krankenhaus zurück, wo das Handgelenk unter Vollnarkose eine Metallplatte verpasst bekam, damit nichts mehr verrutschen kann.

Das war keine besonders gute Idee, zu baden statt zu duschen. Den anregenden Fichtennadelölextrakt völlig ignorierend, ging der Kreislauf gleich mit baden. Dass ich nicht sofort wieder ins Bett falle, liegt einzig und allein an der Tatsache, dass ich mit Beate verabredet habe, dass sie mir Möhren und Milch vorbeibringt und ich ihr von der Aufstellung erzähle. Also koche ich Kaffee und Tee und da klingelt es auch schon.

Dankenswerterweise wirkt Beates Anwesenheit nun doch sehr günstig auf den Kreislauf ein, wir versinken in einem Gespräch über meine Erfahrungen am Wochenende, die auch sie sehr berühren und eigene Erinnerungen wecken. Wir kommen uns dabei fühlbar nahe und nehmen nach einiger Zeit regelrecht bewegt Abschied voneinander. Beates Umarmung ist fest. Angst vor Ansteckung hat sie nicht, denn auch sie weiß, dass sie nur bekommt, was sie braucht oder „einlädt".

Dann ist Beate wieder weg und es ist, als würde ein Stöpsel rausgezogen. Ich kann förmlich fühlen, wie sämtliche Energie in Windeseile davonfließt und falle nur noch ins Bett, stehe irgendwann auf, um mir etwas zu essen zu machen, falle wieder ins Bett und stehe an diesem Tag dann nicht mehr auf.

Wieder einmal betrachte ich die Welt vom Sofa aus. Sie wird grün und grüner, Bäume und Sträucher zeigen immer mehr zartgrüne Knospen. Im Baum vor dem Fenster tummeln sich viele kleine Meisenbällchen, unendlich schnell schlagen sie die Flügelchen auf und nieder, wippen und schwippen mit den Schwänzchen, dass es eine Freude ist, ihnen zuzusehen.

Auf dem Hühnerhof wird gearbeitet, Bretter und Pfosten werden von hier nach da transportiert, Baumstämme und Äste auf Haufen zusammengetragen. Es wird gesägt und gestapelt und dazwischen laufen, völlig unbeeindruckt von Menschen und Maschinen, die Hühner herum.

Ich laufe immer noch nirgends herum. Zu schlapp.

Das Handy klingelt, Marja möchte wissen, ob sie in der Mittagspause kurz bei mir vorbeikommen könne. Als vielseitig begabte und tatendurstige Frau nimmt sie Arbeiten aller Art an, kocht, wenn sie in der Gegend ist und in der Blauen Villa Seminare stattfinden, liebend gerne Mahlzeiten für die Teilnehmer.

Ich habe diesmal nicht viel zu erzählen, umso mehr interessiert es mich, wie es ihr in den letzten Wochen ergangen ist und ehe sie geht, möchte ich doch zu gerne noch wissen, wie der Gasthund, von dem sie letztes Mal erzählte, seine Mischkost vertragen hat.

„Bestens", lacht Marja und berichtet, wie es mit ihm weitergegangen ist. Herrin und Hund blieben bis zum nächsten Tag und da Marja den Hund keinesfalls über Nacht allein im Wohnzimmer lassen wollte, wurde er mit ins Schlafzimmer genommen. Die Freundin schlief sofort tief ein, der Hund nicht. Nach einer Weile konnte Marja den Geräuschen im Raum entnehmen, dass er ihren Schafwollteppich zwischen den Zähnen hatte. Sie stand auf, rollte das gute Stück zusammen, legte es hoch und sich wieder ins Bett. Es dauerte nicht lange, da lag der Hund auch im Bett, wurde aber gnadenlos hinausgeschubst und dann schlief auch Marja ein. Geweckt wurde sie von einer rauen Zunge, die ihr hingebungsvoll die Backe ableckte. Noch ein zweites Mal wurde sie wach, als dieselbe Zunge ihr eine ihrer, im Schlaf frei gewordenen, weiter unten gelegenen Backen abschleckte, dann war bis zum Morgen Ruhe. Im Aufwachen hörte sie den Bäckerwagen vorfahren, sprang mit dem Gedanken an frische Brötchen zum Frühstück sofort aus dem Bett und in die Stiefel, warf sich eine Jacke über das Nachthemd, einen Schal über die Jacke und lief vor die Tür. Doch bevor sie die Tür hatte wieder schließen können, war auch der Hund schon draußen, stürzte sich ausgeschlafen aufs Gelände des Reiterhofes und versetzte Tiere und Menschen in helle Aufregung. „Sie wissen doch, dass hier kein Hund ohne Leine frei herumlaufen darf", rief die Hofbesitzerin zornig. Marja wusste vor allem, dass die Besitzerin dieses Hundes gewarnt hatte, wenn er freikomme, laufe er weg und komme nicht mehr wieder, und so rief auch sie, nach dem Hund, nach seiner Besitzerin und nach der Hundeleine. Chaos am frühen Morgen. Doch zu Marjas Erleichterung kam der Hund doch zu ihr zurück, bekam ihren Schal als Leine umgebunden und alles war noch einmal gut gegangen. Sogar der Bäckerwagen stand noch da und so gab es zum Frühstück tatsächlich frische Brötchen.

Mir will scheinen, wo Marja ist, da ist auch immer was los. Sie hat viel Energie. Mir tut das heute gut.

Aufwachend habe ich heute Morgen das Wort „Erfolg" im Kopf. Erfolg? Was ist das? Plötzlich entzieht sich mir der Sinn des Wortes völlig und gleich, was es einmal bedeutet hat, im Augenblick ist es nicht wichtig. Wie es wohl weitergeht mit mir? „Keine Angst", sagt es und ich lache, weiß genau, dass „keine Ahnung" gemeint war. Ein schöner Versprecher.

Heute geht es erstmals wieder vor die Tür. Einmal Café Juliana und zurück. Ich sitze draußen in der Sonne und schaue in die Runde der Gebäude, auf die Kapelle, die Kirche und wundere mich wieder einmal. Letztes Jahr saß ich um diese Zeit in Bonn. Heute sitze ich in Prien. Dass ich das wirklich gemacht habe!

Es ist längst hell geworden, wie ich durch die Ritzen der Holzläden sehen kann, doch ich komme nicht aus dem Bett. Ich fühle mich schwer wie Beton und nichts bekommt mich in Bewegung. Der Hahn kräht und kräht. Nutzt nichts. Bin eben ein Nichtsnutz. Bin nichts. Tu nichts.

Ach ja? Ich tu nichts? Ja, Schreiben zählt nicht richtig und ich weiß noch nicht einmal, ob ich weitermache. Ist doch reine Beschäftigungstherapie. Völlig unwichtig. Es machte Spaß, aber im Augenblick habe ich keine Lust dazu. Habe zu gar nichts Lust. Nichts macht mehr Sinn.

Ach ja? Da wird es wohl wieder höchste Zeit für die Frage nach dem wahren Sinn des Lebens.

Schon gut, schon gut. Für mich besteht er darin, es bewusst und ohne Wenn und Aber so zu leben, wie es jetzt gerade ist. Ein anderes Leben gibt es nicht. Auch nicht, wenn ich nein sage zu dem, was im Augenblick ist. Da sage ich besser gleich ja und mache das Beste draus. Was weiß ich, wozu meine Nichtsnutzigkeit gut ist. Dann fühle ich mich jetzt eben nutzlos und lustlos und sinnlos und der Sinn meines Lebens besteht im Augenblick darin, genau diese Gefühle zu fühlen. Macht das Sinn?

Hm, ja. Doch. Aber ich finde es, ehrlich gesagt, gar nicht so ohne, was es da zu fühlen gibt. Da täte ich eigentlich lieber was. Okay, da stehe ich jetzt mal auf.

April

Der Bärlauch ruft. Ich fahre ins Priental und pflücke reichlich, nehme auch von Giersch und Löwenzahn etliche Blätter und von den Gänseblümchen die Blüten. Dann geht es nach Hause und an die Arbeit. Bärlauch-Pesto. Lecker. Grünes Kartoffelpüree aus Kartoffeln und Wildkräutern. Hmmmm. Da macht Kochen und Essen so richtig Freude.
Und dann muss doch wieder eine Pause mit Hühnerbrühe eingeschaltet werden. Geduld. Geduld. Geduld.

Ich wache auf und wundere mich, wie hell es ist, trete ans Fenster und pralle zurück. Das kann doch nicht wahr sein! Nicht auf Ostern! Alles weiß. Eine schöne Bescherung, nur leider zur falschen Jahreszeit. Alle Blumen sind fort, nur eine einzige rote Tulpe leuchtet durch das Schneegeriesel, das Stunde um Stunde anhält und gegen Mittag in dichten Schneefall übergeht.
Nachmittags hört es unvermutet auf zu schneien, die Sonne bricht durch und lässt eine zauberhafte Landschaft hell erstrahlen. Trotzdem gibt es keinen Gang in diese Märchenlandschaft, denn heute ist Kultur angesagt. Gisela, die Unternehmungslustige, hat von einer Mozartwoche in Kloster Seeon gelesen und uns Konzertkarten besorgt. Doch zunächst einmal holt sie mich mit ihrem Auto zu sich nach Eggstätt, wo ich das selbst entworfene Haus und den liebevoll angelegten Garten kennenlerne, zu allem Überfluss auch noch bewirtet werde mit Kaffee und selbstgebackenem Rhabarberkuchen. Eine ihrer Bekannten kommt dazu und zu dritt brechen wir auf nach Seeon. Die

Unterhaltung überlasse ich den beiden vorne, genieße auf dem Rücksitz die Fahrt über Land und werde anschließend verwöhnt mit Musik von Mozart und Chopin. Schnell und sicher gleiten Finger über Tasten, in perlender Anmut folgt Ton auf Ton, Melodien, mal heiter, mal melancholisch, mal sanft, mal stürmisch, lassen das Herz der unverbesserlichen Romantikerin in mir nur so dahinschmelzen.

Mit Musik im Herzen sitze ich dann wieder auf dem Rücksitz, überlasse das Gespräch erneut den beiden vorne, bleibe auch im Auto von Giselas Bekannten, die mich von Eggstätt nach Prien mitnimmt, recht still. Es war ein erfüllter Tag, dem nichts mehr hinzugefügt werden möchte.

Schnee adé. Er schmilzt dahin. Die Nachmittagssonne macht ihm Beine. Mir aber auch und so mache ich eine kleine Tour nach Trautersdorf mit seinen schönen, alten Höfen. Ich muss lachen, als ich in den Ortsteil einfahre. Was für ein Ensemble! Echte Narzissen auf der Wiese, ein mit Plastikblumen geschmücktes Wegkreuz, altes Ackergerät und eine lebensgroße, schwarzrotgoldene Kuh mit der Aufschrift „Die faire Milch". Zwei Ziegen auf der Wiese gegenüber heben die Köpfe und schauen zu mir her. Habe ich etwa laut gelacht?

Vor dem Mojerhof sitzt ein junges Paar auf der Bank, zwei Kinder spielen in der Sonne, am benachbarten Widerhof leuchten zwischen den Tulpen große, blaue Blütenteppiche. Schön.

Und plötzlich habe ich überhaupt keine Lust mehr, weiterzufahren. Bin schon wieder total schlapp. Habe Kopfweh. Und die Luft ist so feucht und mindestens zehn Grad wärmer als gestern. Dieses Wetter!

Oder ist es ganz anders als gedacht? Hat das Wetter herzlich wenig zu tun mit meinem Schwächeanfall? Hat der nicht viel mehr zu tun mit heimlichen Erinnerungen an vergangene Osterfeste in der Familie?

Ich fahre nach Hause, mache mir eine Hühnerbrühe, kuschle mich in eine weiche Decke, praktiziere Jin Shin Jyutsu und bin für den Rest des Tages noch netter und fürsorglicher zu mir als sowieso meist schon.

Lieber Gott, denk nicht, ich wolle mich beklagen, aber warum hast du mir gestern diesen Energieschub geschickt, als ich schon im Bett lag und eigentlich hundemüde war? Alle paar Minuten bekam ich neue Ideen, immer wieder musste ich das Licht anmachen, um gute Formulierungen aufzuschreiben, damit ich sie nicht vergesse. Ich bekam Durst, dann Hunger, an Schlafen war nicht zu denken und dann kam ich natürlich heute Morgen erst einmal wieder nicht aus dem Bett. Wie wäre es, diese wundervolle Energie demnächst morgens ab sieben Uhr zu schicken? Aber ich weiß ja, dass du weißt, was du tust, und auf jeden Fall schon mal vielen Dank, dass ich mich heute trotz Schlafmangels erstmals wieder richtig fit fühle und jetzt sogar mit meinen gesammelten Notizen am Laptop sitze.

Ich würde so gerne eine kleine Radtour wagen, doch das Wetter lädt überhaupt nicht dazu ein. Es ist trüb und grau, die Berge ziehen wieder einmal die Unsichtbarkeit vor, der Wind weht kalt. Da belasse ich es bei einer Einkaufsfahrt, einem kleinen Ausflug ins Café und setze mich dann an den Schreibtisch.

Oh, Frau Amsel sitzt auf der Balkonbrüstung und beäugt mich und mein Wohnzimmer. Sie dreht und wendet das Köpfchen so sehr hin und her, dass ich schon Sorge bekomme um ihren Nacken. Jetzt schüttelt sie die Flügel aus, plustert sich auf und – dreht mir doch glatt das Hinterteil zu. Frech. Aber vermutlich denkt sie sich nichts dabei. Im Gegensatz zu mir.

Aus der Wohnung schräg unter mir dringt Gelächter hoch, jetzt klingelt es dort, die Haustür springt auf und das „Happy birthday" dringt durchs ganze Haus. Herzlichen Glückwunsch auch von mir. Und alles Gute. Es geht mir gut in diesem Haus und mit diesen Nachbarn.

Da sitze ich nun, ziemlich irritiert, weiß weder, was ich von mir, noch was ich von meinem heutigen Erlebnis halten soll. Brigitte hatte mir erzählt von einer Frau, die „mediale Aufstellungen" leitet, und da mich auch diese Form der Aufstellung interessierte, hatte ich mich vor Wochen schon angemeldet. Ich mochte sowohl die Therapeutin als auch die anderen Teilnehmerinnen, was allerdings nicht verhinderte, dass ich schon bald das Gefühl hatte, mir sei hier alles zu viel. Zu viele Bilder, Figuren, Gegenstände und Teppiche, vor allem aber zu viele Methoden. Zusätzlich zur Aufstellung wurden auch schamanische Elemente eingesetzt und während ich das Trommeln mochte, machte mich das helle Klickern der Rassel ganz kirre. Manche der Bilder, die ich mir vorstellen sollte, waren okay. Gerne stellte ich mir eine vom Erzengel Michael überreichte Lichtkugel vor, in die ich all die mich belastenden Elemente hineingab, und die anschließend vom Erzengel auf Nimmerwiedersehen mitgenommen wurde. Da konnte ich, inzwischen schon ein wenig engelerprobt, noch recht gut „mitgehen". Doch dann sah die Hellseherin Christus und Maria bei meinen Ahnen stehen und da kam ich nicht mehr mit. Das war mir denn nun wirklich zu viel.

Trotzdem habe ich das Gefühl, dass irgendetwas bei diesem medialen Aufstellen bombig gewirkt hat. Mein Thema war die Lebensangst, die mir bei der letzten Aufstellung zu sehr in den Hintergrund gerutscht war, und leider fühle ich jetzt massiv Angst. Den Grund liefert mir ein ganz seltsamer Schmerz an der Halsaußenseite, der immer wieder kurz auftritt, seitdem ich zu Hause angekommen bin. Ist was mit der Halsschlagader? Ist da ein Gerinnsel drin? Kriege ich jetzt einen Schlaganfall? Der Blutdruck! Ist der doch immer noch zu hoch? Hilfe!!

Mir ist alles zu viel. Ich bin völlig erledigt und lege mich jetzt erst einmal hin. Wieso habe ich nur nicht länger gewartet mit dieser Art der Aufstellung! Die andere ist erst vier Wochen vorbei und körperlich fühle ich mich immer noch nicht auf der Höhe. Klagen nutzt nichts. Nachher ist man immer klüger.

Berge weg. Himmel weg. Ein Teil der Physiker glaubt, die Welt bestehe im Grunde aus Wahrscheinlichkeiten, die in der sichtbaren Welt in Erscheinung treten, oder auch nicht, und wahrscheinlich haben Berge und Himmel heute keine Lust, in Erscheinung zu treten. Es regnet und regnet und regnet. Bäumen und Sträuchern tut`s sichtlich gut, sie ergrünen täglich mehr und was den Pflanzen wohl bekommt, kann doch auch dem

Mensch nicht schaden. Zarte Gesichtshaut liebt lauen Frühlingsregen.

Lau? Vier Grad! Igitt! Ich gehe dennoch raus, bin so unruhig, dass ich mich unbedingt bewegen muss. Immer wieder taucht die Angst auf. Ich bin ganz brav, fühle sie, praktiziere Jin Shin Jyutsu und ströme mich, und da ist auch die Angst ganz brav und geht bald wieder, um mir allerdings nach einer Weile von neuem Herzklopfen zu machen. Es geht auf und ab und ab und auf. Diese blöde Aufstellung! Aber ich sehe es ja ein, wenn`s ans Eingemachte geht, dann können durchaus auch Konserven aus dem dunklen Keller ans Tageslicht hochgeholt werden, von denen man dachte, man hätte sie vor langem schon ausgelöffelt. Trotzdem bin ich erschüttert, dass sich immer noch so viele Ängste im Untergrund tummeln. Aber besser ist, ich fühle sie, als dass sie mir heimlich unheimlich viel Druck machen. Ich brauche nur an Blutdruck zu denken, dann bricht mir schon der Schweiß aus. Da hat mir das Leben jetzt aber ordentlich was zum Knabbern gegeben. Aber wollte ich es nicht so? Wollte ich nicht mich selbst an einem neuen Ort neu kennenlernen? Voilá.

Um wenigstens ein wenig Sicherheit zu bekommen über meinen derzeitigen körperlichen Zustand, habe ich mir heute einen Vorsorgetermin bei einer Frauenärztin geben lassen, außerdem auch noch einen Termin zum Gesundheitscheck bei einem Allgemeinarzt in Bad Endorf, den mir Christine empfohlen hat. Nach diesen Telefonaten ging es mir sofort besser. Ob ich zur Hypochonderin geworden bin? Ist mir egal, was die Ärzte denken. Oder ich.

Seltsam ist das. Erst ist tagelang rein gar nichts los, dann jagt plötzlich ein Gespräch das andere. Nach einem langen Telefonat mit einer Freundin aus dem Rheinland fuhr ich zu Ingrid, um ihr ein geliehenes Buch über einen Schlaganfall zurückzubringen, das sich vorgestern leider als „Wasser auf meine Mühle" erwies. Ich erzählte ihr von meinen neu aufgeflammten Ängsten und was sagte sie? „Warum hast du Angst? Wenn du dran bist, bist du dran. Da machst du gar nichts."

Wo sie Recht hat, hat sie Recht. Wenn das Sterben dran ist, dann wird es einfach passieren. Manche überleben ihre Symptome jahrzehntelang, andere sterben ganz ohne.

Nachdenklich, aber auch etwas erleichtert, fuhr ich von Ingrid aus zur Buchhandlung buks und im Nu befand ich mich mit der Inhaberin in einem Gespräch über Religion, Spiritualität und den Sinn des Lebens, den wir beide darin sehen, anzunehmen und zu leben, was jetzt gerade ist, fuhr danach in bester Laune nach Hause, wo schon nach wenigen Minuten das Telefon schellte und Gudrun berichtete, dass ihr Mann gut angekommen sei und jetzt mit ihr nach einem Haus suche, ehe er wieder für ein halbes Jahr nach Brasilien gehe. Aber das ist keinesfalls alles an Unterhaltung heute. Jetzt sitze ich nach einem Gang zur Ludwigshöhe mit Gisela in der Bäckerei Schmidmaier, um die verlorenen Kalorien mit Kaffee und Kuchen wieder hereinzuholen. Gisela berichtet von der Beerdigung einer Freundin und erzählt, dass sie sich immer wieder mit ihrer toten Mutter unterhalte, worüber sie aber mit keinem reden könne. Da ich mich selbst auch immer mal wieder mit meinen Eltern oder dem „lieben Gott" unterhalte, finde ich das gar nicht verrückt, bin sicher, dass wir so in Verbindung kommen mit der Dimension, in der sich der geistige Anteil unserer Eltern befindet, eine Dimension, die wir normalerweise nicht wahrnehmen.

Auf der Rückfahrt von Rimsting nach Prien muss ich dann wieder ein wenig nachdenken. Ich habe in Bonn eine Hospizausbildung mitgemacht. Warum gehe ich nicht in den Priener Hospizverein und biete meine Mitarbeit an? Das wäre doch eine wirklich sinnvolle Tätigkeit. Nein. Geht nicht. Statt mich wie früher um andere zu kümmern, muss ich mich jetzt wirklich einmal nur um mich kümmern, um wieder richtig stabil und sicher zu werden. Dass ich das im Augenblick nicht bin, zeigen die aufgetauchten Ängste. An die habe ich allerdings heute kaum gedacht. Es gab so viele erfreuliche Begegnungen, dass ich sie trotz des Gesprächs über Tod und Sterben glatt vergessen habe.

Verdammt! Immer wieder dasselbe. Am Hals tut`s weh und Angst schießt hoch. Doch dann kommt Ingrids Satz: „Wenn du dran bist, bist du dran", leise fügt es in mir hinzu: „Und wenn nicht, dann nicht" und Beruhigung tritt ein. Theoretisch weiß ich natürlich, dass es darum geht, bereit zu sein, zu gehen, wenn es so weit ist, und nicht am Leben zu klammern. Genau dies Klammern beschert mir die Angst. Früher kannte ich keine Todesangst. Aber jetzt bin ich sechzig und dem Tod bedeutend näher. Meine Großmutter war in dem Alter schon lange tot.

Es klingelt. Das ist Beate, die heute Morgen ganz in der Nähe zu tun hatte und anschließend vorbeikommen wollte. „Gut schaust aus", sagt sie. „Hast eine ganz andere Ausstrahlung."

Ich bin vollkommen verblüfft, nehme mich selbst derzeit ja eher als unsicher und angstvoll wahr. Da scheint also noch Hoffnung zu bestehen, dass ich das alles gut überstehe.

Beate hat Brötchen und Brezen mitgebracht und wir führen ein langes Frühstücksgespräch, ehe sie sich wieder auf den Heimweg macht und ich meine Kräfte auf einer kleinen Radtour erprobe. So schön ist der Frühling in dieser Landschaft. So schön ist das Leben. Kein Wunder, dass ich daran hänge. Der Preis fürs Dranhängen ist allerdings hoch. Angst. Okay, ich zahle den Preis, hoffe nur, bald genug gezahlt zu haben.

Es ist sehr viel wärmer geworden und wenn ich zu den Bergen schaue, die so klar zu sehen sind, wenn ich die fedrig gezogenen Wolken am Himmel betrachte, dann denke ich an Föhn. Bis jetzt macht er mir noch nichts aus, ganz im Gegenteil, ich komme gerade frisch und fröhlich mit Giersch und Gänseblümchen aus dem Priental. Und die Angst?

Die Angst vor einem Schlaganfall ist verschwunden, seitdem der Schmerz am Hals nicht mehr auftritt, ich konnte gestern Nachmittag mit Brigitte sogar schon wieder lachen über mich selbst.

Wie spät? Oh, höchste Zeit! Ab zur Frauenärztin. Dort erfahre ich erstens, dass wir wirklich Föhn haben, zweitens, dass alles Untersuchte in Ordnung zu sein scheint, und drittens, dass ich wohl immer noch in Nullkommanichts auf 180 zu bringen bin. Man braucht mir nur ein Blutdruckgerät zu zeigen. Das ist nicht lustig. Und da ist auch die Angst sofort wieder da. Da ich momentan absolut keine Lust habe, mich ihr hinzugeben, gehe ich zu Christine in den Laden und da gerade keine Kunden da sind, bringen wir uns gegenseitig auf den neuesten Stand bezüglich unserer

Umstände und Zustände. Als schließlich doch eine potenzielle Käuferin auftritt, trete ich freiwillig ab und weiß nun immerhin, dass Christine einen Nebenerwerb angemeldet hat und mit Hilfe eines Freundes neben der Tätigkeit im Naturwerkladen einen eigenen „Laden" im Internet aufzieht, was auch nicht ohne Aufregung abgeht.

Gestern Abend hatte ich dummerweise die Idee, den Blutdruck noch einmal selbst zu messen und war ganz schnell bei 200:120. Das gab noch einmal ordentlich Herzklopfen. Nach Strömen und Zeigefingerhalten wurde ich wieder ruhig und schlief bestens, doch kaum sah ich heute Morgen das Gerät, da pochte das Herz schon wieder wild los und da hatte ich endgültig die Nase voll. Diese Angst vor dem Sterben, dieses Klammern am Leben versaut mir doch genau das Leben, das ich unbedingt behalten will. Leider ist die Angst nicht zu kontrollieren, genauso wenig wie der Blutdruck, der sofort außer Kontrolle gerät, sobald ich ihn kontrollieren möchte. Was soll ich bloß machen!
Ha! Wenigstens das Kontrollierenwollen aufgeben! Als symbolischen Akt das Blutdruckgerät verkaufen. Bewusst und unbewusst versuche ich unentwegt, das Leben zu kontrollieren, um den Tod zu vermeiden, doch genau das macht mir Druck, engt das Leben ein und bringt den Tod womöglich noch früher. Hat Brigitte nicht erzählt von einer Frau, die für andere Sachen im Internet verkauft? Ich rufe Brigitte an und schon habe ich die Telefonnummer der Dame. Die rufe ich auch sofort an, sie ist da und wir machen einen Termin aus. Das klappt ja wie am Schnürchen. Scheint der rechte Entschluss zu sein. Jetzt kann ich mich

wieder freuen auf den Besuch heute Nachmittag. Eine Freundin, die ich schon seit Studentenzeiten kenne und die seit langem schon in München lebt, will sehen, wie ich es hier angetroffen habe. Gut habe ich es hier angetroffen, sehr gut.

Ich stehe am Fenster und schaue hinaus. Unter einem tiefblauen Himmel segelt eine Krähe, schwarz wie die Nacht, und lässt den Himmel noch blauer erscheinen als er sowieso schon ist. Elegant schwingt sie sich auf einen der Zweige hoch oben im Nadelbaum und versetzt mit ihrer Landung auch alles andere um sich her in Schwingung.
So ist das. Rabenschwarze Angst, so sie in Bewegung kommt und nicht starr verharrt, lässt die Schönheit des Lebens noch einmal so schön erscheinen und bringt alles um sich her in Bewegung.

Mai

Ich sitze im Wartezimmer und warte und warte und schließlich komme ich doch dran und verstehe schnell, warum ich warten musste und es ist völlig okay. Dieser Arzt nimmt sich Zeit. Er lässt sich erzählen, warum ich jetzt da bin, was ich mir selbst denke zu meiner Bluthochdruckphobie, was ich bereits unternommen habe und wie wenig es bisher geholfen hat. „Sogar der Verstand versucht mich zu beruhigen und trotzdem geht der Automatismus los, sobald ich an Blutdruck denke", sage ich. „Wir sind Menschen", sagt der Arzt und fügt hinzu: "Sie müssen akzeptieren können, dass es jetzt so ist."

Wie Recht er hat. Ich kann es zwar oft nicht, aber genau das ist die Lösung, denn es nimmt den Druck von mir, der sich in meinen Adern längst wieder breit gemacht hat. Um die Höhe dieses Drucks zu erfahren, misst der Arzt links und während er zur rechten Seite wechselt, um auch hier zu messen, spüre ich plötzlich, dass ich ihm traue und sich etwas in mir entspannt. Der Arzt misst rechts, schaut mich an und misst noch einmal links. „Sie wechseln aber schnell", sagt er leicht erstaunt über das Ergebnis, das beim zweiten und dritten Messen bereits niedriger geworden, allerdings immer noch zu hoch war. In größter Ruhe, die mich wirklich fühlbar beruhigt, bespricht er mögliche Maßnahmen mit mir und schlägt eine 24-Stunden-Messung vor.

Auf dem Heimweg spüre ich große Erleichterung. Dieser Arzt spricht „meine" Sprache, mit dem kann ich „mitgehen". Brigitte hatte mir von den Heilerfolgen der medialen Aufstellungsleiterin erzählt und mir nahe gelegt, noch einmal zu ihr zu gehen, doch das wollte ich auf keinen Fall. Nicht, dass ich den Engeln, Maria und Jesus nicht über den Weg traue, aber ich kann sie eben weder sehen noch hören, kann also nicht „mitgehen" auf dem medialen Weg, bin ganz und gar darauf angewiesen, dass das Medium richtig sieht und hört und da fehlt es mir eindeutig an Vertrauen. Bei diesem Doktor finde ich jedoch vertrautes Gelände. Es hilft alles nichts, ich muss auch akzeptieren, dass ich eher dem vertraue, wovon ich selber eine Ahnung habe und vertrauensvolle Sprünge in eiskaltes Wasser eher scheue. Bin außerdem sowieso wasserscheu.

Pünktlich um 2 Uhr werde ich wach und schlafe nicht wieder ein. Ich liege und liege, stehe auf, esse ein Brot und trinke etwas, lege mich wieder hin, liege und liege, höre gegen 4 Uhr die ersten Vögel, stehe wieder auf, trinke etwas, lege mich hin, es wird heller und heller. Gegen 6 Uhr schlafe ich doch kurz ein und bin beim Aufstehen erstaunt, wie energiegeladen ich mich fühle. Gleichzeitig beflügelt mich Entschlossenheit. Ich fühle mich fest entschlossen. Wozu? Mein Leben auf meine Art zu leben. Zu mir zu stehen in „guten" und in „schlechten" Zeiten. Dann bin ich auch nie so ganz allein.

Was mache ich nun mit meiner Energie? Es nieselt und ist mal gerade 13 Grad. Da gehe ich entschlossen an den Schreibtisch.

Die Sonne scheint, also raus mit mir. Pfui, immer noch so kalt. Da hilft nur Warmradeln. Meine Tour führt mich zum Bauernberg, wo ich Kurve um Kurve auf dem Golfgelände herumradle, bis ich schließlich überhaupt nicht mehr weiß, wo ich bin, mich dann aber irgendwann an den Schienen der Chiemgaubahn nahe Urschalling wiederfinde. Ich halte an und staune ein wenig über mich selbst, dass ich neuerdings auch schon mal nicht ausgeschilderte Wege fahre. Gestern hatte ich sogar den verwegenen Gedanken, mich bald einmal in die Kampenwandbahn zu setzen und hinaufzugondeln. Nach der Geburt der Kinder bekam ich beim Hinunterschauen sowohl aus kleiner als auch aus großer Höhe sehr unangenehme Gefühle im Magen, woraufhin ich dazu überging, solche Situationen tunlichst zu meiden. Da scheint Wandel im Gange zu sein. Metamorphose. Ich werde deutlich mutiger. Finde ich wunderbar.

Der Abend dämmert herein. Von draußen kein Laut. Kein Vogel, kein Hund, keine Katze, kein Mensch, kein Zug. Nur das Rauschen der Prien. Eine fast schon vollkommene Stille.
Auch innen ist es still. Eine tiefe Ruhe hat den Platz der Angst eingenommen. Was dran ist, ist dran. Rheinisch ausgedrückt: „Et kütt, wie et kütt." (Es kommt, wie es kommt.) Der Rheinländer fügt dieser Weisheit noch hinzu: „Un et hätt noch immer jut jejange." (Und es hat noch immer gut gegangen.) Und wer weiß, wozu der Tod gut ist. Un wat dann kütt. (Und was dann kommt.) Könnte ja sogar etwas Besseres sein.

Nach einer ausgiebigen Sonntagstour über die Dörfer lande ich bei Juliane. An einem der Tische sitzt ein Herr in Radfahrerkluft, der gerade von Anita einen Cappuccino mit dem obligatorischen Glas Wasser gebracht bekommt, das er verweigert. „Ich brauche kein Wasser, ich bin sofort wieder weg.". Anita nimmt das Glas wieder an sich, schaut mich dann fragend an. Wie immer? Ich nicke, sie geht ins Café zurück und ich setze mich an den Tisch neben dem eiligen Herrn.
„Das ist ein Frauencafé. Hier ist alles so sanft und still. Da muss doch auch mal was Männliches sein dürfen", brummt mein Nachbar vor sich hin. „Man muss doch auch mal seine Meinung sagen dürfen", sagt er dann, schon lauter, in meine Richtung.

Ich springe sofort an. „Ja, aber das Wie ist wichtig.", höre ich mich sagen, frage dann nach, was ihn verärgert hat, und erfahre, dass er soeben von der „Chefin" zurechtgewiesen worden sei, als er ganz schnell einen Cappuccino haben wollte, um sofort wieder losfahren zu können. „Ganz schnell geht hier nicht. Hier geht es langsam", wurde ihm gesagt.

Ich lache. So ist das eben in diesem Café. Wie sich herausstellt, müsste er es wissen, trinkt nämlich öfter einen Kaffee hier. Warum geht er nicht woanders hin? „Es gibt ja leider nichts Besseres", sagt er und spricht dann von einer Art Hassliebe, die ihn immer wieder zu diesen sanften Frauen zöge. Dann schaut er mich an und sagt: „Sie sind auch so eine." Aha.

Bald unterhalten wir uns über Erziehung, psychische Befindlichkeiten, Wohnungen und Umzüge. Er wohnt schon lange in der Region, aber erst seit letztem Herbst in Prien, und macht oft Radtouren in die nähere und fernere Umgebung. Als ich von meinen Fahrten erzähle, schaut er auf mein einfaches Rad und versucht sofort, mich zu einem Mountainbike zu überreden.

„Nein", sage ich, das nächste Fahrrad wird ein Elektrorad."

„Nein", sagt er, „das können Sie nicht machen. Sie sind doch noch jung und fit."

Als er schließlich zu seiner Tour aufbricht, damit er nicht noch eine weitere Rüge bekommt, weil er erst auf Eile gedrängt hat und jetzt immer noch hier sitzt, da hat er meine Karte und will sich unbedingt nach einem Mountainbike für mich umsehen, damit ich besser die Berge hochkomme. Aber will ich überhaupt besser die Berge hoch? Außerdem mag ich keine Mountainbikes. Einen Kaffee mag ich allerdings schon mit ihm trinken nach meiner Rückkehr von Juist, wo der Sohn seine standesamtliche Hochzeit feiert. Übermorgen geht es los. Yippieh!

Ich packe den Koffer und dann gehe ich ins Kino. Allerdings nicht allein. Der Herr, dem ich gestern vor meiner Kontaktbörse begegnete, rief gestern Abend noch an, um zu fragen, ob ich mit ihm ins Kino käme, was bei mir sämtliche Alarmglocken schrillen ließ. Warum? Keine Ahnung. Die Engelkarten fielen mir ein, die Christine immer so treu Rat geben, und so ging heute früh eine SMS an sie raus mit der Bitte, die Karten einzupacken. Sobald sie den Laden aufgemacht hatte, war ich zur Stelle und, teils neugierig, teils unsicher, wagte ich das Experiment, über diese Karten meine eigene „innere Weisheit" anzuzapfen und mir selbst ins Unbewusste zu schauen.

Es funktionierte. „Engel Desirée" war sehr deutlich: „Nein, die Umstände sind jetzt nicht günstig. Warte ab oder erwäge andere Möglichkeiten." Weiter hieß es, dass ich in dieser Situation aus gutem Grund nach der Meinung des Himmels gefragt hätte, weil ich in meinem Herzen wüsste, dass etwas nicht stimmt. Es sei zwar romantisch, blind in etwas hineinzuspringen, doch die Situation erfordere etwas anderes und bringe mir nicht das gewünschte Glück.

Wow! Ich war erleichtert, dass ich das richtig gespürt hatte, und enttäuscht, dass von mehr Kontakt eher abgeraten wurde. Oder doch nicht? Im weiteren Text wurden mir verschiedene Möglichkeiten vorgestellt, mit der Situation umzugehen. Ich könne abwarten, was meinen Blick erweitern und mehr Informationen bringen werde oder mich doch auf die Situation einlassen, könne aber sicher sein, dass der Engel mir trotzdem zur Seite bleiben und mir beistehen werde, wenn ich mich aus einer Situation retten wolle. Etwas lernen würde ich so oder so.

Da ich bereits zugesagt hatte, mit ins Kino zu kommen, das auch nicht mehr zurücknehmen wollte, sehe ich mir also einen Film über Marilyn Monroe an, werde anschließend nach Hause begleitet und weiß nicht so recht, ob mir das recht ist. Wir sprechen über unsere Muster, die uns immer wieder Leid bescheren. „Werden psychische Muster bewusst, können sie sich abschwächen und vielleicht sogar ganz schwinden"; sage ich. „Nein", ist er überzeugt, „das können sie nicht." Das können sie doch. Da bin ich sicher. Bei mir geht das. Nicht immer, aber immer öfter.

Ich komme zurück von einer Traumhochzeit auf einer wunderschönen Insel und doch fühlt es sich wunderbar an, wieder in Prien zu sein. Im Briefkasten liegt ein Brief von Eon. Das wird wohl die Endabrechnung sein für mein kurzes Gastspiel bis Ende Oktober. Endlich. In der Wohnung blinkt der AB, die erste und die letzte Nachricht sind von meiner neuen Herrenbekanntschaft, mit der ersten hat er mir morgens vor der Abfahrt noch schnell alles Gute wünschen wollen, auf der zweiten lädt er mich zum Kaffee ein. Aber hatte ich nicht gesagt, ich würde mich nach der Rückkehr melden? Das geht mir jetzt eindeutig zu schnell. Da drückt einer aufs Tempo und das macht mir Druck. Ich möchte aber nichts mehr unter Druck tun.

Das Telefon schellt. Er. Ich hole Luft und sage spontan, was ich gedacht habe und dass ich auch gerade erst nach Hause gekommen sei, woraufhin er gleich wieder auflegen will, was ich allerdings verhindere, bis wir den

Kaffeetermin vereinbart haben. Wir werden uns morgen früh im Café treffen, nach meiner Begegnung mit Gudrun. Das geht ja schon wieder gut los.

Kaffee mit Gudrun. Wir haben dasselbe Thema. Ich erzähle von der Hochzeit meines Sohnes auf Juist und sie von der einen Tag später erfolgten Hochzeit ihrer ältesten Tochter, die im Sommer mit Mann und Kind für einige Jahre nach Indien gehen wird. Dann wechsle ich den Platz, setze mich zum Herrn und das nächste Gespräch findet statt. Der Herr ist nicht glücklich mit seiner Wohnung und fragt bei der Verabschiedung, ob ich sie mir einmal ansehen würde, um ihm eventuell einen Rat geben zu können. Er wohnt nicht weit, ich gehe mit, wir reden noch ein Weilchen, dann will ich gehen, dann gibt es zum Abschied unvermutet eine Umarmung, dann wird mir warm, dann schellt das Telefon und da mache ich, dass ich fortkomme, finde, was äußerst ungewöhnlich ist für mich, sofort die Ausgangstür und schon bin ich weg. Sieht ein bisschen wie Flucht aus. Fühlt sich auch so an.
Kaum bin ich zu Hause, schellt das Telefon. Er. „Geschäftlich". Wir hatten gar nicht mehr über die Wohnung geredet und jetzt möchte er etwas hören. Ich sage etwas dazu und natürlich sind wir im Nu bei anderen Themen, sprechen auch über uns und sofort bekomme ich wieder Druckgefühle, über die ich zu meiner Überraschung sofort sprechen kann, ja, ich kann sogar sagen, dass ich auf Abstand sei wegen des enormen Druckes, den ich bei ihm wahrnehme Da verspricht er, sich zukünftig mehr zurückzuhalten. Anschließend sitze ich auf dem Sofa und denke über das Gespräch nach. Er tut mir ein wenig Leid ob meiner

Offenheit und so schicke ich ihm eine SMS und bedanke mich fürs Verständnis. Schon kommt eine zurück. „Wie schön, dass ich dich kennenlernen durfte." Schnurrrrrrr…

Plötzlich steigt heftige Angst hoch und jetzt brauche ich auch Rat, frage aber lieber nicht den Herrn, sondern gehe los und kaufe mir die Engelkarten, die mir bereits einmal so deutlich Bescheid gegeben haben. Zu Hause ziehe ich eine Karte. Was sagt die weise Frau in mir, in diesem Fall Engel Adriana genannt? „Ich führe dich zur Antwort auf deine Gebete. Bitte folge den Schritten, die ich dir durch deine Intuition, Gedanken und Träume mitteile."

Na super. Meine Intuition ist gerade völlig baden gegangen und meine Gedanken spielen Karussell. Und worum habe ich eigentlich gebetet? Wonach habe ich gefragt? Wenn ich das nur wüsste!

Eine leuchtend rote Mohnblüte in einer leuchtend grünen Frühlingswiese. Wie schön.

Beate mit ihren rehbraunen Augen, die mich so offen und liebevoll anblickt und so warm und fest an sich drückt bei der Begrüßung. Wie schön.

Die Stimme des auffallend zurückhaltenden Herrn, den ich wegen eines vereinbarten Kinobesuchs anrufe, die mir verständnisvoll zusichert, im Kino auch keinesfalls meine Hand zu nehmen. Nicht? Oh! Wie schade.

Juni

Leider habe ich gestern Abend das Priener Biowetter gelesen und bekomme nachts, wie prophezeit, prompt Schlafstörungen. Erst schlafe ich nicht ein, dann wache ich mit einem Bärenhunger auf, esse etwas, lege mich wieder, schlafe irgendwann ein, wache wieder auf mit Sodbrennen, gehe in die Küche, trinke zwei Gläser Wasser, lege mich wieder, schlafe irgendwann ein, wache auf und muss zur Toilette, lege mich wieder, fühle mich total kribblig und unruhig, drehe und wende mich......

Na ja, vielleicht ist nicht nur das Wetter schuld. Habe ich nach der Lebensangst jetzt die Liebesangst? Habe ich Angst vor Männern oder nur vor diesem? Plötzlich kommen mir die letzten Zeilen von Eichendorffs Mondgedicht in den Sinn.

„Und meine Seele spannte
weit ihre Flügel aus,
flog durch die stillen Lande,
als flöge sie nach Haus."

Etwas entspannt. Es wird ganz still. Ich schlafe ein.

Wieder leuchten mir Mohnblüten entgegen, diesmal neben weißen Margeriten. Seite an Seite wiegen sie sich im Wind, der sanft über sie hinwegstreicht. Dann leuchtet es rot aus dem Unterholz. Walderdbeeren. Ich halte an, pflücke eine und schiebe sie in den Mund, die vermutlich haufenweise auf ihr abgelagerten Abgase der Landstraße ausnahmsweise in Kauf nehmend. Hm. Köstlich. Au. Verdammt. Außer Abgasen hatte sie auch noch eine Ameise auf sich. Wie das piekst und sticht.

Schnell die Notfalltropfen drauf. Kann das Leben nicht einfach mal nur süß sein?

Ungetrübt bleibt anschließend das Vergnügen, mit Gisela in Breitbrunn auf der Terrasse des Gasthauses Oberleitner zu sitzen, auf den See hinauszuschauen, mit ihr Kaffee zu trinken und Kuchen zu essen, wozu ich sie eingeladen habe, weil sie mich immer so lieb mitnimmt zu den Konzerten im Kloster. Auf dem Rückweg habe ich die Stöpsel des Walkmans im Ohr und als Michael Jackson mir ein „Stand up and live" in die Ohren schmettert, da halte ich ihn schon fast für meinen Engel, der mir eine Botschaft geschickt hat. Leben? Na klar! Bin gerade dabei.

Er und ich. Warum sage ich nicht ich und er? Weil man das nicht tut? Hm. Also, wir beiden sitzen in Bad Endorf im Kino und schauen uns die Dokumentation über Bob Marley an. Damit er sein Versprechen nicht wahr macht, nehme ich sicherheitshalber das Handhalten in die eigene Hand und greife nach seiner. Fühlt sich gut an. Trotzdem bekomme ich den Film voll und ganz mit, bin wieder einmal tief betroffen von einem schicksalhaften Leben. Und mittendrin bekomme ich wieder einen der Zufälle geboten, die seit einiger Zeit mein Leben begleiten. Draußen entlädt sich unüberhörbar ein gewaltiges Gewitter und in dem Moment, in dem im Film Bob Marley und seine Bandmitglieder überfallen und angeschossen werden, geht die Sirene an. Ich brauche etwas länger, um zu merken, dass sie nicht im Film heult.

Heftig. All das. Das Gewitter. Der Film. Mein Herzklopfen. Die Gegensätze zwischen ihm und mir, die sich immer deutlicher zeigen. Da ist vor allem die

155

völlig kontroverse Ansicht über das Annehmen dessen, was war und ist.

Da ist so viel Aufregung. Bin ich verliebt? Nein, so kann ich das Gefühl in mir nicht nennen. Ich mag ihn, schwanke aber ständig zwischen Hin- und Fortgezogenwerden. Immer mehr Unterschiede tauchen auf, vor allem in den wesentlichen Interessen. Er erweist sich immer deutlicher als die absolute Herausforderung, bei mir zu bleiben und mir zu zeigen, wie ich bin. Er kann gar nicht anders, als sich zu zeigen, wie er ist, äußert sofort, was ihm durch den Kopf oder durchs Herz geht, wobei sich Letzteres entschieden netter anhört.
Aufhören oder weitermachen? Ich weiß es nicht. Noch nicht. Es ist, wie es ist und wie es weitergehen wird, wird sich zeigen. Ich traue mir.

Am Telefon ist er verständnisvoll, ist seine Stimme weich, beim Zusammensein kann sie sehr hart werden, passend zu den Äußerungen, die dann getan werden. Einmal sagte er, ich solle kämpfen, mich verbal gegen ihn durchsetzen, doch erstens kann ich das nicht gut, zweitens will ich das gar nicht, und drittens bin ich inzwischen Pazifistin durch und durch. Es geht auch keinesfalls ums Überleben, noch kann ich fortgehen. Zurzeit stehe ich da und beobachte und lausche nach innen. Ich vertraue meiner Intuition.

Wir waren auf Wanderschaft, verliefen uns andauernd, da keiner eine Karte dabeihatte, landeten schließlich ganz woanders als geplant, was ihm peinlich war, mich aber eher belustigte, da ich als Pfadfinder auch nicht besser bin. Er rettete sich mit den weisen Worten „Der Weg ist das Ziel" und da konnte ich ihm nur Recht geben. Bei den meisten anderen Äußerungen hingegen nicht. Ich wurde immer stiller, der herbe Ton, in dem er oft sprach, ließ mich leer und gefühllos werden, störte immer wieder die wunderbare Leichtigkeit, mit der ich zu meiner eigenen Überraschung und trotz fehlender Übung die Hügel hinauf und hinunter wanderte. Seltsamerweise tauchte nicht ein einziges Mal eine der gewohnten, automatischen Verurteilungen in mir auf. Aber eben auch sonst nichts.

Jetzt sitze ich wieder auf meinem Sofa und schaue auf die Kampenwand, schaue und schaue, werde ruhiger und ruhiger. Wie es weitergeht? Ich weiß es immer noch nicht sicher, bin, anders zwar, aber ähnlich gespalten, wie ich ihn erlebe.

Nachts setzte der Schmerz über dem Herzen ein. Nein, den ist er nicht schuld, der wird ausgelöst durch Erinnerungen, die sich durch die Begegnungen mit ihm immer deutlicher ins Bewusstsein schieben. Eine Stunde habe ich nur geschlafen, liege jetzt auf dem Sofa und ströme mich. Wir haben heute Morgen noch telefoniert, eigentlich wollte ich sofort „Schluss machen", eigentlich hatte ich längst das Gefühl, er sei ebenfalls im Rückwärtsgang, doch dann war seine Stimme so verführerisch weich und nachdenklich, als er über Gegensätze sprach, die sich mal anziehen und mal abstoßen. „Du bist so sanft und spirituell", sagte er, „ich bin so erdverhaftet."

Ja, ich spüre deutlich die Schwere, die ihn umgibt, und weiß klar, dass ich in der Leichtigkeit bleiben möchte. Ich traue mir und ich traue ihn mir nicht mehr zu. Zwei Seelen wohnen, ach, in seiner Brust, die eine ist weich und voller Sehnsucht, die andere halte ich nicht aus.

Ich liege auf dem Sofa, fühle den Schmerz kommen und gehen und plötzlich ist eine Entscheidung gefallen. Entschlossenheit macht sich breit. Er hat etwas von Radtour gesagt, die Chance, mich nicht wieder von einer weichen Stimme umstimmen zu lassen, ist groß, sein AB jetzt genau das Richtige. Ich stehe auf, greife zum Hörer, halte aber noch einmal inne und nehme die Engelkarten zur Hand, nicht zur Entscheidungsfindung, sondern aus purem Interesse, was die innere Weisheit zum Thema zu sagen hat. Astara antwortet: „Du verdienst das Beste.....geh keine Kompromisse ein."

Geh keine Kompromisse ein. Genau. Schon wähle ich und sage dem AB, dass ich wieder auf Abstand bin wegen der großen Kluft zwischen uns. Alles Gute, mein Lieber. Tschau. Servus. Und danke.

Tut etwas weh, erleichtert aber ungemein. Eins unserer ersten Gespräche fällt mir ein. Muster können sich abschwächen und ändern, hatte ich behauptet, was er strikt verneinte. Und sie ändern sich doch. Ich schaue auf die letzten Tage zurück und stelle fest, dass ich vor ihm noch nie jemanden so sehr angenommen habe, wie er ist, aber auch mich selbst noch selten so sehr angenommen habe, wie ich nun einmal bin, dass ich darüber hinaus noch nie so schnell und so offen meine Empfindungen geäußert habe wie jetzt bei ihm.

Das Muster „Ich-hab-also-doch-Recht" scheint mir hingegen in alter Stärke erhalten geblieben zu sein. Aber ich habe doch auch Recht. Oder? Oder sind all die aufgezählten Muster nur Peanuts gegen das Muster „Ich-bin-besser-als-du?"

Schade. Echt schade. Nun ja. So ist das Leben eben. Ich gehe zum Telefon, rufe in der Arztpraxis in Bad Endorf an und mache endlich einen Termin aus zum Abholen des Geräts für den 24-Stunden-Blutdrucktest. Danach geht es zum Café. Anita schaut mich an. „Hallo Elisabeth, bei dir alles gut?" „Hallo Anita, ja, alles gut", sage ich und ein Strahlen bricht sich Bahn vom Herzen bis in die Augen. Alles gut. Ich lebe. Ich lebe gern. Au. Da sticht es jetzt doch ein wenig. Schon gut. Manchmal sitzt halt auch eine kleine Ameise auf einer betörend süßen Frucht und wenn man nicht achtsam ist, dann zwingt sie einen dazu.

Es ist Samstag. Es regnet. Kein Himmel, keine Berge. Nur Grau. Ich mache die Wohnung sauber, trage Notizen ein und werde langsam, aber sicher immer trübsinniger. Daran werden die Geschehnisse der letzten Wochen nicht unschuldig sein. Ich glaube, ich möchte jetzt unter Menschen. Auf dem Weg zum Café stutze ich und halte an. Etwas fehlt auf der Wiese vor den Grabmalen. Der Froschkönig ist weg. Ja, wo ist er denn? Läuft er jetzt als Märchenprinz durch Prien? Wer ihn wohl geküsst hat? Ich war`s nicht. Leider.

Es regnet. Ich schreibe. Nach dem Mittagessen mache ich mich auf ins Café. Gemütlich ist es hier wieder. Im

Hintergrund spielt leise Musik, aus der Küche dringt Geschirrgeklapper. Ich sitze auf meinem Platz im Fenster, schaue in die Wolken oder auf die Menschen im Raum. Zwei Menschen vermisse ich schon länger, die Taxigefährtin und Florian, den Osteopathen. Ich würde mich liebend gerne noch einmal mit ihnen unterhalten. Schließlich stehe ich auf, hole mir die Sonntagszeitung und blättere sie durch. Das ist der Einfluss des gerade Verflossenen, der immer mal wieder meine dürftige Zeitungslektüre bemängelt hatte. Vielleicht hat er ja ein klein wenig Recht und ist ein zwar täglicher, aber immer nur kurzer Blick auf die Schlagzeilen im Internet auf Dauer ein wenig zu wenig. Also lese ich jetzt auch noch die Schlagzeilen der Sonntagszeitung, ziehe dann mein Notizbuch heraus und beschreibe, was gerade los ist im Café.

Ein Schatten fällt auf den Tisch. Ach herrje, so ein verdammter Zufall! Wer hat denn den ausgerechnet jetzt vorbeigeschickt! Er begrüßt mich, will aber nicht an meinen Tisch, ein paar Sätze gehen hin und her, dann holt er sich die Sonntagszeitung, die ich eben zurückgelegt habe und setzt sich an den Nebentisch. Da sitzen wir also nun einträchtig nebeneinander, jeder an seinem Tischchen, er die Zeitung lesend, ich den Augenblick im Notizbuch festhaltend. Was denkt er jetzt wohl? Das ist die falsche Frage. Was denke ich jetzt? Nicht viel. Was fühle ich? Ein klein wenig Verwirrung und Unsicherheit und auch Trauer.

Als ich gehe, blinzelt mir zu meiner Überraschung Juliane zu. Ob sie etwas ahnt? Ob sie ahnt, dass sich da noch jemand weder vom eigenen Tempo noch von der eigenen Art abbringen ließ durch einen etwas zu stürmischen Herrn?

Ich brauche jetzt unbedingt Bewegung, fahre ins Priental und kehre nach einer Weile mit einem

160

Trostblumenstrauß in die Wohnung zurück. Der AB blinkt. Er. Ich solle mal zurückrufen, wenn ich mich traue. Frech. Natürlich traue ich mich. Wir reden kurz über den Abstand, in dem wir uns jetzt wieder befinden und vereinbaren dann, uns hin und wieder zu einem Gespräch zu treffen. Um zu wissen, wie es möglicherweise mit mir weitergeht, ziehe ich mir nach dem Telefonat, einfach mal so, eine Engelkarte und halte die Botschaft von Mystique in der Hand: „Schreite beschwingt voran und akzeptiere kein „Geht nicht". Rechne mit wunderbaren Lösungen." Weiter hinten im Text dann erneut die Warnung, keine Kompromisse einzugehen, mich nicht zu verbiegen oder anderen gefallen zu wollen.
Und nun ist erst einmal Schluss mit Kartenlegen. Aber wer weiß!

Heute Nachmittag kommt Ingrid zu einer Jin Shin Jyutsu-Sitzung auf die Liege, da will ich heute Morgen unbedingt an den Laptop und die Geschehnisse der letzten Tage eingeben, damit ich sie los bin und beim Schreiben nicht immer wieder erinnert werde. Aber vorher fahre ich noch schnell bei der Apotheke und bei Christine vorbei und dann zum Einkaufen.
Schnell? Ich werde sofort ausgebremst. Das Vorderrad ist völlig platt. Ich schiebe es zur nächstgelegenen Fahrradwerkstatt, wo es Gott sei Dank sofort zur Reparatur angenommen wird. In einer Stunde kann ich es wieder abholen. Ich gehe zur Apotheke, die Tür geht kaum auf, so viele Menschen stehen bereits im Raum. Na gut, dann gehe ich schnell bei Christine vorbei. Christine telefoniert gerade, ich winke ihr zu und gehe zur Apotheke zurück. Ich habe verstanden. Langsam.

In aller mir derzeit verfügbaren Ruhe warte ich, bis ich dran bin, kehre zu Christine zurück und hole schließlich mein Rad wieder ab. Ich fahre gerade los, da sehe ich von hinten jemanden, den ich kenne und klingle ihn unverfroren an. Mein Osteopath, fühlt sich tatsächlich angesprochen und dreht sich um. Er ist auf dem Weg zum Zahnarzt, wird aber eine SMS schicken, wenn die Zeit noch reicht für einen Kaffee.

Florian getroffen zu haben erscheint mir als ein gutes Omen für meine erste eigene Behandlung heute Nachmittag. Hoffentlich hat er noch Zeit für ein Gespräch. Aber wollte ich mich heute Morgen nicht an den Laptop setzen, um die Erlebnisse der letzten Zeit aufzuschreiben und sie so loszuwerden? Da wird wohl nichts draus. So schnell geht es nun doch nicht mit dem Zurücklassen und Vergessen all dessen, was mich eine ganze Weile in Atem gehalten hat. Eine gewisse Verwandtschaft mit einem Herrn, der anfangs sehr aufs Tempo gedrückt hat, kann ich nun leider auch nicht mehr leugnen.

Im Weiterfahren zum Regionalmarkt fällt mir plötzlich ein, dass dieser Herr doch oft morgens im Café sitzt. Ob er noch da ist, wenn ich eventuell mit Florian dort sitze? Was er dann wohl denkt? „Seine Sache", entscheide ich und falle fast vom Rad, denn genau da kommt er mir auf der Bernauer Straße entgegen. Ich halte an, wir wechseln ein paar Sätze, als ich ihn auf dem Rückweg dann schon wieder sehe, halte ich zwar nicht mehr an, bin mir jetzt aber völlig sicher, dass ich Menschen und Situationen so lange immer wieder vorgesetzt bekomme, bis ich wirklich „fertig" bin mit ihnen. Ich weiß wieder, dass die Dinge erst dann erledigt sind, wenn sie sich erledigt haben und nicht, wenn ich sie schnell hinter mich bringen will.

Ding dong, da kommt die SMS, im Nu bin ich beim Café und schon unterhalten wir uns über so spannende Themen wie Zusammenhänge zwischen Zahnherden und Symptomen, über seine Hypnoseausbildung, meine Aufstellungen und die Engelkarten. Das Unbewusste weiß alles, sind wir uns einig.

Florian geht, ich bleibe noch ein Weilchen in aller Beschaulichkeit draußen sitzen. Eine Taube sitzt hoch oben und hört gar nicht mehr auf zu rufen. Es klingt so sehr klagend, dass es mich ganz traurig stimmt. Oder klingt es nur so klagend, weil ich insgeheim so traurig bin?

Die Taube verstummt, das traurige Gefühl weicht und da fahre ich wieder nach Hause. Langsam. Ich habe keine Eile mehr. Das Leben entfaltet sich nach seinem ihm eigenen Tempo und da ändere ich nichts dran.

Heute vor einem Jahr, an einem Pfingstsonntag, stieg ich in Prien aus dem Zug und spürte eine derart mächtige Anziehung, wie ich sie noch nie erlebt hatte. Ob es auch am Hl. Geist lag, der jährlich um diese Zeit die Erde besuchen soll? Gleich, wer da alles beteiligt war, ich kam, fühlte mich wohl und kam sehr bald zurück, um hier zu wohnen.

Heute jetzt bin ich auf dem Weg nach Bad Endorf, um mir dies vermaledeite 24-Stunden-Blutdruckmessgerät anlegen zu lassen. Ich habe wirklich eine Phobie, wachte nachts vor Aufregung ständig auf, bin immer noch aufgeregt, fühle mich aber dennoch sehr leicht, fahre auf den Radwegen mit Musik in den Ohren, übersehe trotzdem nicht die Schönheit um mich her, die blauen Kornblumen im staubgrünen Getreidefeld, den dunkelbraunen Schuppen voller Geranien, umstanden von blühenden Holunderbüschen.

Ich bin viel zu früh in der Praxis und habe so genügend Zeit, mich weiter aufzuregen. Ich sitze, lausche den urbayrischen Lauten um mich herum und gleichzeitig meinem Herzen. Es klopft laut, fühlt sich trotzdem freudig und liebevoll an. Das Leben ist schon seltsam manchmal.

Mit dem Gerät am Arm radle ich wieder nach Hause und tue so, als sei nichts, was aber nicht so recht gelingen will. Entweder erschrecke ich, wenn sich das Ding aufbläst, oder ich liege schon Minuten vorher auf der Lauer, wann es wohl wieder losgeht. Ob das so günstig ist für die Werte? Ich fürchte, ich habe einen kleinen „Knall", kann es aber nicht ändern. Wie sagte der gute Doktor? „Das muss wohl angenommen werden. Wir sind Menschen."

Aber wer weiß, vielleicht gewöhne ich mich ja noch ans Gerät. Das Telefon schellt. Beate fragt, ob wir uns heute Nachmittag sehen können. Gerne, aber nur bei mir. Da geht`s schon wieder los. Brrrrrrrr…

Telefon. Am Apparat ist der Arzt, in dessen Praxis ich gestern das Gerät holte und in die ich es heute wieder zurückgebracht habe. Was sagt er da?

Yeah!!!!! Yippeah!!!!!!! Ich kann mir also doch trauen!!!!! Nachts ist der Blutdruck super, tagsüber ist der Durchschnittswert bei 135:85, vor allem wegen gelegentlicher „Ausreißer" bis zu 180, die mich gar nicht wundern, da ich Fahrrad gefahren bin und immer wieder in Stress geriet wegen des Messgeräts. Ich bin glücklich über die gute Nachricht und regelrecht ein wenig „aus dem Häuschen" vor lauter Erleichterung.

Nach und nach wird die Freude wieder leiser, bleibt jedoch weiterhin fühlbar. Etwas anderes fühle ich hingegen zurzeit gar nicht mehr. Ich habe keine Angst mehr. Weder vor Männern noch vor dem Leben. Ich traue mich, es zu leben. Voll und ganz.

Ein Morgen wie aus dem Bilderbuch, der Himmel leuchtet tiefblau, über den graugrünen Bergen ziehen geruhsam dicke, weiße Wolkenballungen dahin. Ein leiser Wind streicht durch die Äste, die Vögel tschilpen ihren Morgengruß und nebenan laufen die Hühner über den Hof.

Ich hole mein Rad heraus und fahre los zum Einkaufen, halte aber sofort wieder an am Garten der Bäuerin nebenan. Wie hier alles wächst und gedeiht! Die ersten Erdbeeren leuchten rot, die dicken Bohnen beginnen zu blühen, das Möhrengrün ist hochgeschossen, der Salat wird füllig. Und diese Blumen überall, die weißen und blauen Glockenblumen, die große orangene Mohnblüte. Ein Huhn kommt zu mir her, legt den Kopf schief und schaut mich an. „Ja, du Huhn, ich mag Gärten." Und ich mag noch viel mehr. Mir ist so wohl. Ich glaube, ich bin verliebt. Ins Leben.

Ein pulsierendes Gefühl von Freude und Schwung breitet sich aus, verwandelt sich nach und nach in schwebende Leichtigkeit. Kein Druck. Keine Angst. Dieser Mann war ein Geschenk des Himmels, löste noch einmal Angst aus, die dank Eichendorffs „himmlischer" Verszeilen schwand und einer tiefen Ruhe Platz machte, die es mir ermöglichte, in die anstehende Erfahrung hineinzugehen und heil wieder herauszukommen. Daran haben die Aufstellungen und die „Engel" ganz sicher auch ihren Anteil. Adriana fällt mir ein, die mir mit ihrer Botschaft zu Beginn der Bekanntschaft in die Hände fiel. „Ich führe dich zur Antwort auf deine Gebete." Und jetzt weiß ich auch wieder, worum ich gebeten habe. Ich wollte die Angst vor dem Leben verlieren. Voilà.

Als ich nach Hause komme, blinkt der AB. Ingrid kündigt an, dass sie jetzt in den Garten gehe, um Lavendel zu pflücken, und ich könne, wenn ich Lust hätte, auch pflücken kommen. Ich fahre hin, wir pflücken Lavendel und sie erzählt von ihrer Kindheit als Flüchtling im Chiemgau. Der Lehrer mochte keine Flüchtlingskinder, schlug ihr auf die Hände und ließ sie in der Ecke knien, der Vater wurde vom Bauern, bei dem er als Schweizer arbeitete, behandelt „wie der letzte Arsch", zu Ostern gab es für alle Kinder Eier, nur nicht für Ingrid.

Ingrid ist da ganz anders. „Möchtest du eine kleine Lavendelpflanze mitnehmen für den Balkon? Ich habe noch viele." Ich möchte. „Ich habe dir auch schon Salbei, Rosmarin, Zitronenverbene und weiße Nelken in einen Topf gepflanzt. Passt der in den Fahrradkorb?" Der passt. „Willst du ein Stück Kuchen? Es ist noch eins übrig." Als ich gehe, bekomme ich schnell noch ein paar Aprikosen zugeschoben. Ich sag`s ja, ich lebe in Prien wie im Schlaraffenland.

Ich bin auf dem Weg zu Gisela nach Eggstätt. Zu Fuß!!!!! Die Wanderung mit dem Herrn hat mich auf den Geschmack gebracht. Heiß ist es. Damit ich nicht schlapp mache, habe ich den Walkman mit und höre Musik, die mich beschwingt, die mich aber auch zum Mitsingen und Pfeifen verleitet. Auf einsamer Flur geht das ja gut, aber jetzt komme ich nach Rimsting und ausgerechnet jetzt kommt mein absoluter Lieblingssong von Jugend an. „If you`re going to San Francisco". Ich habe keine Wahl. Ich muss einfach mitsingen und da sollen die Rimstinger doch denken, was sie wollen. Wahrscheinlich denken sie sich bedeutend weniger, als ich denke, dass sie sich denken. Oh, und jetzt habe ich Pachelbels Canon im Ohr und es wiegt mich und trägt mich und ich habe das Gefühl, gleich hebe ich ab. Ein schneller Blick zu den Füßen. Nein, Gott sei Dank, sie haben noch Bodenkontakt.

Wie das duftet um mich her vom gerade gemähten Gras. Tief atme ich ein. Und nun singt das Herz sein eigenes Lied. Es hat nur ein Wort. Danke. Merci. Thank you so much.

Oh, rote Walderdbeeren. Soll ich? Na klar, aber vorher schön hingucken. Hm…. Köstlich. Die Erdbeeren. Das Wandern. Das Leben.

Zur Linken liegt der Langbürgnersee und vor mir auf der Straße, oh je, ein plattgefahrener Igel. Dem Armen wurde das Fell derart über die Ohren gezogen, dass sie überhaupt nicht mehr dran sind, geschweige denn irgendwelche Innereien drin. Kleiner Hinweis von „Oben", aufzupassen, wohin ich meine Füße setze auf dieser Straße ohne Bürgersteig.

Rums, ein sozialkritischer Text im Ohr katapultiert mich aus meiner Leichtigkeit heraus. Darf ich das? Nur zu meinem Vergnügen leben? Ja, sagt es innen sehr bestimmt. Ich kann die Welt nicht retten, aber mich. Und wenn ich so umweltbewusst und friedlich lebe, wie es mir möglich ist, dann strahlen Frieden und Freude aus von mir und stecken vielleicht auch andere an, ohne dass ich sie zu missionieren und zu retten versuche.

Munter marschiere ich weiter bis zu Gisela, die schon Kaffee und Erdbeerkuchen bereithält. In ihrem schön gestalteten Garten lassen wir es uns wohl sein, bis es an der Zeit ist, zum Konzert nach Seeon zu fahren. Das Eröffnungsstück von Penderecki liegt nicht so ganz auf meiner Wellenlänge, Dohnanyi trifft sie schon eher und bei Dvorak bin ich hin und weg. Augenblick um Augenblick verliere ich mich neu in der Töne schwebende Süße.

Als das Stück zu meinem Bedauern zu Ende ist, verlassen wir das Kloster und Gisela bringt mich, lieb wie sie ist, bis vor die Haustür.

Ich gehe in die Buchhandlung buks, um mir ein Buch über Pilgerwege in Oberbayern zu bestellen. Wer weiß, vielleicht gehe ich die ja mal in meiner neu erwachten Wanderlust. Schon sind Frau buks und ich wieder im Gespräch. „Wie geht's?", frage ich. „Ganz gut. So hin und her. Und wie geht's Ihnen?" „Ganz gut. So hin und her." Plötzlich gestehe ich zu meiner Überraschung offen ein, dass ich in letzter Zeit immer mal wieder traurig sei über das Alleinsein. Sie kenne das, sagt sie, und da helfe auch Telefonieren nicht wirklich, woraufhin wir uns bestätigen, dass Verdrängen nicht dauerhaft hilft, dass es immer noch am besten sei, zu fühlen, was gefühlt werden wolle.

Das kurze Gespräch tut mir gut und ich frage Frau buks, ob sie Lust hätte, gelegentlich einen Kaffee mit mir zu trinken. Hätte sie. Ob sie auch die Zeit dazu findet? Wäre schön.

Von der Buchhandlung aus geht es zu Ingrid, um frisch gebackenes Brot und frisch geschnittenes Bohnenkraut abzuholen, ein kurzes Gespräch findet natürlich auch statt und schon bin ich wieder auf dem Rückweg. Und schon sehe ich auf dem Bürgersteig Christine. Das nächste kleine Gespräch ist fällig und da fühle ich mich wieder gut aufgehoben und eingebunden in Prien …obwohl…..ja, die Trauer ist noch da, ganz leicht schwingt sie im Hintergrund mit allem mit. Okay. Meine kurzzeitige Herrenbekanntschaft fällt mir ein. Die ist nicht ganz unschuldig an der Trauer übers Alleinsein. Seltsam, Anfang letzter Woche traf ich den Herrn dauernd, dann gar nicht mehr. Thema erledigt?

Ich fahre zum Café. Als ich komme, fährt Peter gerade wieder. „Noch einen schönen Nachmittag und pfüati", ruft er mir zu. „Pfüati", ruft es spontan aus mir zurück. Hurra, bald kann ich es richtig aussprechen.

An die Mahnungen des Verflossenen denkend, lese ich mich durch beide Tageszeitungen hindurch und breche dann auf, um sofort wieder anzuhalten. Ein gerade vorbeifahrender Mountainbiker mit Helm kommt mir bekannt vor und als er ebenfalls anhält, ist klar, dass ich ihn jetzt doch wieder getroffen habe. Auf dem Weg nach Hause fällt mir Florians Satz ein, Prien sei ein Dorf. Es stimmt, an jeder zweiten Ecke trifft man jemanden, den man kennt. Jedenfalls manchmal. Wenn es der Zufall so will. Wenn man das so braucht.

Im Hausflur treffe ich die Nachbarin unter mir, reiche ihr formvollendet den Arm, den sie entzückt annimmt, und gemeinsam schreiten wir zum Briefkasten. Dort stehen wir eine Weile, während sie von ihrem Leben in Afrika erzählt. Wie mutig sie war. Ich wäre sicherlich nicht in ein Land gegangen, wo es haufenweise grüne Mambas gibt, deren Gift so schnell wirkt, dass man, hat man nicht sofort das Gegengift zur Hand, nach nur fünf Minuten mausetot ist. Es war ein Schock für sie, als sie einmal das Zimmer ihres kleinen Sohnes betrat und außer dem schlafenden Kind auch noch einen Hausdiener mit einer um einen Besen gewickelten Mamba vorfand, die er gerade unter dem Bett des Kleinen hervorgeholt hatte. Mammamia.

Es gab aber nicht nur Erschreckendes in Afrika, sondern auch viel Lustiges und Interessantes. Sie habe viel gelernt, sagt sie, vor allem Verständnis für die Menschen. „In allen Adern fließt Blut und alle haben ein Herz." Ein wenig vermisst sie das Leben von damals, die Geselligkeit, die Familie um sich herum. „Jetzt ist es oft so still", sagt sie, „umso mehr freue ich mich, wenn ich erzählen kann. Danke schön fürs Zuhören."

Dankeschön fürs Dankeschön. Ich brauche das. Tu ja sonst nicht… Halt! Schon gut. Die Seele braucht es nicht, gebraucht zu werden, der Mensch, das soziale Wesen, das ich bin, braucht es sehr wohl.

Diesen Sommer läuft keine Katze mehr am Schuppen nebenan übers heiße Blechdach. Es ist vor Wochen schon abmontiert worden und jetzt schaufelt ein Bagger ein tiefes Loch an dieser Stelle. Macht ordentlich Krach. Ich schaue eine Weile zu und bekomme ganz plötzlich, der Himmel weiß wieso, Lust auf Eis und Leutegucken in der Touri-Zone am See. Nicht lange und ich schiebe das Fahrrad die Promenade entlang auf der Suche nach einem Platz auf einer Bank im Schatten. Von denen gibt es nur wenige mit Ausblick auf See und Berge und natürlich sind sie alle längst besetzt. Na gut, da esse ich das Eis eben im Stehen. Ich stelle das Rad neben einer Bank ab, reiße das Papier auf und es denkt: „Könnte jetzt nicht bitte einer aufstehen und gehen?"

Die alte Frau direkt neben mir am Ende der Bank schaut mich an, lächelt, winkt mir zu und sagt: „Kommen Sie. Setzen sie sich. Ich mache jetzt einen Rundgang."

Danke. Manchmal funktioniert es wunderbar. Warum nur nicht immer? Wahrscheinlich brauche ich es nicht immer.

Tuuuut. Dampfer Josef kehrt von seiner Tour zurück in den Hafen, da schlagen die Wellen hinter ihm sofort höher ans Ufer. Das freut die Kinder in Unterhose, die auf den Bootsstegen sitzen und die Beine ins Wasser halten. Das so entstandene Schaukeln freut sicher auch die Entenküken, die Seite an Seite mit der Mutti dahinpaddeln. Ich sitze und schaue, betrachte die Menschen, die vorbeigehen, einzeln, zu zweit, in Gruppen, mit Eis, mit Hund, mit Kinderwagen, mit Krücken oder ohne alles. Oh, Josef fährt schon wieder los und kaum hat er sich im Hafenbecken gedreht, da tutet es schon wieder und der Star der Flotte, der Raddampfer Ludwig Feßler schaufelt sich zur Anlegestelle hin.

Weitere Höhepunkte sind nun erst einmal nicht mehr zu erwarten, das Eis ist schon lange auf und so trete ich die Rückfahrt an. Der Laptop ruft.

Heute Morgen komme ich nicht so recht in die Gänge, der Körper fühlt sich sehr schwer an und auch das Seelenvögelchen lässt die Flügel hängen. Es fehlt eindeutig an Kraft. Wie wäre es mit einer Tour zum Kraftplatz in Söllhuben?

Ich hole das Rad, schwinge mich in den Sattel und los geht`s. Doch zu meiner Verblüffung fährt das Rad nicht Richtung Söllhuben, sondern genau entgegengesetzt.

„Gstadt", sagt es sehr entschlossen in mir. Mein Kraftplatz scheint woanders zu liegen. Körper und Geist werden voller Vorfreude immer munterer und schon bald kommt Gstadt in Sicht. Ich fahre zum Rosengarten, sitze lange auf einer Bank und bewundere die in Runden angelegte und gerade voll erblühte, rosarote Pracht. Danach geht es zum Kräutergarten, der mit einer Vielzahl gelb leuchtender Königskerzen förmlich zu winken scheint.

Warum habe ich nur immer wieder Sehnsucht nach einem eigenen Garten? Die Natur hält Blumen in verschwenderischer Fülle bereit und ich muss rein gar nichts tun dafür. Auf dem gesamten Rückweg begleiten mich die allerschönsten Blumen und da nehme ich mir gleich wieder einen Strauß mit. Viel Zeit, ihn in der Wohnung zu verteilen, habe ich nicht, hole gleich nach der Rückkehr den Herrn zu einem Gespräch ab, radle mit ihm zu einem Café am See und bereits auf der Fahrt gibt es ein kurzes, herbes „Draufschlagen", das meine gerade noch gefühlte Fröhlichkeit und Leichtigkeit in Schwere und Leere verwandelt. Seine Art macht mich sprachlos. Ich kann erst einmal nicht glauben, was ich da in welchem Ton zu hören bekomme. Das Gespräch selbst läuft dann zwar einigermaßen harmonisch, doch es wird mir noch einmal deutlich bewusst, dass dieser Mann in einer völlig anderen Welt lebt als ich.

Abends ruft er an. Ich hatte den Anruf erwartet, hatte ihm, was ich sehr mutig fand, die Seiten über „unsere Geschichte" mitgebracht, was er allerdings bedeutend weniger mutig fand, als sich mit einer Esoterikerin wie mir abzugeben. Das könne ein guter Frauenroman werden, meint er und bezeichnet dann die Engelkarten in heftigstem Tonfall als „Schmarrn", den ich nicht nötig hätte. Da hat er Recht. Nötig habe ich die Karten nicht.

Kaum habe ich den Hörer aufgelegt, wird mir bewusst, dass ich noch etwas nicht nötig habe. Diese Art von Respektlosigkeit brauche ich ab sofort auch nicht mehr. Ich stehe fühlbar an einer Grenze. „Selbstachtung", sagt es in mir. Genau. Ab jetzt geht es nicht mehr vorrangig um die Achtung seines Soseins, sondern um die Achtung meines Andersseins. Ich habe mich zu meiner eigenen Verwunderung kein einziges Mal durch seine respektlose Art klein gemacht gefühlt, war mir meines Wertes immer bewusst. Mehrmals sprach ich ihn auf seinen Ton an, doch ohne Erfolg. Er ist so, war und ist mir klar. Ab jetzt ist mir aber auch klar, dass ich jemand bin, der diesen Ton in seiner Umgebung nicht mehr hören möchte. Bei der nächsten Entgleisung gehe ich oder lege den Hörer auf. Schluss. Ab jetzt steht mein Wohlbefinden im Vordergrund.

Heute fahre ich nach München, doch nicht nur deshalb wache ich früh auf. Über Nacht ist eine Entscheidung gereift. Ich möchte nicht bis zum nächsten Gespräch warten, sondern werde den Herrn sofort wissen lassen, was ab jetzt anders ist. Ich schreibe ihm einen Brief, in dem ich ihm mitteile, dass ich die Achtung vor meiner Andersartigkeit vermisse und in Zukunft nicht mehr respektlos angeblafft werden möchte, dass ich, sollte es doch wieder geschehen, das Gespräch sofort beenden würde. Auf dem Weg zum Bahnhof werfe ich den Brief in seinen Briefkasten, kann aber nicht verhindern, dass Brief und Empfänger mich auf der Zugfahrt noch eine Weile beschäftigen. Durch seine grobe Art trenne er die Spreu vom Weizen, sagte er einmal. Wer trotzdem bleibe, der sei ein echter Freund. Bin ich Spreu? Bin ich

Weizen? Ich bin Weizen und mag nicht mehr wie Spreu behandelt werden.

In München treffe ich eine Freundin aus Bonner Zeiten, und habe keine Zeit mehr, an den Brief zu denken, finde bei der Heimkehr dann aber im Briefkasten den vom Herrn schon lange in Aussicht gestellten Bezug für meinen Fahrradsattel. Hat er den eingeworfen, bevor er den Brief fand oder nachher? Ob er jetzt beleidigt ist? Egal was er ist. Ich rufe an, er ist da, ich bedanke mich und frage, ob er den Brief gelesen habe. Zur Hälfte. Wieso nur zur Hälfte? Weil nur die Hälfte stimmt. Was stimmt nicht? Nicht er habe keinen Respekt, sondern ich. Erst zeige ich mich so sanft, sage nichts und dann haue ich drauf. Ich? Ich haue drauf? Da scheint eine Verwechslung vorzuliegen.

„Du kannst die Wahrheit nicht vertragen", sagt er.

„Es geht nicht um Inhalte, es geht um den Ton", stelle ich richtig.

„Der ist eben männlich."

„Der ist respektlos". Mein Ton ist fest und sachlich, als ich die nächste Verwechslung korrigiere, was ihn aber wohl erst recht in Rage bringt. Schon schlägt er verbal wieder drauf. Und schon lege ich auf. Mit, ich muss es gestehen, einem Gefühl von Genugtuung. Ich habe es angekündigt. Jetzt wird gehandelt. Und jetzt kann ich endlich auch diesen Satz sagen, den fast alle Frauen irgendwann einmal sagen. „Er kann mich einfach nicht verstehen." Erstaunlicherweise mag ich ihn immer noch. Er ist, wie er ist. Und ich bin, wie ich bin. Und in diesem Ton redet keiner mehr mit mir. Das allererste Gespräch fällt mir ein. „Hier fehlt das Männliche. Man muss doch auch mal seine Meinung sagen dürfen." Darf man. Entscheidend ist allerdings wie.

Er ruft nicht mehr an. Vermutlich bin ich jetzt endgültig Spreu für ihn. Macht nichts. Auch die Spreu hat ihren

Wert. Und weiter geht es auf dem Lebensweg. Vorwärts. Ohne falsche Rücksichten. Und ohne Angst. Aber mit Dankbarkeit. Ich habe dem Herrn viel zu verdanken.

Ich treffe letzte Vorbereitungen für die morgige Reise nach Bonn zur kirchlichen Hochzeit des Sohnes und fahre dann zum Café. Peter sitzt draußen und liest Zeitung, da hole ich mir auch eine und setze mich dazu. Als sein Salat gebracht wird, legt er die Zeitung fort und beginnt zu erzählen. Als der Teller fast leer ist, sind wir bei seinen Jugendstreichen angelangt. Ich bin sicher, Ludwig Thoma hätte seine helle Freude an ihm gehabt. Einmal brachte er einen Trupp Freunde dazu, mit ihm zusammen einen alten Fiat ohne Motor und Bremse hundert Meter den Berg hinaufzuschieben und mit Karacho den Berg wieder hinunterzufahren und rein in einen Kieshaufen. Das machten sie so lange, bis sie k.o. waren, und es ging zum Glück auch jedes Mal gut. Manche Streiche verübte er ganz allein und so geschah es, dass, gerade nachdem der Vater ihm gesagt hatte, er müsse sich keine Sorgen machen, wenn auch einmal etwas zu Bruch gehe, das zahle dann die Versicherung, dank seiner Einwirkung eine der großen Scheiben des Kleinen Kursaals in 1012 Stücke zersprang. Dem herbeilaufenden Kurdirektor sagte er völlig cool, das zahle die Versicherung, nahm dann aber schleunigst die Beine in die Hand, um vor dem wütenden Kurdirektor beim Vater zu sein und seine Version des Geschehens als erster loszuwerden. Junge, Junge. Es gab dies Mal keine Bestrafung, erzählt Peter und hat es seinem Vater nie vergessen.

Peter fährt wieder davon und Barbara kommt vor die Tür. „Wie geht es dir?", frage ich sie. „Gut geht`s. Und dir? Alles heile?" Wie meint sie das? „Sind die Grundfesten heil?" „Ja, sind sie."

Juli

Es war wieder eine wundervolle Hochzeitsfeier, es gab viele schöne Begegnungen mit Freundinnen, und jetzt sitze ich auf dem Sofa und schaue zu, wie die Berge immer neue zauberhafte Blautöne annehmen, die Wolken in aller Ruhe gemächlich über ihnen dahinziehen, die Tauben ihre Abendrunden um den Kirchturm drehen und die Prien rauscht und rauscht und rauscht…..

Ich habe Lust, noch einmal mein Unbewusstes zu befragen und es schiebt mir den Engel Zanna in die Hände. „Du bist vor allem Leid geschützt. Das Schlimmste liegt hinter dir. Entspanne dich und wisse, dass du in Sicherheit bist." Hatte ich das jetzt nötig? Nein. Aber es tut gut, noch einmal erinnert zu werden an das, was ich im Grunde längst weiß. Erstaunlich, wie genau die Karten manchmal meinem inneren Zustand entsprechen. Unheimlich schon fast.
Ich betrachte die Karte in meiner Hand und denke an den Herrn. Bin ich wirklich so spirituell und esoterisch, wie er behauptet? Nein. Ich bin einfach, wie ich bin. Aber vielleicht bekomme ich inzwischen doch ein paar Schwingungen mehr mit als zu Zeiten, als ich noch glaubte, ich bekäme keine mit. Vielleicht geht in mir

etwas in Resonanz mit den Worten auf den Karten, ähnlich wie das Wasser in den Experimenten des Japaners Emoto, der Wasserkristalle aus Wassergläsern fotografierte, die auf Karten mit unterschiedlichen Wörtern gestanden hatten. Das Wort Liebe brachte eine harmonische Kristallstruktur hervor, das Wort Hitler eine chaotische. Spannend finde ich das. Weiß der Himmel, wie viele unterschiedliche Strukturen all die Wässerchen in meinem Körper zeigen würden, wenn man sie ins Tiefkühlfach und dann unters Mikroskop legen würde. Da wäre sicher nicht alles so wunderbar harmonisch angeordnet, wie ich das gerne sehen würde. Genug der Spekulation. Auf zu neuen Taten. Leider ist die Wohnung schon wieder reichlich verstaubt. Wer verteilt nur immer überall all diese Flusen, Krümel und Körnchen!

Swinging Prien" ist angesagt. An allen Ecken spielen Bands und im Ort sind viele Menschen unterwegs. Für mich geht es los bei der Bühne in der Höhenbergstraße. Das Lied kenne ich doch! Oh nein, nicht das jetzt. Zu spät. Der Wind trägt mir das „Halleluja" entgegen, einer der Kultsongs der letzten Jahre, der auch auf der Hochzeit des Sohnes extra fürs Hochzeitspaar gespielt wurde. Da habe ich nicht geheult, aber jetzt fließen die Tränen. Das fängt ja gut an.
Da Halleluja nicht zu toppen ist, gehe ich weiter, halte erst wieder an auf der Bernauer Straße, wo die Band „sixtie beat" für Sixties wie mich alte Titel spielt, die aber auch Jüngere offensichtlich noch gerne hören. Ich stehe recht nahe an den Lautsprechern und es wummert gewaltig, Schallwellen rauschen nahezu ungebremst durch meine Brust in den Sandalenständer hinter mir

und durch die offene Tür zu „Schuh Huber" rein. Kaum fange ich jedoch an, das Ganze zu genießen, da ist Pause. Na gut, dann eben nicht. Dann suche ich eben die nächste Band heim.

Nach zwei Stunden habe ich genug vom bunten Treiben und gehe für eine Weile nach Hause, will am Abend aber auf jeden Fall wieder in der Höhenbergstraße sein, um Florian, den philosophischen Doktor mit seiner Band zu hören, die Beate mir sehr ans Herz gelegt hat.

Die Band Phil&phil&friends, deren Name sich dem Umstand verdankt, dass der Philosoph Florian einen Bruder namens Philipp hat, ist für zwanzig Uhr angekündigt, ich bin pünktlich zur Stelle, doch noch spielt die Vorgängerband und sie spielt immer noch und immer noch, sie spielt sehr laut, plötzlich besteht die Welt nur noch aus Lärm und ich fühle mich schlagartig sehr allein. Wo ist Beate? Was will ich hier nur? „Scheiß drauf, lass es sein", röhrt die junge Frau ins Mikro und da scheiß ich drauf und lass es sein und geh wieder nach Hause. Oh weh, hab ich eine Laune!

Vom Sofa aus schaue ich ein wenig fern. Die Abendsonne wirft einen rosig-goldenen Schimmer auf die Kampenwand, dicke, weiße Wolken ziehen dahin unter dem vielfarbig blauen Himmel. Ich sitze und sitze und es ist alles okay. Auch das Alleinsein. Auch die schlechte Laune. Auch, dass ich beides lieber nicht hätte.

21 Uhr. Letzter Versuch, den Phil.-Doc auf der Bühne zu erleben. Die Band hat inzwischen alles aufgebaut, der Soundcheck läuft, jemand winkt mir zu. Beate. Endlich geht es wirklich los und ich mag die Musik tatsächlich. „Ist alles selbstkomponiert", erklärt Beate. Der Rhythmus der Lieder wird fordernd, ich muss mich bewegen. „Getanzt wird vorne", sagt Beate, „komm, wir schlängeln uns durch." Schnell sind wir ganz vorne

178

und da gibt es dann kein Halten mehr. Ich muss einfach loslegen, tanzen, was die Sohlen hergeben. Beate bleibt eher bescheiden im Hintergrund, doch dann taucht Peter auf und ist bald ebenfalls auf der Tanzfläche. Das macht richtig Spaß. Was keinen Spaß macht, sind die Holzfeuer, die heftig rauchen und die Augen tränen lassen.

Als ich, zu Hause angekommen, auf die Uhr sehe, kann ich es kaum glauben. Mitternacht. Ich habe stundenlang getanzt und es richtig gut gehabt, rieche allerdings meilenweit nach Lagerfeuer. Aber das tut nicht weh und morgen früh wird geduscht. Plötzlich bin ich sehr müde. „Vielen Dank für den netten Abend", schicke ich noch nach „Oben" und falle ins Bett.

Heute Abend geht es zur Werkstatt, dem Theaterraum des Kunstlehrers Michael Feuchtmeir aus Rimsting. Regina, eine Freundin von Christine nimmt uns im Auto mit zur Performance „Er (ein Bericht)". Ich finde genial, was ich höre und sehe, bin von Anfang an gepackt und tief berührt durch das, was gesprochen und auf einer großen Tafel mit nassem Schwamm und weißer Kreide gezeichnet wird. Unterschiedliche Ebenen und Schichten durchziehen das Stück, viele Themen werden angesprochen, von denen mir einige sehr bekannt sind. Ordnung schaffen und sich darin sicher fühlen. Genau das habe ich immer versucht. Sehnsucht nach Geborgenheit und Zärtlichkeit, nach einem schwebenden Dasein und Zuständen wie im Mutterleib. Kenne ich nur zu gut. Begleitet wird die Aufführung von Gewittern draußen. Wieder einmal liegt etwas Heftiges in der Luft.

Nachher kann noch bleiben, wer möchte, auch, um dem Autor und Darsteller Fragen zu stellen. Ich habe auf Anhieb eine ganze Latte von Fragen auf der Zunge, wir drei bleiben im Aufführungsraum und warten darauf, dass der Künstler zurückkommt, doch wird er bereits im Vorraum von anderen mit Beschlag belegt und irgendwann ist es zu spät, Christine und Regina sind müde, mir ist die Lust am Fragen vergangen, und so fahren wir nach Prien zurück. Schade. Ich hätte zu gern erfahren, wie es zu der Idee einer solchen Performance kam, wieso diese spezielle Thematik gewählt wurde, ob das Ganze aus dem eigenen Erleben heraus gespeist wurde, ob er das mit der Ordnung, der Sehnsucht, dem Schweben selber kennt…

Im Bett denke ich weiter über das Stück nach. Und schon wieder gewittert es und der Regen prasselt auf Dach und Bäume. Ich bin unruhig. In mir arbeitet etwas. Vehement macht sich der Wunsch nach Austausch auf der kreativen Ebene bemerkbar. Ich schreibe immer so allein vor mich hin.

Das gestern Gesehene und Gehörte beschäftigt mich weiter. Wie lautete einer der Sätze im Stück? Wenn keine Gedanken da sind, ist das Leben leicht? Das viele unnütze Denken lassen können. Ach ja, wäre das schön. Ich gehe zum Schreibtisch, rufe dann aber aus einem plötzlichen Impuls heraus erst einmal bei meinen ehemaligen Vermietern an. Schock. Der Mann, der mir Silvester noch die hilfreiche SMS geschickt hat, ist vor zwei Wochen gestorben. Erst verschlägt es mir die Sprache, dann macht sich eine große Entschlossenheit breit. Leben! Jetzt!

180

Wandertag. Mit Gisela und Wanderkarte geht es vom Parkplatz Hainbach hinter Aschau erst einmal zur Schossrinn, dem schönen Wasserfall im Priental, der aus großer Höhe in einem langen, zarten Schleier senkrecht hinunterfällt. Wir schauen und staunen, klettern dann näher heran und lassen uns vom feinen Sprühregen einstäuben. Es ist bestimmt ein Kraftplatz, auf jeden Fall schaffen wir den Marsch nach Hohenaschau und wieder zurück spielend. Es geht durch Wald und Wiese, an der Prien entlang, die manchmal so tief unter uns fließt, dass mir beim Hinuntersehen ganz flau wird.

Gott sei Dank sind die Wege meist gut ausgeschildert. Sind sie es doch einmal nicht, würde Gisela mich zu gerne verführen, ein wenig drauflos zu gehen. Doch ich widerstehe, habe keine Lust auf Sackgassen oder Umwege, die womöglich länger werden als mir lieb ist. Allerdings weiß ich genau, dass das nicht der wahre Grund für meine Widerständigkeit ist, bin in Wahrheit durchdrungen von Risikoscheu, von etwas, was Gisela völlig fremd ist. „Ich liebe den Reiz des Unbekannten und riskiere gerne mal was", sagt sie und erzählt dann eine der für sie typischen Geschichten. Sie wollte mit ihrer achtzigjährigen Mutter per Gondel auf den Predigtstuhl hinauf und per pedes wieder hinunter. Der Ticketverkäufer schaute bedenklich, als sie nur die Hinfahrt löste, und fragte zweifelnd, ob die alte Dame neben Gisela tatsächlich noch die 900 Meter den Berg hinunter bewältigen könne. „Sie kennen meine Mutter nicht", gab ihm Gisela zu verstehen. Doch leider kannte noch wer die Mutter nicht. Die konnte irgendwann nicht mehr weitergehen. Und nun? Gisela entdeckte einen Bagger, ging hin und fragte den Baggerführer, ob er sie hinunterfahren würde. Tja. Es gab nur einen Sitz auf dem Bagger und das war der des Baggerführers.

Doch der Mann war hilfsbereit und wusste Rat und so wurden Gisela und Mutter in der Baggerschaufel „wie Königinnen" an den übrigen Wanderern vorbei nach unten gefahren. Es war wieder einmal gut gegangen.

Wie anders Gisela ist. Wie gut das ist. Da kann ich mir noch etwas abgucken auf meine alten Tage. So ganz, ganz langsam bekomme ich Lust, auch einmal unbekannte Wege zu gehen. Der Satz, den ich gestern zufällig hörte, als ich an der öffentlichen Messe auf dem Priener Marktplatz vorbeifuhr, ist mir noch deutlich im Ohr: „Wenn du vorwärts kommen willst, musst du sicheren Boden verlassen." Was fragt Gisela da? Ob ich nicht einmal mit ihr auf die Kampenwand fahren wolle? Gondel. Hm. Über einem Abgrund schweben. Wenn da was reißt.

„Wenn du vorwärts kommen willst, musst du sicheren Boden verlassen." Habe ich überhaupt noch Angst? Ich fühle in den Bauch hinein. Im Augenblick nicht. Okay Gisela, bald. Versprochen.

Das Wetter hat sich meinem Gemüt angepasst. Oder umgekehrt. Mal scheint die Sonne, mal regnet es, mal donnert es in der Ferne, mal ganz nah. Erst überlässt mir am Vormittag ein freundlicher Autofahrer die Vorfahrt, gleich darauf blafft mich der nächste vor der Haustür an: „Du blödes Weib, verdammt noch mal". Es dauert eine Weile, bis ich begreife, dass er mich meint, dass er wohl der Ansicht ist, ich hätte mit dem Rad hinter dem auf meiner Straßenseite parkenden Auto warten sollen, bis er vorbei war. Oh Mann! Habe ich nicht genug aufgepasst? War wirklich zu wenig Platz auf der Straße?

Der Hausmeister der Anlage hat alles gesehen und gehört und kommt mir entgegen. „So san die Bayern", tröstet er mich. Sein Kommentar tut besonders gut, da er selbst ein echter Bayer ist, einer von der Sorte, wo ich die Ohren spitzen muss, um ihn einigermaßen zu verstehen. Ich habe schon öfter geübt mit ihm, wenn er in der Wohnung zu tun hatte, und wir uns unterhielten über das Kreuz mit dem Kreuz, über Söhne und Töchter, über viel zu viel Arbeit und viel zu wenig Freizeit.

Was macht das Kreuz zurzeit? Nun ja. Aber er hat Arbeit reduziert, hat beschlossen, in den nächsten Jahren immer weiter zu reduzieren, will mehr Freizeit und noch etwas vom Leben haben. Ihm ist wohl immer klar gewesen, dass das Kreuz mit dem Kreuz nicht von nichts kommt, doch jetzt setzt er sein Wissen in die Tat um. Finde ich super.

Gleich kommt eine Freundin aus Bonn zu Besuch und vorher muss ich noch einiges einkaufen. Schnell bin ich mit dem Rad beim Bioladen, schnell bin ich auf dem Rückweg und schon fast vorbei, als mir der Mann auf dem Bürgersteig doch sehr bekannt vorkommt. Anhalten? Nein, keine Zeit. Und keine Lust. Ob er mich gesehen hat? Ob er jetzt anruft? Was sage ich dann? Die Wahrheit. Keine Zeit und keine Lust.

Wieso beschäftigt mich die Begegnung so? Immer noch nicht fertig? Abwehr steigt auf. Abneigung auch. Wann werde ich endlich in aller Unbefangenheit an ihm vorbeifahren oder anhalten können?

Nebenan wird gearbeitet. Auf dem betonierten Grund wird eine Mauer hochgezogen, Stein um Stein mit Mörtel bestrichen und sorgfältig eingefügt. Da gehe ich an den Schreibtisch und sorgfältig wird Wort an Wort gefügt, auf das sie alle gemeinsam gut lesbare Lektüre ergeben.

Es regnet ununterbrochen und ich bin eingestellt auf einen Samstag allein. Doch schon geht das Telefon und Beate ruft an. Ich lade sie ein, herzukommen und wir reden nahezu ohne Punkt und Komma bis zum Mittag durch. Beate klärt mich nicht nur darüber auf, dass man Froschkönige nicht küsst, sondern an die Wand klatscht, sie spricht auch davon, wie oft wir im Außen suchen, was nur im Innen zu finden ist, und mir wird klar, dass ich über den Austausch mit anderen kreativ tätigen Menschen nicht nur neue Anregungen erfahren möchte, sondern auch Anerkennung und Wertschätzung für mein Schreiben. „Tu es selbst", sagt es. Danke, liebe Beate, ja, ich schätze es wieder selbst.
„Danke, liebe Beate", kann ich anschließend noch viele weitere Male sagen. Da es immer noch regnet, sie auch zum Bioladen möchte, nimmt sie mich im Auto mit. Da sie mit Peter für die Mittagspause dort verabredet ist, ich samstags sowieso hingehe, nimmt sie mich mit zum Café, wo sie, da Peter nicht auftaucht, allein zu Mittag isst, während ich meinen Milchkaffee trinke. Wir unterhalten uns weiter, lesen zwischendurch immer mal wieder Zeitung und als sie ihren Schokokuchen nicht aufbekommt, kommt die zweite Gabel ins Spiel, die sie bereits vorsorglich hatte mitbringen lassen.
Wir reden, wir lesen Zeitung und plötzlich, wie auf Kommando, legen wir beide die Zeitung weg. Rien ne

va plus. Da oben geht kein Wort mehr rein. Wir gehen zur Theke, um zu bezahlen, schon hat sie für mich mit bezahlt, wir gehen zum Auto, es regnet immer noch, da fährt sie mich bis vor die Haustür, ich steige aus, da sagt sie zum Abschied: „Ich mag dich."

„Ich dich auch."

Das Leben meint es wieder einmal sehr gut mit mir. Es scheint zu stimmen, was in dem Zen-Gebet steht, das ich vor vielen Jahren schon auswendig gelernt habe:

„Nichts und niemanden mache ich mir zu Eigen,
ich lebe einfach und alles wird mir geschenkt."

Donnerwetter! Hat der Mann den siebten Sinn? Hat er gespürt, dass ich ihm wieder wohl gesonnen bin? Gestern Mittag glaubte ich, ihn im Vorbeifahren gesehen zu haben, war mir aber nicht sicher, merkte nur, dass ich ihn wieder mag. Abends rief er an und sprach mich auf die Begegnung letzte Woche an. „Tu jetzt nicht so, als hättest du mich nicht gesehen". Ich gab es zu. „Ich hatte keine Zeit und…" „Keine Lust", ergänzte er und es schien ihm nicht viel auszumachen. Er respektiere meine Art, sagte er, wiederholte, dass er den Brief nicht zu Ende gelesen habe, und fragte dann, warum ich ihn zwischenzeitlich nicht einmal angerufen hätte. Na ja, unter anderem, weil ich dachte, er sei nach meinem Höreraufregen beleidigt und wolle nichts mehr wissen von mir.

„Du könntest dich auch ruhig einmal entschuldigen." Ich? Ich hatte doch nicht aus Spaß aufgelegt. Ich ging nicht weiter auf diese Bemerkung ein, wir verabredeten ein erneutes Kaffeetrinken und legten diesmal beide gleichzeitig auf.

Heute geht mir das Gespräch nach. Ich könnte mich ruhig einmal entschuldigen? Ich? Müsste nicht er sich zuerst einmal entschuldigen? Plötzlich fällt mir der Goethespruch im Treppenhaus zur Bücherei ein:
„Jeder kehre vor seiner eigenen Tür
und die Welt ist sauber."
Etwas dreht sich. Nein, er müsste sich nicht zuerst entschuldigen. Was er macht oder nicht macht, ist seine Sache. Was ich mache oder eben nicht mache, ist aber voll und ganz meine. Ob er sehr verletzt war durch das Hörerauflegen? Ob er den Brief wirklich nicht zu Ende gelesen hat? Dann wusste er nichts von meiner Ankündigung, ein Gespräch gegebenenfalls einseitig zu beenden. Schon habe ich den Hörer in der Hand. Er ist nicht da, da sage ich es dem AB, dass es mir Leid täte, sollte ich ihn wirklich verletzt haben, und dass ich mich in diesem Fall hiermit in aller Form entschuldigen würde, dass es aber womöglich trotzdem wieder vorkommen werde.

Jetzt geht es mir wieder gut. Ob ich jemals fertig werde mit ihm? Er bleibt eine Herausforderung, bringt immer wieder neue, überraschende Wendungen ins Spiel. Und jetzt los ins Café zu Ulli, um den Bericht über die Hochzeitsfeierlichkeiten abzuliefern.

Nach dem Treffen mit Ulli fahre ich einkaufen, will auf dem Rückweg bei Christine im Laden vorbeischauen, warte gerade an der Kasse, da bimmelt das Handy. Christine. „Was machst du? Wo bist du?" Ich muss lachen. Komme ja schon. Noch eine mit siebtem Sinn. Wir sind wie immer sofort im Gespräch, doch sobald die erste Kundin den Laden betritt, fahre ich nach Hause, schalte den Laptop ein und schaue nach meinen Mails. Oh. Die so sorgfältig ausgesuchte Agentur, der ich gestern Exposé und Auszüge zuschickte, hat geantwortet, dass man ausgelastet sei mit den bereits übernommenen Autoren und zurzeit keine Manuskripte lese. Ist das die Standardabsage nach oder vor dem Hineinlesen? Ich bin sehr enttäuscht.

Das Telefon schellt. Die Tochter. Sie fragt, wie es mir geht, ich bin ehrlich, berichte von der Absage und sie tut ihr Bestes, mich zu trösten und zu ermutigen. Es gelingt ihr, als ich auflege, fühle ich mich wieder bedeutend zuversichtlicher.

Das Telefon schellt. Er. Entschuldigt sich dafür, dass sein Ton vielleicht nicht immer der richtige war, dass er aber auch nicht garantieren könne, dass es nicht wieder vorkommen werde. Wow! Damit hatte ich nun wirklich nicht gerechnet.

Das Telefon schellt. Die Schwester. Ich erzähle auch ihr von der Agenturabsage. „Gibt es denn in deiner Gegend keine Schriftstellervereinigung, mit der du Kontakt aufnehmen könntest?", fragt sie. Gute Idee. Ich werde nachschauen.

Ich schreibe Christine noch schnell eine SMS mit einem Nachtragssatz zu unserem Gespräch, da schellt das Telefon schon wieder. Christine. Ist ja lustig, dass sie mich ausgerechnet in dem Moment anruft, in dem ich bereits per SMS mit ihr in Verbindung bin. Irgendwie und irgendwo schwingt bei uns irgendetwas gemeinsam.

Ich komme nicht aus dem Bett, fühle mich traurig und den Tränen nahe. Die Agenturabsage. Gott, findest du das gerecht? Ich nicht. Was willst du mir bloß sagen mit dieser Absage? Geht es schlicht um Geduld? Oder um das Loslassen des eigenen Wollens? Oder wieder „nur" um die natürlich wechselnden Gefühlszustände eines normalen menschlichen Lebens? Das ist seit gestern wie auf der Achterbahn und, lieber Gott, du weißt es, ich hasse Achterbahnfahren.

Nach einiger Zeit komme ich doch aus dem Bett und nach dem Frühstück greift meine Hand nach den Engelkarten, mischt und zieht. Was hat Engel Indriel zu verkünden? „Du bist ein Lichtarbeiter…."

Was für eine bescheuerte Karte. Lichtarbeiter! Wenn ich das schon lese! Ich hasse das Wort. Das klingt so elitär und hyperesoterisch. Entschuldige, Engel, nimm es nicht persönlich, aber das Wort hat mir jetzt gerade noch gefehlt. Lichtarbeiter! So ein Schmarrn!

Was für ein Ton! Den hat doch sonst jemand ganz anders drauf. Ach je, verdammt, verdammt, verdammt! Lieber Gott, ganz ehrlich, am liebsten würde ich dir den ganzen Krempel vor die Füße werfen und sagen: „Mach`s doch selbst." Aber habe ich nicht kürzlich noch alles an den großen Engel auf der Fensterbank abgegeben? Der scheint die Annahme komplett verweigert zu haben. Kein Verlass mehr. Noch nicht einmal mehr auf Engel. Das ist doch glatt zum Kopfwehbekommen. Au.

Ich setze mich aufs Sofa und ströme den Nacken. Ja, ja, ich weiß, wie diese Stellen im Jin Shin Jyutsu genannt werden. „Nicht mein Wille, sondern dein Wille", heißen sie. „Wohl mein Wille", sagt es trotzig in mir. Am liebsten würde ich auch noch mit dem Fuß aufstampfen, doch aus dem Alter bin ich nun wirklich raus. Okay, also dein Wille. Aber was, um Himmels willen, lieber Gott, willst du denn? Könntest du das bitte deutlich werden lassen?

Das Kopfweh geht dankenswerterweise wieder von dannen und ich trete ans Fenster. Sonne. Auch das noch. Null Bock auf irgendeine Form von Bewegung an der frischen Luft. Na ja, vielleicht fahre ich schnell mal bei Christine vorbei und frage, ob sie die

Mittagspause mit mir verbringen mag. Ding-dong. Eine SMS. Christine fragt an, ob ich die Mittagspause mit ihr verbringen möchte. Das wird mir jetzt aber langsam unheimlich.

Trotzdem mache ich mich sofort auf den Weg zu ihr, erzähle ganz kurz, in welchem Loch ich stecke und werde ziemlich emotional. „Ich hasse das. Ich hasse diesen Zustand". Und dann stampfe ich doch noch mit dem Fuß auf. Nicht nur einmal. Und dann lachen wir los.

Mittags sitzen wir vor dem Café in der Sonne und ich kann meiner Enttäuschung noch einmal Luft machen. Christine hört geduldig zu, erzählt mir dann von ihrer Zeit mit Behinderten, die immer und immer wieder aufs Neue versuchen, etwas zu lernen und trotz vieler Fehlschläge nicht aufgeben. Ja, ich habe verstanden. Geduld. Mut. Vertrauen.

Beate taucht auf, ich stelle die beiden Frauen einander vor, Beate setzt sich an den Nebentisch, an dem kurze Zeit später auch Peter sitzt, und plötzlich unterhalten wir uns alle auf das Beste. Peter geht, wir Frauen machen weiter, Christine geht und da gibt es auch noch ein Zweiergespräch mit Beate. Wieder einmal staune ich. Ich kippe psychisch aus den Pantoffeln, werde sofort aufgefangen von lieben Mitmenschen, die rein zufällig gerade Zeit haben dafür, und schon ist die Welt wieder in Ordnung. Wie das hier in Prien immer so wunderbar klappt.

Gstadt. Ich sitze auf der Terrasse des Inselblicks und schaue und schaue und es wird ganz still. Dann tauchen Worte auf.

Kein Wind heute.
Still und glatt der See,
Himmel und Erde ein Spiegel.

Wie von der Schwester vorgeschlagen, suche ich im Internet nach einer Schriftstellervereinigung, finde eine, einer der Namen kommt mir von einem Buch über den Chiemgau her bekannt vor, das Wort Literaturagent blitzt auf, ich rufe an, er hebt sofort ab, zeigt Interesse und ich schicke Exposé und Auszüge erneut los.
Und jetzt, liebe Seele, gib einfach Ruh.
Lieber Engel, bitte, mach du.

Kalt ist es heute, zu kalt, um lange vor dem Café zu sitzen und so gehe ich hinein. Außer mir ist niemand da. Juliane räumt auf, ordnet die Zeitungen und legt sie wieder zusammen. Wir unterhalten uns ein wenig über den Umgang mit Zeitungen in Cafés und sie erzählt, dass sich über die unordentlichen Zeitungen vor allem die beklagen, die sie selbst in wenig nettem Zustand hinterlassen. Ich frage Juliane nach der buddhistischen Zeitschrift, die sonst immer ausliegt, und sage ihr dann, dass ich auch so gerne herkomme, weil hier ein Geist weht, den ich mit dem Buddhismus in Verbindung bringe, frage sie dann ganz direkt nach ihrer Beziehung zum Buddhismus und erfahre, dass sie praktizierende Buddhistin ist.
„Und du?", kommt prompt die Gegenfrage.
Und ich? „Ich gehöre nirgends dazu", sage ich, „versuche eher zu leben, was alle Religionen in der

Tiefe lehren. Ich möchte einfach nur ganz und gar da sein, wo ich gerade bin."

Auf dem Nachhauseweg denke ich über unser Gespräch nach. Ganz da sein, wo ich gerade bin. Bei mir bleiben. In meiner Mitte bleiben, wie in der Aufstellung spontan gewünscht. Wenn ich ganz bei mir bin, kann ich mit der Aufmerksamkeit im Hier und Jetzt bleiben und verliere mich nicht gedanklich in der Vergangenheit oder in der Zukunft. Buddhismus pur. Wenn ich ganz bei mir bin, gerate ich auch nicht wegen äußerer Gegebenheiten außer mir, wie letzte Woche geschehen, sondern beobachte und fühle einfach, was das Geschehen im Außen in meinem Inneren bewirkt. Ich übe. Jeden Tag neu. Manchmal gelingt es, öfter nicht. Ich bin eben die, die ich bin. Im Augenblick bin ich eine, die sich selbst recht nahe ist, die sich unbeschwert und leicht fühlt. Der Engel hat wohl doch noch übernommen.

Blauer Himmel, dicke Schönwetterwolken, die Kuppe der Kampenwand geheimnisvoll umwoben von weißen Schleiern. Es zieht mich hinaus, doch vorher, ich kann es nicht lassen, ziehe ich noch eine Engelkarte. Es ist ein Spiel geworden, nein, eher ein Experiment. Fast täglich hole ich die Karten hervor, lege sie aus, ziehe eine, schiebe alles wieder zusammen und nehme dann auch noch die oberste vom Stapel. Wie oft haben die Karten Recht und sprechen aus, was ich denke? Bleiben „die Engel", die Repräsentanten meines Unbewussten, auch bei mehrfachem Kartenziehen bei ihrer Meinung? Zu meiner großen Verblüffung ziehe ich tatsächlich oft dieselben Karten. An das Wort Lichtarbeiter gewöhne ich mich auf diese Weise langsam, habe endgültig verstanden, dass es im Augenblick vor allem um

Lernen und Weiterentwicklung geht und dass ich mich zurzeit körperlich viel bewegen sollte. Die Karte war schon dreimal da in den letzten Tagen. Ich bin ja auch guten Willens, bin schon in meiner Radlerkluft, muss aber eben noch mal ziehen.

Engel Arielle verkündet mir, dass neue geistige und hellsichtige Erfahrungen meine Sicht der Welt und meiner selbst verändern würden. Na ja, die Karte hatte ich auch gestern, neue geistige Erfahrungen mache ich gerade, sofern man meine Erkenntnisse über das Bei-Sich-Sein und die Suche im Innen statt im Außen so nennen kann, aber mit der Hellsichtigkeit ist es wahrlich nicht weit her bei mir. Da fehlt es eindeutig an Begabung. Also zur zweiten Karte. Wäre lustig, wenn es schon wieder die Aufforderung wäre, mich zu bewegen, was ich gerade vorhabe. Oh verdammt. Ich glaube es nicht! Zum vierten Mal bekomme ich gesagt, Yoga und körperliche Betätigung seien zurzeit unerlässlich für mein Wohlbefinden. Das ist jetzt aber wirklich nur ein Zufall. Kann gar nicht anders sein. Oder? Wer spielt hier mit wem? Ich mit den Karten oder die besonderen Energien Priens mit mir? Ich weiß es nicht, was ich weiß, ist, dass ich jetzt endgültig körperliche Betätigung brauche, und so mache ich mich endgültig auf den Weg nach Gstadt, zu meinem ganz speziellen Kraftplatz.

Sonne, blauer Himmel, Wärme. Ich mache eine kleine Tour und fahre dann zum Café, wo ich in Ruhe noch einmal Innenschau halte. Ich weiß jetzt den wichtigsten Grund fürs Außer-mir-sein letzte Woche. Wieder einmal das schlechte Gewissen. Ich tue nichts und erfreue mich meines Lebens, schreibe allerdings wenigstens darüber, was zwar auch wieder viel Freude macht, aber immerhin als Arbeit deklariert werden könnte. Würde es veröffentlicht, könnten alle lesen, aha, sie hat doch etwas geleistet und nicht nur für sich und vor sich hin gelebt, was in unserer Gesellschaft nicht besonders anerkannt wird.

Projektion. Reine Projektion. Die Gesellschaft erkennt Lebensgenuss nicht an? Die anderen denken, ich täte nicht genug? Ich komme aus einer Familie, in der immer viel gearbeitet wurde und noch wird, bin die Einzige, die sich dauerhaft frei genommen hat, was die Umstände dankenswerterweise auch möglich machen. Doch die alten Gewohnheiten und Muster wirken heimlich immer noch. Wer viel tut, ist tüchtig und wird anerkannt, kommt so vielleicht auch sofort in den Himmel. Hatte ich das Thema nicht bereits in diesem Frühjahr? Also sage ich es mir jetzt noch einmal, dass ich niemandem beweisen muss, dass ich tüchtig bin. Noch nicht einmal mir selbst. Ich darf nichts tun. Den ganzen Tag und das ganze Jahr und so lange es mir Freude macht. Ich bin wertvoll und gut, auch wenn ich nichts tue. Ich glaube mir das zurzeit sogar und so herrscht seit Tagen innen eine wahrhaft himmlische Ruhe. Es fühlt sich ein wenig an wie ein Neuanfang im Neuanfang.

Aber ist nicht jeder Tag ein neuer Anfang? Jeder Cafébesuch anders und neu? Auch wenn sich im Außen wenig verändert zu haben scheint? Wie beim ersten Mal sitze ich im Halbschatten der Linde, sehe in den blauen Himmel mit den weißen Kondensstreifen, beobachte die Spatzen, die zwischen den Tischen umherhüpfen, höre den Lockruf der Chiemseebahn und lausche den Gesprächen an den Nachbartischchen. Und doch ist vieles anders als beim ersten Mal. Ich fühle mich inzwischen dazugehörig, habe interessante

Menschen kennengelernt und sitze nicht mehr so oft allein hier wie anfangs.

Obwohl ich nun wirklich nichts mehr tun muss, tue ich, wieder zu Hause angelangt, dann aber doch so, als täte ich etwas und setze mich an den Schreibtisch. Irgendwann werde ich aufmerksam auf eine muntere Runde im Garten. „Neues Spiel, neues Glück", verkündet eine Frauenstimme. Da wird Karten gespielt. „Ich will auch", sagt es. Ich mische, ziehe und bekomme prompt von Erzengel Gabriel meine eigene innere Überzeugung präsentiert: „Deine Lebensaufgabe hat mit Kommunikation und Kunst zu tun. Bitte lass dich nicht verunsichern und dadurch davon abhalten."

Lieber Gott, hast du in der letzten Zeit schon mit Gabriel gesprochen? Aber gleich, ob du einer Meinung bist mit ihm und mir oder nicht, jetzt, wo ich nichts mehr beweisen muss, kannst du echt machen, was du willst. Ich habe aufgegeben, meinen Kopf und meine Pläne durchsetzen zu wollen. Ist schon recht, was du machst, hast ja schließlich auch den Überblick übers Ganze. Ich bin da zugegebenermaßen etwas beschränkt. Aber ich bin höllisch gespannt, wie es mit mir hier so weiter geht.

An der Hallwanger Straße ist das erste Kornfeld bereits gemäht, doch längs des Radweges nach Gstadt steht das Getreide noch, schwer und reif neigen sich die Ähren dem Boden zu. Heiß brennt die Vormittagssonne vom wolkenlosen Himmel und nur der Fahrtwind kühlt ein wenig. Ich setze mich auf die Terrasse des Inselblicks und verfalle wie immer diesem wahrhaft göttlichen Anblick. In zartem Hellblau die Berge, silberblaugrau der See und mitten darin die Fraueninsel in sommerlich dunklem Grün, mit dem Campanile über den Wipfeln. Glockenschläge wehen herüber. Elf Uhr.

Am Nebentisch unterhalten sich zwei Motorradfahrer über ihre Reisen und über eine Frau, die sich immer die falschen Männer aussucht. Ein Motorboot sprintet los zur Fraueninsel. Die Fähre legt an, Wellen schlagen höher und beruhigen sich wieder. Eine Fliege kreist um mich und nimmt immer wieder aufs Neue Kurs auf mein verschwitztes Gesicht, doch irgendwann ist das Wedeln erfolgreich, sie gibt auf und ich kann mich wieder ungestört dem Beobachten hingeben. Ich liebe es, hier zu sitzen. Nichts zu tun. Nur zu schauen.

Unversehens bin ich in etwas gerutscht, das sich wie Ungeduld anfühlt. Wie Warten. Doch worauf warte ich? Das Leben findet immer jetzt statt. Jetzt fahre ich einkaufen, sitze ich am Schreibtisch, koche ich etwas zu Mittag, trinke ich mit Ingrid Kaffee, ströme sie anschließend, und jetzt bin ich ihr sehr dankbar, dass sie sich hergibt zu diesem beidseitigen Vergnügen.

Und was sagen die Karten jetzt? Mystique bestärkt mich darin, beschwingt voran zu schreiten und mit wunderbaren Lösungen zu rechnen, Erzengel Gabriel beharrt darauf, dass meine Lebensaufgabe mit Kommunikation und Kunst zu tun habe, und ich bin auch jetzt noch voll einverstanden mit ihnen. Und fast schon gar nicht mehr ungeduldig.

Ach, hatte ich nicht genau diese beiden Karten auch beim letzten Mal? Welch ein Zufall. Dabei habe ich vorher ordentlich gemischt. Ehrlich. Ein interessantes Spiel, das da gespielt wird.

Gerechtigkeit muss sein. Gestern noch lag Ingrid auf meiner Liege, heute bin ich reif für die von Florian, wachte nachts auf und spürte ganz plötzlich meine Schwachstelle in der Brustwirbelsäule. Dabei hatte ich nichts gemacht. Noch nicht einmal an etwas gedacht. Aber weiß der Himmel, was im Unbewussten gerade gedacht worden war. Ich schlief wieder ein, der Schmerz auch, ich wachte auf, der Schmerz auch. Er ist nicht schlimm, aber deutlich da. Allerdings hindert er mich keinesfalls an der Fahrt in meine Sommerresidenz und so sitze ich bereits um zehn Uhr morgens auf der Terrasse des Inselblicks, wo ich schon bald abdrifte in Gedanken.

Ob der Körper sich erinnert hat? Vor genau einem Jahr bekam ich ebenfalls ganz plötzlich Rückenschmerzen, damals allerdings an der zweiten Schwachstelle im unteren Rücken. Vor genau einem Jahr saß ich auf gepackten Koffern, um mich herum lag meine gesamte Habe fertig zum Abtransport nach Prien. Ich selbst würde erst im September endgültig umziehen, der größte Teil meiner Sachen jedoch bereits zum Mietbeginn Anfang August. Ein Freund, der zu einem beruflichen Termin nach München fahren musste, hatte angeboten, sie bei dieser Gelegenheit zur neuen Wohnung zu bringen. Ursprünglich hatte ich einen Sprinter mieten wollen, doch da ich nur einige kleinere Möbelstücke in die teilmöblierte Wohnung mitnehmen würde, schlug der Freund vor, alles in sein Auto und in seinen kleinen Anhänger zu laden. Vieles war bereits im Auto von Freundin Gudrun verstaut, die rein zufällig an diesem Wochenende in Bonn war, den größten Teil des Rests luden wir in des Freundes Gefährt. Meiner Ansicht nach war längst alles voll, doch der kreative Eigentümer des Anhängers fand ständig neue Lücken, baute aus meinen Regalbrettern

Seitenwände, die das Herunterfallen verhindern sollten, zog schließlich über alles eine Plane und ließ sich dann nicht davon abbringen, über dieser Plane noch zwei Küchenstühle festzuzurren, die nun wirklich nicht mehr in den Anhänger gepasst hatten. Es sah ziemlich abenteuerlich aus. Morgens früh ging es los. Wir fuhren und fuhren, schnell war nicht drin dank der Ladung. Plötzlich gab es in der Nähe von München einen kleinen „Absacker" im Auto. Ein Anhängerrad war platt. Das Reserverad? Lag in der Garage. Was nun? „Von der Autobahn runter", sagte der Freund und wies auf die nahegelegene Ausfahrt hin. Er setzte sich wieder ans Steuer und fuhr im Schneckentempo weiter, auf die Ausfahrt, und weiter. Gelegentlich schaute er aus dem Fenster. „Jetzt fahren wir auf der Felge", sagte er und fuhr weiter. Es roch verbrannt, er schaute aus dem Fenster. „Jetzt sprüht es Funken", sagte er und fuhr weiter.

„Halt doch an"; sagte ich. Doch er wollte es bis in die nächste Ortschaft schaffen. Er fuhr weiter, immer langsamer, schließlich krochen wir nur noch und es roch immer stärker nach Verbranntem. Im Geiste nahm ich Abschied von meinem Hab und Gut, sah es bereits in Flammen aufgehen, als ein Polizeiwagen neben uns auftauchte. „Halten! Sie! Sofort! an!"

Da hielt er an. Wir stiegen alle aus. „Schauen Sie sich die Straße an, diese schwarze Spur. Die Straße ist nur wenige Wochen alt. Das kann Sie Millionen kosten. Ob die Versicherung das zahlt!"

Ich sah eine lange, lange schwarze Spur. Eingekerbt? Oh Gott! Wessen Versicherung würde da zuständig sein? Diese Frage rückte vorübergehend in den Hintergrund, als die Polizisten Auto und Anhänger umkreisten. „Was haben Sie denn da geladen?" Es klang nicht besonders freundlich.

„Meine Sachen. Ich ziehe um."

„Da hätten sie sich besser einen Sprinter gemietet."

Das sah ich längst auch so. Die Polizisten sprachen von „völlig überladen", bezeichneten die Stühle auf der Plane als lebensgefährliches Risiko für nachfolgende Auto- und Motorradfahrer, sahen sich dann den Anhänger genauer an und stuften ihn wegen der vielen verrosteten Anteile als „absolut verkehrsuntauglich" ein. Das war der Moment, an dem ich entschied, dass das, was da gerade ablief, Sache des Anhängerbesitzers war. Ich wandte dem Ganzen den Rücken zu und setzte mich ins Auto. Was fiel mir dort ins Auge? Ich scheue mich fast, schon wieder mit einer Engelgeschichte anzukommen, doch ich hatte morgens ganz spontan den schweren, steinernen Engel vom Balkon mit ins Auto genommen. „Für alle Fälle", hatte ich noch gedacht. Da lag er nun also und schaute mich an. „Lieber Gott, lieber Engel", betete ich, „lasst diese Geschichte bitte gut ausgehen." Bitte!!!! Millionen!!!!

Es dauerte recht lange, doch irgendwann fuhren die Polizisten davon und der Freund ließ sich neben mir auf den Sitz fallen. „Da haben wir aber Glück gehabt", sagte er leise, „dreißig Euro Ordnungsstrafe wegen Überladung, außerdem muss ich nachweisen, dass der Anhänger verschrottet wird:" „Und die Straße?" „Ist nur Reifenbelag." War ich dankbar!

Wir warteten den ADAC ab, der den Anhänger in eine Vertragswerkstatt fuhr, brachten die ins Auto gepackten Sachen nach Prien, fuhren nach München, am nächsten Morgen zur Vertragswerkstatt, liehen uns in der Nähe einen Anhänger, packten um, fuhren ein zweites Mal nach Prien, luden alles aus, fuhren zurück nach München, brachten den Anhänger weg, fuhren zur Vertragswerkstatt, holten die Verschrottungspapiere und machten uns dann am Nachmittag auf den Weg nach Bonn zurück. Wir waren beide geschafft.

Ob sich mein Körper erinnert? Aber womöglich hängt er gar nicht in der Vergangenheit, sondern ist der Zeit längst schon ein wenig voraus. Heute Abend möchte ich zum Autorentreffen nach Traunstein fahren. Kenne keinen dort. Bin aber gar nicht aufgeregt!!!! Bewusst nicht.

August

Heute ist Kampenwandtag. Gisela holt mich ab und fährt mit mir nach Hohenaschau, von wo aus wir losmarschieren. Lange geht es durch den Wald, die Steigung ist angenehm, erst weiter oben wird der Weg steiler und führt durch schattenlose Almwiesen. Es ist heiß, doch wir stöhnen nicht, sondern steigen tapfer immer weiter und bekommen zur Belohnung die herrlichsten Blumen zu Gesicht, Silberdisteln und Enzian, kleine und große Glockenblumen, Sterndolden, Leimkraut und Skabiosen. Wir brauchen ein paar Stunden bis zur Bergstation der Gondel, sind dann aber stolz, es geschafft zu haben und ich staune wieder einmal über meine unvermutete Fitness. Und dann staune ich über die Bergwelt hinter der Kampenwand. Wow!

„Schau, da rechts, das ist der Wilde Kaiser", deutet die Wandergefährtin auf ein Bergmassiv in der Ferne und dann folgt wieder eine Gisela-Geschichte. Vor Jahren war sie mit einem Freund zum Wandern im Gebiet des Wilden Kaisers. Es war Juni, doch auf der Nordseite lag zu ihrer Überraschung noch Schnee. Die Südseite würde sicher frei sein. War sie aber nicht, auch hier lag noch Schnee. Gisela kam ins Rutschen, stürzte und brach sich den Fuß. Ein Handy hatten sie nicht dabei, Gott sei Dank aber andere Wanderer, die herzukamen und den Rettungshubschrauber anforderten. Doch der fand sie so bald nicht und rettete erst einmal all die anderen in der Umgebung Gestürzten, Gisela war keineswegs die Einzige, die der unvermutete Schnee zu Fall gebracht hatte. Zum Glück hatte sie keine Schmerzen, solange der Fuß nicht berührt wurde. Zum Schluss wurde auch sie gefunden, der Hubschrauber hielt über ihr, eine Ärztin und ein Sanitäter seilten sich zu ihr ab, leisteten erste Hilfe, nahmen sie zwischen sich und dann wurden die drei vom Erdboden abgehoben, schwebten am Seil durch die Luft, was Gisela „ein ganz tolles Gefühl" vermittelte. Auf einem Schneefeld wurden sie abgesetzt, der Hubschrauber landete, Gisela wurde auf einer Tragbahre ins Innere befördert und nach St. Johann ins Krankenhaus geflogen, bekam auf diese Weise allerdings einen unvergesslichen Ausblick auf die Bergwelt geboten. „Der Flug war einfach wunderbar", erinnert sie sich. Mausgraue Anoraks trägt sie seitdem jedoch nicht mehr, geht lieber in Knallrot oder Knallorange.

Nach der ausführlichen Betrachtung und Bewunderung der Bergkulisse setzen wir uns zur Stärkung von Leib und Seele auf die Terrasse des Gasthauses, wo sich zu meiner allergrößten Überraschung mein Handy meldet. Sogar hier oben ist Empfang? Hörbar ja. Aber hatte ich das Handy nicht ausgemacht? Hörbar nein. Florian der Osteopath, ruft an wegen eines Behandlungstermins, der schnell gefunden ist, da ich zu meiner eigenen Überraschung sogar meinen Terminkalender mithabe. Danach kann ich meine Aufmerksamkeit erneut dem Apfelstrudel mit Sahne zuwenden und zur Krönung des Tages geht es mit der Gondel den Berg wieder hinunter.

Wunderbarerweise habe ich keine flauen Gefühle, keine Angst, ausgerechnet diese Gondel stürze ab, kann sogar immer mal wieder einen schnellen Blick in den Abgrund werfen. Ich bin begeistert von der Fahrt und von mir selbst. Eine rundum gelungene Unternehmung.

Mail-Post vom Agenten. Ich solle mich noch ein wenig gedulden, für einen so speziellen Text mit so vielen regionalen Bezügen gebe es nicht allzu viele „offene Schubladen". Das Geschriebene sei jedoch „frisch, lebendig, alles nachvollziehbar, nicht nur für Priener". Er findet es gut geschrieben. Na, ist doch schon mal was. Erleichtert mich sehr.

Es gießt. Und ich will doch mit dem Rad zu meinem Termin auf der Liege. Lieber Gott, lass es aufhören, bitte, ja? In Kleinigkeiten ist Gott gar nicht so kleinlich, wie ich bereits mehrfach feststellen konnte. Er verschließt tatsächlich rechtzeitig die Schleusen oben und ich komme trockenen Fußes und Hauptes nach Bernau. Eigentlich möchte ich dann nur still auf der Liege liegen, doch schon bald ist eine rege Unterhaltung im Gange, hauptsächlich über meine Texte und Aussichten und Hoffnungen. Mit Erstaunen höre ich, dass Florian Schreiben für eine Arbeit hält und auch noch für eine, die großer Disziplin bedarf. Dass man das auch so sehen kann! Interessant.
Kaum bin ich zu Hause angekommen, ruft Beate an, kurze Zeit später sitzen wir bei Juliane und ehe wir auseinandergehen, beschert sie mir noch eine hübsche, kleine Zufallsgeschichte. „Ich würde gerne einmal zu

einem neuen Osteopathen gehen", sagt sie plötzlich. Habe ich mir nicht ausgerechnet heute Morgen eine von Florians Visitenkarten eingesteckt für den Fall, dass mich jemand nach einem guten Osteopathen fragt? Schwungvoll ziehe ich die Visitenkarte aus der Tasche und lege sie ihr hin. Da staunt sie aber.

Wieder zu Hause angekommen, bin ich diejenige, die staunt. Schon wieder Mail-Post vom Agenten. Er schlägt vor, in Prien einen Kaffee trinken zu gehen. Ihn würde interessieren, ob und wie ich das Tagebuch weiterführe. Das würde mich auch einmal interessieren. Und der Mensch Agent würde mich ebenfalls interessieren. Dass er sich als Mann für mein Tagebuch interessiert! Könnte ein recht interessanter Typ sein.

Noch etwas ist sehr interessant. Da steht tatsächlich noch ein nicht abgeholter Kaffee „im Raum". Den Priener Verlagsvertreter hatte ich im Frühjahr als Dankeschön fürs Lesen auf einen Kaffee eingeladen, doch er hat sich nie wieder bei mir gemeldet. Nun meldet sich der Agent, im früheren Leben auch Verlagsvertreter, und nun bekommt eben er den Kaffee.

Erntezeit. Alles Getreide auf dem Weg nach Gstadt ist eingeholt und von den Wiesen her weht der Duft nach Heu. Die Hagebutten bekommen langsam rote Bäckchen, die ersten Äpfel liegen an den Wegrändern. Der Sommer ist gerade erst auf seinem Höhepunkt angelangt, da tauchen schon die ersten Zeichen der Vergänglichkeit auf in Form von gelben und braunen Blättern auf den Bürgersteigen. Noch sind es wenige, doch der Anfang ist gemacht. Ich fühle ein wenig Wehmut. Da ist der größte Teil des Jahres also bereits wieder vergangen! So schnell ging das. So sehr schnell.

Aber so ist das eben. Da ändere ich nichts dran. Gar nichts.

Wohin geht es an diesem Sonntagmorgen? Keine Frage. Zu meinem ganz persönlichen Kraftort. Er zieht mich geradezu magisch an. Schon bin ich wieder unterwegs. Da, wo noch vor wenigen Wochen Getreide und Kornblumen einträchtig beieinander standen, riecht es jetzt nach Erde, frisch umgebrochen liegen die tiefbraunen Schollen inmitten der grünen Umgebung und künden deutlich sichtbar vom ständigen Wechsel nicht nur der Jahreszeiten. Heute steigt keine Wehmut auf, heute höre ich gerade das rechte Lied zur rechten Zeit. „It`s all right", erinnert mich die Boy Group East Seventeen ans tiefinnere Wissen. "It`s all right, everything`s all right." Es ist alles in Ordnung.
Auf meiner Terrasse am See ist alles sogar noch ein klein wenig mehr in Ordnung als sowieso schon. Sollte ich tatsächlich einmal im Himmel landen, werde ich mich dort ganz herzlich bedanken für die beiden wunderbaren Orte, an denen ich leben darf. Es erscheint mir immer noch und immer wieder aufs Neue wie ein Wunder, dass ich wirklich und wahrhaftig umgezogen bin und nun in dieser zauberhaften und verzaubernden Landschaft lebe.
Quak, quak, quak…… wie süß, vier Mini-Entlein, klein und zart, wie gerade aus dem Ei gepellt, trippeln vor der Mutter her zum Wasser und paddeln los. Eine Möwe segelt unter dem blauen Himmel dahin, besinnt sich plötzlich eines Anderen, stürzt sich im Steilflug hinab und lässt sich zum Schaukeln auf den Wellen nieder. Ich schaue in den blauen Himmel, an dem gerade dicke, weiße Wolken aufziehen, lausche dem

Plätschern der Wellen und wieder einmal breitet sich das Gefühl schwebender Leichtigkeit aus. Der Zustand hat einen Namen. Wunschloses Glück.

Ich experimentiere lustvoll weiter mit den Engelkarten, allerdings taucht Raye, der mir mehrfach körperliche Bewegung nahelegte, nicht mehr auf, wahrscheinlich, weil ich ihm so brav Folge leiste. Stattdessen erscheint heute Morgen den dritten Tag hintereinander Engel Bethany, um mir mitzuteilen, dass es allen nutzt, wenn ich gut für mich sorge und Entspannung auch einen „produktiven Aspekt" hat. Engel Bethany, dessen Vorname so anfängt, wie meiner aufhört, mir also von daher schon sehr nahe steht, scheint mit seinem häufigen Auftauchen eine besonders wichtige Botschaft übermitteln zu wollen. Seltsam. Ich sorge doch gut für mich, brauche keine Entspannung, da ich doch keinen Stress habe, zumindest keinen, weil ich zu viel tue. Oh, möglicherweise macht mir genau das heimlich doch immer wieder Stress. Da scheint im Unbewussten immer noch ein Zwiespalt zu sein.

Aber tue ich wirklich nichts? Würde ich bezahlt dafür, würde ich das Schreiben, wie Florian, sofort als Arbeit bezeichnen. Wäre ich angestellte Haushälterin, würde ich Einkaufen, Kräuter sammeln, Kochen, Waschen, Putzen ebenfalls als Arbeit ansehen. Achte ich meine Tätigkeiten wieder einmal selbst nicht genug? Weil sie mir keine Mühe machen? Vielleicht sollte ich nicht nur aufhören zu denken, ich könne keine Schwingungen wahrnehmen, sondern auch, ich täte nichts. Schluss mit Denken. Raus.

In Gstadt angekommen, steuere ich sofort die Terrasse und auf ihr den schon gewohnten Platz nahe am Wasser an, als eine Frau mit Kinderwagen ebenfalls zielstrebig auf diesen Tisch zuschiebt. Es ist ganz deutlich, jede möchte genau diesen Tisch und keinen anderen. Okay. Ich gebe nach, sage, sie könne ihn haben und gehe einen Tisch weiter, da sagt sie, wir könnten doch auch beide hier sitzen und ich komme wieder zurück. Kaum sitzen wir, beginnt eine Unterhaltung, die erst zwei Stunden später endet. Meine Tischnachbarin macht gerade ein paar Tage Ferien mit dem erst sieben Wochen alten, vierten Sohn, der sofort nach der Geburt am Herzen operiert wurde. Da hat sie wohl keine einfache Zeit hinter sich. Nein, wahrhaftig nicht.

Ich weiß nicht, wie es kommt, aber wir sind ganz schnell bei meinem derzeitigen Thema „Tun, Nichtstun und Wertschätzung". Trotz ihrer vier Kinder ist es auch ihres und plötzlich sitze ich nicht nur meinem Thema, sondern auch noch einmal mir selbst als junger Mutter gegenüber. Jahrelang nur Mutter und Hausfrau sein und nicht auch noch berufstätig, darf man das? Müsste man nicht mehr tun? Erwartet die Gesellschaft nicht zu Recht mehr, vor allem, wenn man auch noch studiert hat? Eine gute Gelegenheit, der jungen Mutter zu sagen, was ich mir selbst immer wieder sage. Jede Lebensweise hat ihren Wert und ohne Schuldgefühle kann leben, wer selbstbewusst zu sich und seinem Tun und Nichttun steht.

„Da fehlt noch etwas", höre ich eine sanfte Stimme und Bethanys wiederholte Morgenbotschaft im Ohr und im Herzen, füge ich hinzu, weniger zu tun und stattdessen für die eigene Entspannung zu sorgen, bringe ein Mehr an Lebensqualität nicht nur für einen selbst, sondern auch für alle anderen in der Umgebung. Meine Gesprächspartnerin weiß das im Grunde und ich kann nur hoffen, dass ich selbst für ein Weilchen behalte, was ich da von mir gebe. Ich habe die Frau sicher nicht zufällig gerade heute getroffen.

Da Sohn Friedrich selig schläft, steht einem Gespräch über Zufälle nichts im Wege. Die junge Mutter ist Baptistin und nennt das, was ich als „nicht zufällig" bezeichne, „Gottes Fügung". Dann erzählt sie, dass sie vor Jahren angefangen habe, zu malen, was ihr ein völliges Aufgehen im kreativen Tun und tiefe Entspannung geschenkt habe, dass sie in der letzten Zeit nicht mehr dazu kam, sich aber gerade wieder den Raum schaffe, weil sie wisse, wie wichtig es sei für ihr Wohlbefinden.

Und da, ausgerechnet da, ich kann es kaum glauben, kommt Marja, die Malerin, an unserem Tisch vorbei, gefolgt von ihrem Mann Anton und Hund Mandy. Marja und Anton wollen zu Mittag essen, bleiben also eine Weile, und da wechsle ich, als die junge Mutter aufbricht, den Tisch und sitze nun zusammen mit Zweien, die ebenfalls Gstadt mit seinem Ausblick auf See, Insel und Berge für den schönsten Ort weit und breit halten. Ich bekomme erzählt, dass Marja noch vorgestern unten am Strand saß und heimlich, still und leise, weil verboten, die Enten fütterte, so aber erreichte, dass die winzigen Küken ihr sozusagen aus der Hand fraßen, ja, ihr buchstäblich in die Hände hüpften, was ihr so viel Freude machte, dass sie, wie Anton einwirft, zwei Tage von nichts anderem mehr sprach und vermutlich noch davon träumte.

Sehr viel Zeit haben die beiden nach dem Essen nicht mehr, wollen zurück an ihre Arbeit im Haus des Gastes, wo sie Marjas Ausstellung vorbereiten, die von Samstag an für eine Woche zu sehen sein wird, und da sich bei mir inzwischen ein recht leerer Magen recht deutlich bemerkbar macht, brechen wir alle drei auf. Tschau, Ihr Lieben, bis zur Vernissage am Sonntag.

Ich bin mit Beate in Gstadt verabredet, komme gerade dort an, als zwei Formationen Wildgänse hoch am Himmel über mich hinwegziehen. Wenn ich das nur auch könnte. Mich intuitiv und vertrauensvoll von den Strömungen und Schwingungen des Lebens tragen lassen. Ach ja.

Wildgänsezüge lösen immer sehr intensive Gefühle aus bei mir und so kommt es, dass ich spontan erst einmal den Friedensgarten ansteuere. Beim Betreten des Kieswegs wird mir plötzlich bewusst, dass ich den Walkman noch anhabe, ich schalte ihn aus und höre das Handy bimmeln. Na so etwas! Da scheint sich in der schwingungsreichen Priener und Gstadter Luft sogar mein siebter Sinn weiter entwickelt zu haben. Der Herr möchte mich spontan zu einem zweiten Frühstück einladen. Wie nett von ihm. Ich schaue auf die in Stein gehauenen Schriftzeichen neben mir. Pax. Passt. Leider kann ich der Einladung nicht Folge leisten, werde mich melden, wenn ich zurück bin.

Ich fahre zum Inselblick und richte mich am gewohnten Tisch häuslich ein. Gerade mache ich mir Notizen über die Wildgänse, als sie ein zweites Mal über mir dahinfliegen. Als ob sie es wüssten. Der Spruch, den mir die Tochter vor mehr als zehn Jahren auf ein selbstgebasteltes Lesezeichen schrieb, fällt mir ein.
„Zahme Vögel singen von Freiheit.
Wilde Vögel fliegen."
Himmel. Da könnte ich glatt heulen. Wegen des Spruchs, der Tochter, der wilden Gänse, der Freiheit und des Friedens, den ich hier so deutlich wahrnehme. Auf der Fraueninsel läuten die Glocken, eine Ente schnattert vor sich hin und herb duftet der Rosmarin vor mir auf dem Tisch. Langsam heben sich Dunst und Wolken, Berge tauchen auf, färben sich von zartestem Hellgrau zu kräftigem Blaugrau, ein gelegentlicher

Sonnenstrahl lässt schmale Streifen von Wasser silberhell glitzern.

Beate kommt an den Tisch, ich erzähle ihr von der Begegnung mit der jungen Mutter und von der Frage, die jeder auf dem Herzen lag. Müsste ich nicht mehr tun? Beates einziger Kommentar ist ein erinnertes Zitat aus dem Buch „Kurs in Wundern": „Nichts, was ich tue, sage oder wünsche, begründet meinen Wert, denn mein Wert ist von Gott begründet."

Ich weiß es. Ich bin wertvoll, weil ich bin. Es geht ums Sein und nicht ums Tun. Und nun ist endgültig Schluss mit dem Thema. Ende. Aus. Finito.

Am Strand tauchen die vier Mini-Küken auf und natürlich ist auch Beate entzückt von diesen zarten, flaumigen Wesen. Da erzähle ich von Marja und ihrer Begegnung mit den Küken und von Antons Kommentar und da, ausgerechnet da, ich kann es schon wieder kaum glauben, da kommt Anton mit Mandy an unserem Tisch vorbei. Ist das jetzt der nächste Scherz von Meister Zufall oder meint er es ernst? Wir tippen auf einen kleinen Scherz zu unserem Amüsement und hüten uns, nach einem tieferen Sinn zu forschen. Wir verleihen beide Geschehnissen nur zu gerne Bedeutung, ahnen allerdings, dass wir es damit manchmal ein wenig zu weit treiben, und Beate zitiert, wieder aus der Erinnerung, einen Satz aus einem Shakespeare-Stück. A tale, told by an idiot… signifying nothing. (Eine Geschichte, von einem Idioten erzählt…nichts bedeutend.) Gemessen am gesamten Geschehen sind wir alle Idioten, die sich und anderen Geschichten erzählen, die im Grunde nichts bedeuten.

Ich muss lachen, habe gar nichts dagegen, ein Idiot zu sein, Hauptsache, ich kann mir und anderen weiter Geschichten erzählen. Auch wenn sie wenig bis nichts bedeuten und jeder sie anders erlebt und deutet, so machen sie für mich das Leben spannend und lustig, geben ihm manchmal oberflächlich sogar ein wenig Sinn, was der Mensch, der ich bin, immer einmal wieder braucht. In der großen Leere kann es ganz schön leer sein.

Das war der Sonntag der Farben. Blauer Himmel, blaue Berge und ein nixengrüner Chiemsee voller weißer Segel und mitten darin die Fraueninsel in ihrem Laubgrün. Traumhaft. Erst saß ich, umgeben von Touristen, auf der Terrasse des Cafés Inselblick, ging dann zur Vernissage von Marjas Ausstellung. Sie hielt einen Vortrag über Farben und ihre Wirkung und war mordsmäßig aufgeregt, was sie mir jedoch nur noch lieber machte, als sie mir sowieso schon ist. Ihre Landschaftsbilder finde ich wunderschön und jetzt, auf der Heimfahrt, schiebt sich ein ganz bestimmtes Bild immer wieder vor meine inneren Augen, die Fraueninsel inmitten der schönsten Blautöne, von Gstadt aus gemalt. Mein derzeitiger Lieblingsanblick. Das Bild ist nicht besonders groß und durchaus bezahlbar auch für mich. Soll ich?
Ja. Ich schenke es mir. Und schreibe sofort eine SMS an Marja, dass ich gleich morgen wieder nach Gstadt komme, um das Bild von der Fraueninsel zu kaufen. Eine immerwährende Erinnerung an den Sommer in Gstadt und an Marja.

Ich war früh ins Bett gegangen, gut eingeschlafen, wurde aber bald wieder geweckt von lauter Musik und an ein erneutes Einschlafen war lange nicht zu denken.

Ungerufen kamen Gedanken aus allen nur möglichen Hirnwindungen und trieben ihr munteres Spiel mit mir. Ich hörte ihnen meist noch nicht einmal zu, doch das störte sie überhaupt nicht. Heute Morgen bin ich nun gar nicht so gut drauf, daran ändert auch der strahlend blaue Himmel nichts. Doch Gstadt und Marjas Inselbild rufen und so mache ich mich auf den Weg. Schranke zu. Warten. Verdammt! Ein älterer Fahrradfahrer steht bereits da und dreht sich zu mir um. „Ein wundervoller Tag", lacht er mich an. Stimmt ja, aber…..

Der Zug fährt durch, die Schranken heben sich, der ältere Herr fährt langsam los und ich ziehe an ihm vorbei. „Sie sind aber schnell, mein lieber Schwan", ruft er mir nach und es klingt ein wenig bewundernd. Da geht es mir schon ein klein wenig besser.

In Gstadt gehe ich in den Ausstellungsraum und Marja strahlt mich an, hat bereits einen roten Punkt auf das gewünschte Bild geklebt, das ich erst am Ende der Ausstellung mitnehmen werde. Sie „hängt noch ein wenig dran", freut sich aber, dass es zu mir kommt. Als die ersten Besucher den Ausstellungsraum betreten, gehe ich hinüber zur Terrasse des Cafés. Lange sitze ich da und schaue auf die silberhell aufleuchtenden Wellen des Sees, der so wundervoll eingerahmt ist von Jahrmilliarden alter, steingewordener Schönheit. Und wieder einmal wird es ganz still in mir. Und alles ist gut so, wie es ist.

Gut geschlafen, gut drauf, Schranke unten, macht mir heute gar nichts, sehe auch ohne älteren Herrn, wie wunderschön der Tag ist. Jeden Tag neu anfangen. Geht manchmal ganz gut. Und mit Musik im Ohr fährt es sich auch gut. Da! Mike Oldfield! „I`ve been given a second chance, I can open my arms and dance…" Na, da muss doch mitgesungen und -geschwungen werden. Die zweite Chance will voll und ganz genutzt werden, will mit offenen Armen getanzt werden auf der Bühne des Lebens, auf der alles seinen Ausdruck findet, Lebensfreude, Heiterkeit, Melancholie, Trauer und Ungeduld.

Heute ist der See eisblau. Ob es am Himmel liegt? Ich werde Marja fragen, die kennt sich aus mit Farben und ihren Wirkungen. Dann bin ich bei Marja, habe jedoch längst vergessen, was ich sie fragen wollte, und wir unterhalten uns aufs Beste, bis die ersten Besucher kommen und ich mich auf dem Heimweg begebe, um den Nachbarn unter mir einen Besuch abzustatten.

Herr Nachbar ist leider aus, Frau Nachbarin allein zu Haus, und da bekomme ich wieder viel Interessantes erzählt, dieses Mal aus ihrer Jugendzeit, die sie im Internat auf einer Insel mitten in der Havel verbrachte. Sie hatte eine Freundin, von der sie Mathe abschreiben durfte und der sie im Gegenzug im Deutschen auf die Sprünge half. Diese Freundin hatte ein Paddelboot, Frau Nachbarin hatte ein aufziehbares Grammophon und einige Platten und so paddelten die beiden Mädchen mit Musik auf der Havel bis zu verbotenen, weil viel zu fernen Ufern, an denen Frau Nachbarin in einem Café die Lebensmittelkarten opferte, die die Mutter ihr immer schickte. Paddeln und Rudern liebte sie auch später noch, paddelte bis vor einigen Jahren mit ihrem Mann im eigenen Boot auf dem Chiemsee.

Andere Menschen. Andere Schicksale. Jedes so einzigartig. So interessant.

Wie es wohl Gudrun geht? Wir haben uns länger nicht gesehen, nur einmal kurz telefoniert und da erzählte sie, dass sie und Arno höchstwahrscheinlich ein Haus in Bergen kaufen werden. Das ist nicht sehr weit weg von

Prien. Da könnte ich sie glatt mit dem Rad besuchen kommen.

Ich bin so berührbar heute. Das Herz ist weich wie Butter, schmilzt wie diese dahin, wenn es ihr zu warm wird. Es begann mit einer toten Katze am Wegrand. Sie lag auf der Seite im Gras. Als ob sie schliefe. Ganz friedlich. Dann der See. Die Berge. Ich liebe all diese Blautöne. Zart und fein und zauberhaft.

Im Yachthafen herrscht geschäftiges Treiben, auch im Inselblick wird es laufend voller und da gehe ich bald wieder und steige die Treppe hoch zur Ausstellung. Ich schlage Anton und Marja vor, gemeinsam essen zu gehen, während ich die Bilder der Ausstellung hüte und eventuelle Besucher vertröste. Sie nehmen es gerne an und da sitze ich nun auf einem Balkon am See, schaue durch eine Lücke in der Balkonblumenpracht auf den Fußgängerweg unter mir, bekomme so manchen tiefen Einblick in so manchen Ausschnitt geboten, schaue in der Hauptsache aber auf den See selbst, auf dies permanent sich ändernde Farbenspiel des Wassers. Von hier aus betrachtet, wirkt es Richtung Seebruck grün, bleibt aber Richtung Prien eher blau getönt. Verflixt, ich habe schon wieder vergessen, Marja zu fragen. He, da ist ja eine Yacht mit blauem Segel. Wie finde ich denn das! Und da hinten leuchtet ein Segel doch tatsächlich neongrün. Dazu sage ich jetzt lieber gar nichts.

Völlig ungestört von Besuchern genieße ich meinen Aufenthalt auf dem Balkon mit Seeblick, knabbere an den von der Vernissage übrig gebliebenen Keksen, trinke ein Riesenglas kühle, köstliche Orangenschorle und bin vollkommen zufrieden.

Die Sonne ist wieder voll da und weil der Wetterbericht das schon vor Tagen verraten hat, fahren Gisela und ich heute auf die Hochplatte. Denke ich. Aber nur bis das Telefon schellt. Gisela ist gestern Abend gestürzt, die Rippen tun weh, das Atmen fällt schwer. Also verschieben wir das Unternehmen und ich fahre nach....na?

Kaum sitze ich auf der Terrasse am See, geht das Handy. Gudrun und Arno sind auf dem Weg nach Bergen, werden nachmittags aber in Prien sein. Wunderbar, ich auch, denn rein zufällig bin ich ja nicht auf der Hochplatte, auf deren Kuppe sich inzwischen eine dicke, weiße Wolke niedergelassen hat. Auch die Kampenwand ist noch zart umschleiert, doch alle übrigen Berge bieten sich völlig frei zur Betrachtung an und ich versinke wieder in der stillen, friedlichen Chiemsee-Atmosphäre. Da werden Segel gehisst, ein Boot gleitet lautlos vorbei, ein paar Bläßhühner schaukeln auf dem Wasser und quieken vor sich hin wie Gummientchen in der Badewanne, Wellen schlagen ans Ufer, mal lauter, mal leiser...

Nach einer Stunde stiller Betrachtung gehe ich zu Marja hinüber. Ich schaue mir noch einmal ihre Bilder an und mein Blick fällt auf den Text, den sie geschrieben und ausliegen hat, um verständlich zu machen, wie sie, die Malerin, die Welt sieht.

„....Alles, was ich anschaue, male ich mit meinen Augen und alles, was ich richtig wahrgenommen habe, ist bereits durch mein Sehen gemalt, schon lange bevor mein Pinsel meine Leinwand berührt. Die Bilder sind alle bereits in mir und warten darauf, dass sie freigelassen werden..."

Ich ahne, was sie meint. Nur zu oft gehe ich im Geiste bereits schreibend und formulierend durch Situationen und Begegnungen.

Es wird Zeit, nach Prien zurückzufahren, um Gudrun und Arno zu treffen. Sie laden mich zu Kaffee und Kuchen ein, denn es gibt etwas zu feiern. Seit wenigen Stunden sind sie stolze Hausbesitzer und werden im Laufe des Septembers nach Bergen übersiedeln. Arno will vorerst nicht nach Brasilien zurückkehren, sondern sich einleben in einem Haus, das für ihn ähnlich traumhaft zu sein scheint wie für mich meine Wohnung in Prien. Und Gudrun? Doch, doch sie findet das Haus ebenfalls wunderschön, spricht aber weniger vom Einleben als von einem langen Besuch in Indien, wohin Tochter und Enkelkind vor einer Woche abgereist sind. Wie es Christina wohl geht? Und David? Diese beiden mir so lieben Kinder. Entfernung schmälert Zuneigung in keinster Weise. Im Gegenteil.

Nachts wieder viel wach. Energie und Entschlossenheit. Wozu? Wird sich zeigen.

Trotz wenig Schlaf ist genug Energie da, um nach Gstadt zu fahren, Seeblick zu genießen, Marja zu besuchen und mit ihr über unsere Kinder zu reden, die uns, nicht immer schonend, beigebracht haben, dass wir auch noch ganz anders sind, als wir dachten, dass wir wären.

Ziemlich früh bin ich zurück in Prien und gehe noch auf einen Sprung zu Juliane. Keine Zeitung da? Da schaue ich halt ein wenig in die Luft und auf die Straße. Gleich zwei Traktoren mit angehängten Heuwendern rattern die Schulstraße entlang. Heute Morgen kam mir auf der Alten Rathausstraße schon ein richtig dicker

Traktor mit einem richtig dicken Anhänger voller Heu entgegen. Mir gefällt gut, wie sich in Prien Städtisches und Ländliches mischen.

Habe ich die Frau, die gerade aus dem Café kommt, nicht gestern auf der Bernauer Straße gesehen? Oder jedenfalls ihre Bluse? Ja, das ist genau die Bluse, bei deren Anblick ich mich gefragt habe, wer wohl eine solche Bluse trägt. Die Frau schaut zu mir her und meint dann, mich von irgendwoher zu kennen. Ich mache Vorschläge, wo sie mich gesehen haben könnte, wir kommen ins Gespräch, doch schon nach wenigen Sätzen mag ich mich nicht mehr unterhalten mit ihr. Ausführlich zählt sie auf, was ihr alles nicht passt in Prien und in der heutigen Welt. Sofort ist wieder Entschlossenheit fühlbar. Ich spüre geradezu, wie sich ein „Mantel der Unnahbarkeit" um mich legt, mein Ton wird fest und ich antworte nur noch mit „Ja" oder „Nein". Deutlich, fast schon laut, denke ich, sie solle jetzt gehen. Sie geht tatsächlich ein paar Schritte, dreht sich um, versucht es noch einmal mit einer Frage, doch meine Antwort ist kühl und knapp. Da geht sie. „Vielleicht sieht man sich hier noch einmal", sagt sie. Hoffentlich nicht.

Gestern Abend war ich am Bahnhof, um ein befreundetes Paar aus Köln abzuholen, das einige Tage Urlaub in Prien macht. Der Zug lief ein und wer stieg aus und lief mir förmlich in die Arme? Der Herr. Immer noch nicht fertig. Okay. Nach der spontanen Umarmung ging er seiner Wege und ich brachte die inzwischen ebenfalls ausgestiegenen Prien-Besucher zu ihrer Unterkunft, bereitete dann ein Abendessen vor, freute mich über die Begeisterung der beiden für meine

Wohnung und Aussicht, sitze nun auf der Terrasse in Gstadt und warte auf sie, um ihnen auch diese Aussicht zeigen zu können. Sie wollten sich Räder leihen und den Uferweg entlang fahren. Und da kommen sie auch schon und finden ebenfalls grandios, was sie sehen. Ich lege ihnen Marjas Ausstellung ans Herz und so kommen sie mir nach der Schwimmstunde im See auch dorthin nach, doch dann trennen sich unsere Wege, sie fahren den Uferweg zurück, ich die Landstraße.

Was glänzt und funkelt denn da im Sonnenlicht? Kombinationen aus Glas und Stahl fangen die Sonnenstrahlen ein und drehen sich im Wind. „Kunstwerke in der Schmiede" steht an dem Haus, vor dem sie ihr Lichtspiel betreiben. Ich habe das Schild schon mehrmals gesehen, doch immer war die Tür geschlossen. Heute ist sie weit auf. Da halte ich an.

Vor der Schmiede ist niemand, drinnen auch nicht. Ich betrachte die ausgestellten Kunstwerke, die ebenfalls ausliegenden Tee- und Kräuterprodukte und trete wieder vor die Tür, um zum Fahrrad zurück zu gehen. Halt, jetzt ist doch wer da. Ein Mann mit einem Bierglas will sich gerade in den Liegestuhl vor dem Haus setzen. Ich grüße, da schüttet er sich das Bier auf die nackten Füße, denen diese Abkühlung aber sicher willkommen ist, mussten sie doch, wie ich bald erfahre, so wie sie sind, über den glutheißen Asphalt laufen, um ihrem Besitzer zum erfrischenden Nass zu verhelfen. Hat er keine Schlappen, um Himmels willen? Doch, aber wer ahnt denn, dass die Straße heute derart aufgeheizt ist.

Wir kommen ins Gespräch über die Kunstwerke des Mannes mit den nackten Füßen, über die Schmiede, die er gemietet hat, um in seiner Freizeit hier zu „arbeiten", deren Ausstellungsraum er jedoch mit anderen teilt, was den Vorteil hat, dass er zu den Öffnungszeiten nicht immer selbst da sein muss, und wieder einmal spreche ich mit jemandem, der begeistert ist von der Aussicht in Gstadt. „Schauen Sie doch", sagt er und führt mich an ein kleines Fenster, von dem aus tatsächlich ein kleiner Ausschnitt Chiemsee zu sehen ist. Ich frage ihn, wieso der See immer wieder die Farbe ändert und er erklärt, das liege an der jeweiligen Witterung. Aha.

Ich würde gern eins seiner stahlgeringelten Kunstwerke kaufen und so hängt er mir eins ab, wirft dabei allerdings ein anderes hinunter. Dann will er mir Plastikfaden zum Aufhängen mitgeben und schon liegt die ganze Rolle am Boden. Ich muss lachen und frage scherzhaft, was denn heute los sei. „Vielleicht bin ich ein wenig verwirrt, ich finde Sie sehr sympathisch."

Oh. Na so etwas! Und er sagt es auch noch! Das ist aber nett. Danke. „Ich sie auch", sagt es spontan. Aber verwirrt bin ich nicht, kein bisschen. Nach dem Kauf gehe ich zum Fahrrad zurück und sehe im Vorbeigehen ein halbes Glas Bier in der Sonne stehen. Oh je. Kühl ist das jetzt nicht mehr. Aber zur Entschädigung hatte er eine nette Unterhaltung und etwas verdient hat er auch noch, kann sich jetzt gut ein neues Bier kaufen. Hoffentlich diesmal mit Schlappen an den Füßen.

Es ist weit über 30 Grad, gefühlt sicher über 40 Grad, doch das macht mir fast gar nichts. Die Frau in mir ist so gut drauf, dass ich im Nu wieder in Prien bin, dort allerdings sofort unter die Dusche muss, denn derart verschwitzt, wie ich jetzt bin, kann ich heute Abend nicht in den Bayerischen Hof gehen, wohin mich das befreundete Paar zum Essen eingeladen hat.

Ich bin auf dem Weg zum Einkaufen, als sich das Handy bemerkbar macht. Der Herr möchte wissen, ob ich ihm beim Frühstück in der Bäckerei gegenüber der Post ein wenig Gesellschaft leiste. Okay, da komme ich sowieso vorbei, da kann ich auch dort anhalten und ein Weilchen bei ihm sitzen. Er erzählt von Tochter und Enkel, ich höre zu, sehe zufällig aus dem Fenster und sehe das befreundete Paar aus der Post kommen, das ich am Zug abholte, als ich ihn dort zufällig traf.

Ich finde solche Zufälle zunehmend lustiger, werde diesen hier sicher dem Paar erzählen, wenn es heute Abend zum Abschiedsessen kommt. Ob ich auch von meinem Engelkartenexperiment erzählen werde, weiß ich hingegen noch nicht. Da wird mir selbst manchmal unheimlich bei den vielen Zufällen. Gestern Abend fiel beim Mischen eine Karte heraus. Normalerweise gilt diese Karte. Ich schaute nach. Nein, nicht schon wieder Yvonne, die mir bescheinigte, ich könne gut mit Tieren umgehen. Diese Karte taucht derzeit am häufigsten auf, ich vermute fast, weil ich so nett mit dem Getier in der Wohnung umgehe, Fliegen, Mücken, Motten und Spinnen nicht töte, sondern mit einem Glas einfange und vor die Tür setze. Ich beschloss, die Karte nicht gelten zu lassen, mischte und zog. Was wohl? Ja, Yvonne. Auch Engel lassen sich nicht gern übers Ohr hauen. Mitten in der Nacht, als ich nicht schlafen konnte, zog ich noch einmal eine Karte, um endlich eine erfreuliche Botschaft zu bekommen, und wer kam? Yvonne zum dritten Mal. Da gab ich auf. Okay, okay, macht doch, was ihr wollt.

Ich möchte nach Gstadt, komme aber nicht los. Es ist heiß, könnte aber auch gewittern. Ziehe ich Sandalen an oder lieber Schuhe und Socken, ein Shirt mit oder ohne Ärmel, eine lange oder lieber eine kurze Hose? Nach mehrmaligem Umziehen komme ich endlich doch vor die Tür. Oh Gott, das ist ja wie in der Sauna. Ich gehe sofort in die Wohnung zurück, ziehe mich so luftig an wie möglich, schwitze trotzdem ohne Unterlass, sowohl auf der Fahrt als auch auf der Terrasse am See. Ein wenig müde bin ich auch, habe in der Nacht nur sehr unruhig geschlafen. Irgendetwas liegt in der Luft. Außerdem warte ich. Auf eine Mail vom Agenten.

Oh weh, ich zerfließe. Ob das jetzt eine so gute Idee war, bis Gstadt zu fahren? Aber ich weiß inzwischen, dass das Sitzen am See mich immer wieder aus dem Warten auf Zukünftiges ins hier so wunderschön anzuschauende Jetzt bringt. Ich sitze und schaue und das Wartegefühl löst sich langsam auf, auch das ständige Reden im Kopf wird allmählich stiller und verstummt schließlich ganz. Ein Weilchen darf ich einfach nur schauen ins grüngraue Silberglitzern.

Windböen, die die aufgespannten Sonnenschirme flattern lassen, bringen mich auf die Terrasse zurück. Sie tun gut, nehmen aber zu und als sich auch noch dunkle Wolken von Westen her übers Himmelblau schieben, da trete ich die Rückfahrt an.

Gestern Abend flammte die Ungeduld noch einmal auf. Dieses elende Warten. Nichts tun können. Plötzlich löste sich unversehens etwas. Ich muss keinen Verlag mehr haben, muss weder mir selbst noch sonst jemandem etwas beweisen. Wenn sich bis Ende September nichts getan hat, dann bringe ich dieses Buch selbst heraus bei BoD, einem Verlag, dem man das Manuskript online zuschickt, der den Text digital speichert und Bücher nur auf Nachfragen hin ausdruckt. Sofort kehrte Ruhe ein. Keine Ungeduld mehr. Kein Wartegefühl. Stattdessen ein Gefühl der Erleichterung, das auch heute Morgen noch deutlich zu spüren ist.

Nach dem Frühstück gehe ich an den Laptop, schaue nach meinen Mails und, Donnerwetter, da ist doch tatsächlich eine Nachricht vom Agenten. Er ist ratlos, aber weiter interessiert und möchte mich treffen, könnte ja sein, dass uns gemeinsam etwas einfällt. Da bin ich aber gespannt. Und weiterhin völlig cool. Es gibt immer noch BoD.

Das Biowetter: „Am Sonntag sorgt Tiefdruckeinfluss für einen eher langsam in Schwung kommenden Kreislauf. Darüber hinaus fühlt man sich müde….."
Ja, genauso fühlt sich das an und fühlt sich keinesfalls schlecht an, hilft mir im Gegenteil, in der gerade wahrnehmbaren Ruhe und Gelassenheit regelrecht zu schwelgen und sie nicht mit Aktivität zu überdecken. Ganz schön verrückt manchmal, wie man sich den eigenen Zustand schönreden kann. Dazu fällt mir der Superspruch von P. Piwitt ein, den ich unübersehbar im Regal aufgestellt habe:
„Ist man erst einmal verrückt, ist alles einfach.
Aber wie schwer ist der Weg dahin!"

Zur Abwechslung sitze ich heute einmal im Café Villino. Mir gegenüber sitzt der Literaturagent, der seit 45 Jahren in Bayern lebt, den Chiemgau liebt und auch selber gerne schreibt. Wie gut, dass wir einmal miteinander reden. Als er von „Büchlein" spricht, ich hingegen von „Buch", stellt sich heraus, dass er die ihm zugeschickten Teile fürs Ganze gehalten hat und nun wieder alles ganz anders aussieht. Auf ein Neues also. Die übliche Übung rollt an. Geduld. Geduld. Geduld. Zu meinem Glück habe ich sie gerade.

Auffällig ist mir, wie sehr in letzter Zeit mein Interesse an Künstlern zugenommen hat und wie sehr ich mir Austausch wünsche mit ihnen. Ich bin schon richtig gespannt auf die Malerin, mit der gemeinsam Brigitte gerade in Gstadt eine Ausstellung hat. Morgen fahre ich hin.

Ich sitze auf meinem Terrassenplatz im graublaugrünen Paradies und schaue ins Weite. Offen für die Schönheit um mich herum. Etwas summt. Oder nicht? Ist das die Frau, die gerade vorbeigeht? Ich weiß es nicht, ist auch gleich. Von der Fraueninsel weht das Mittagsläuten herüber. Zeit, zur Ausstellung im Haus des Gastes zu gehen.

An der Eingangstür treffe ich Brigitte und miteinander redend gehen wir die Treppe hoch. Oben schaut jemand übers Geländer, schaut immer erstaunter und sagt dann: „Das ist ja was! Ich habe Sie im Inselblick gesehen. Ich hatte große Lust, Sie einzuladen, wollte aber nicht aufdringlich sein." Da staune jetzt aber ich und staune noch mehr, als ich in ihr die Frau erkenne, die mir aufgefallen war, weil sie summend vorbeiging.

Es gibt noch viel mehr zu staunen. Aléia, so stellt sie sich mir vor, war nicht zufällig im Inselblick. Wenn das Wetter es erlaubt, fährt sie täglich mit dem Fahrrad hin, sitzt dann gewöhnlich an „meinem" Tisch und macht dort genau dasselbe wie ich. Schauen. Wieso habe ich sie noch nie getroffen? Weil sie viel früher dort ist als ich. Seit sie nach Prien gezogen sei, lebe sie im Paradies, sagt sie noch und mir wird ein wenig unheimlich. Stehe ich gerade einer Zweitversion meiner selbst gegenüber? Oder ist sie auch anders? Aber wie anders? Was hat sie erlebt?

Ich frage, sie antwortet und ich bekomme einen kleinen Einblick in das Erleben und Schaffen einer Künstlerin. Wollte ich das nicht gerne? Voilà. Dann fragt sie mich, ich antworte und schon sind wir mitten drin in einem wunderschönen Austausch. Hatte ich mir nicht auch das gewünscht? Voilà

Aléia malt erst seit der großen Wende vor einem Dreivierteljahr. Da hatte vorher erst etwas passieren müssen. Sie hatte bestimmte Vorstellungen, was ihre Aufgabe sei und was sie tun müsse, und zwang sich manchmal regelrecht dazu, führte sich so aber selbst „aufs Glatteis", rutschte in der Folge wirklich auf Eis aus und dank einer schweren Gehirnerschütterung ging für zwei Monate nichts mehr. Sie musste nichts mehr tun. Denn sie konnte nichts mehr tun. Nur noch Malen. Dank Brigitte hatte sie das Malzubehör bereits in der Wohnung. Brigitte hatte im Herbst letzten Jahres bei ihr geklingelt und gefragt, ob sie mit zum Atelier auf der Hochriesstraße komme. „Aber ich kann doch nicht malen", hatte Aléia gesagt. „Eben deshalb", war Brigittes Antwort gewesen und da war sie mitgegangen, hatte sich erkundigt, was man zum Malen braucht und wie man vorgeht und so stand alles bereit. Sie malte einfach los und jetzt stellt sie sogar schon aus. Sie kann es selbst kaum fassen.

Nach dem langen Gespräch habe ich keine Energie mehr übrig für die vielen Bilder, schaue sie mir nur kurz an und fahre bald nach Prien zurück, wo mir die heruntergefallenen Äpfel an der Wiese beim Hühnerhof auffallen. Ich halte an und ernte einige, habe gerade beschlossen, der Hühnerherrin, sollte ich das noch öfter machen, irgendwann ein kleines Geschenk zu bringen, als ich sehe, dass sie auf der Bank vor dem Haus sitzt und mir zuschaut. Ich fahre zu ihr und sie hat gar nichts dagegen, dass ich die heruntergefallenen Äpfel nehme. Sie scheint sich zu freuen, dass ich bei ihr angehalten habe, kommt mir zum Törchen entgegen und schnell sind wir im Gespräch. Die Äpfel werden erst im Oktober wirklich reif sein, dann werden sie zu Apfelsaft und Alkohol verarbeitet. Alkohol? Ja, für Johanniskrauttinktur. Und wie geht es ihr? Bis auf den Bandscheibenvorfall gut, der kommt wahrscheinlich vom lebenslangen Arbeiten, aber das musste sein, war auch in Ordnung. Es gab so manche harte Zeit, aber mit den Feriengästen hat es viel Freude gemacht, eine Menge gelernt hat sie über diese Menschen, allerdings waren eigene Ausflüge oder Urlaube nicht möglich, was aber auch nicht so wichtig war, denn sie hat es in Prien doch sehr schön. Sie kommt von der anderen Seite des Sees, lebt seit 58 Jahren in diesem Haus und ist zufrieden mit ihrem Leben, das Verhältnis zu den Kindern, Enkel- und Urenkelkindern ist gut, was ihr das Wichtigste ist, und sie kann ja trotz der Schmerzen, die aber schon besser geworden sind, noch arbeiten und sich bewegen und ist froh darum. „Ich bin zufrieden", sagt sie und ich glaube es ihr.

Als ich mich verabschiede, staune ich schon wieder. Hatte ich mir auf dem Heimweg von Gstadt nicht gewünscht, auch einmal ins Gespräch zu kommen mit Einheimischen? Weil die im Buch etwas zu kurz kommen? Voilà.

Wie gewohnt sitze ich morgens auf der Terrasse am See und schaue in einen lichtblauen Himmel, an dem zarte, weiße, vielfach geschwungene Wolken langsam dahinziehen. Ein einziges kleines Wölkchen hat sich auf den Weg den Berg hinunter gemacht und ruht nun hingegeben in einer Mulde aus Stein.

Nach einer Stunde gehe ich zur Ausstellung hinüber, drehe eine neue Runde, lese jetzt auch die kurzen Texte, die die beiden Malerinnen über sich geschrieben haben. Brigitte sieht ihre Bilder als „Ausdruck ihrer sprühenden Lebensfreude", die Erinnerungen wecken an „sorglose Kindertage" und vor Augen führen, „dass das Leben ein Spiel ist, bunt, wild und grenzenlos." Ja, so erlebe auch ich diese Bilder. Aléias Bilder „entstehen tief in ihrem Innern" und auch das glaube ich förmlich zu spüren. Etwas Vertrautes weht mich an, bedarf keiner Erklärung und keiner Interpretation.

Wie und wo haben die beiden sich kennengelernt? Aléia, noch nicht lange in Prien ansässig, kam in den Garten von Café Villino und sah eine Frau an einem Tisch sitzen und „in die Wolken schauen". Sie fragte, ob sie sich dazusetzen könne, sie kamen ins Gespräch und es stellte sich heraus, dass Aléia in genau der Wohnung lebt, in der zuvor Brigitte gewohnt hatte. Wie sich dann im Laufe der Zeit zeigte, war das nicht das Einzige, was sie verband, und jetzt haben sie gemeinsam diese Ausstellung. Spannend, wie das Leben Menschen zusammenführt, die keine Ahnung haben, dass sie bereits miteinander zu tun hatten. Da zieht Aléia in die Wohnung, in der vorher Brigitte lebte, und ich sitze fast täglich an einem Tisch, an dem vorher bereits Aléia saß. Kaum zu glauben. Aber höchst interessant. Ob es noch mehr Interessantes zu erfahren gibt über die beiden? Wenn das Wetter es erlaubt, werde ich morgen wieder herkommen.

Heute Morgen regnete es, doch gerade, als ich die Hoffnung auf meinen Ausflug aufgeben wollte, wurde es hell und so bin ich doch auf dem Weg nach Gstadt. All diese Äpfel am Wegrand. Sie verfaulen zu sehen, tut meinem Nachkriegskinderherzen richtig weh. Nicht nur dem. Der achtlose Umgang mit Nahrungsmitteln, diese Verschwendung bei uns, während andere fast nichts haben, tut mir förmlich „in der Seele" weh. Mehr als die Hälfte des Erzeugten landet im Müll. Wahnsinn. Kaum sitze ich am See, schmilzt der eben noch gefühlte Schmerz dahin und macht einer deutlich gefühlten Sicherheit Platz. Ich muss nichts tun. Wirklich nicht. Ich kann einfach so sein, wie ich bin. Ich bin okay so, wie ich bin. Fühlt sich wunderbar an. Hey, Aléia, wäre schön, wenn du vor Ausstellungsbeginn noch einmal hier vorbeikämest, an unserem Tisch sind noch Stühle frei.

Da auch sie vermutlich mit einem siebten Sinn ausgestattet ist, kommt sie tatsächlich vorbei, setzt sich mir gegenüber und es stellt sich heraus, dass wir zwar gewöhnlich am selben Tisch sitzen, aber zum Glück nicht auf demselben Stuhl. Da nimmt also keine der anderen den Platz weg. Da wir beide interessiert sind, mehr voneinander zu erfahren, ist die Unterhaltung schnell im Gange. Aléia lebte viel im Ausland, in Australien, Amerika, Portugal, entwarf in früheren Jahren Mode, arbeitete als Designerin und als „Haus- und Wohnungseinrichterin". Ich erfahre viel über ein spannendes Leben und erst als wir aufbrechen, fällt mir auf, dass mein Minderwertigkeitskomplex bezüglich meines langjährigen Lebens am heimischen Herd und mit diversen Tätigkeiten ausschließlich in heimischen Regionen, völlig vergessen hat, aufzutauchen. Noch nicht einmal der Satz „Aber ich kann freihändig Rad fahren", kam. Der hält mich sonst aufrecht, wenn es innen zu schrumpfen beginnt. Er scheint nicht mehr nötig zu sein.

Viel Unterschiedliches zeigt sich bei uns und immer wieder Gemeinsames. Da sitzt mir jemand gegenüber, der zwar viel und bestens gearbeitet hat, aber immer dachte, er müsse es noch besser machen und noch mehr tun. Nun muss auch Aléia nichts mehr tun. Sie malt und ist glücklich auch mit weniger Geld. „Ich habe die Häuser reicher Menschen eingerichtet", sagt sie, „und sie saßen auf ihrer Terrasse am See und machten sich Sorgen um ihre Millionen." Die Sorgen haben wir wirklich nicht.

Morgen früh fahren Marja, Anton und Mandy nach Holland zurück. Ohne die Bilder. Es folgt die eben erfahrene brandneue Marja-Story und ab jetzt spreche ich nicht mehr von Zufall. Ich kann das Wort nicht mehr hören. Es traf sich eben mal wieder alles.

Letztes Wochenende waren Marja und Anton im Haus des Malers Exter in Feldwies, wollten dann noch etwas essen, landeten im Gasthaus gegenüber, stellten fest, dass in den oberen Räumen Ausstellungen stattfinden, wollten die Ausstellung sehen, doch es gab gerade keine, die Räume standen leer. Jetzt nicht mehr. Bis Anfang Oktober hängen Marjas Bilder dort.

Als wir aufbrechen, kann ich Marja gut gehen lassen, weiß ja, dass sie bald wieder da sein wird, und bin jetzt schon gespannt, was es dann alles zu erzählen gibt.

September

Wieder bin ich am See. Wieder ist es ganz still. Wieder tauchen einige wenige Worte auf.

Der See.
Spiegel meiner Seele.
Stille und Frieden
werden bewusst.

Bing, bing, bing, dingelingeling, dong, dong, ding… Kuhglockenkonzert. Wir sind auf der Alm. Gisela hat mich mitgenommen zum Hochplattenlift, ich habe mich todesmutig neben sie in das offene Gefährt gesetzt und so konnte ich ein zweites Mal die Welt von oben betrachten.

So schön ist es in den Bergen, an manchen Stellen allerdings etwas zu voll mit Wanderern und vor allem unser Picknickplatz an einer Pfadkreuzung erweist sich bald als Verkehrsknotenpunkt. Die Leute strömen in Scharen heran und vorbei und wir kommen kaum zum Essen. Wanderer sind überaus freundliche und höfliche Menschen. „Grüß Gott", „Servus", „Griasdi", „Hallo", „Guten Appetit." Gisela und ich sind auch sehr freundliche und höfliche Menschen und so beantworten wir gewissenhaft jeden Gruß, beginnen aber nach einer Weile zu lachen, weil wir kaum noch zum Kauen und Schlucken kommen. Plötzlich braust ein Trupp junger Mountainbiker heran und hält splitspritzend direkt bei uns an, um auf die Nachzügler zu warten. Launige Bemerkungen fallen auf beiden Seiten und bald gibt es kein Halten mehr, wir lachen immer weiter und können so schnell auch nicht wieder aufhören.

Lachen ist gesund. Wandern auch. Übermorgen geht es wieder los. Jetzt aber erst einmal von Marquartstein zurück nach Prien. Über Grassau. Da wohnt doch der nette Herr, der jetzt mein Manuskript im Computer hat. Ob er wohl fleißig bei der Lektüre ist?

Er hat sie sogar schon ausgelesen, wie ich bei der Heimkehr seiner Mail entnehme, findet sie immer noch „lesenswert", hat sogar eine Idee und im Anhang den Text eines „Arbeitsvertrages". Es kann weitergehen.

Die Morgensonne gießt goldgelbes Licht über die Baumwipfel, am tiefblauen Himmel steht ein blasser halber Mond, zwei Ballons schweben lautlos unter ihm dahin. Es verspricht ein wundervoller Samstag zu werden. Hinaus. Ins Grüne und Weite.

Die Bauern nutzen die trockenen Tage, fast die ganze Strecke nach Gstadt wird gemäht und in der Luft liegt der unvergleichliche Duft frisch gemähten Grases. Tief atme ich ihn ein. Ja, es riecht wie früher in der Kindheit. Der Vorschlag des Agenten, hin und wieder zurückzuschauen und zu erzählen, was vor vier oder fünf Jahren war, springt mir in den Sinn, in dem jetzt aber gerade die Zeit vor fünfzig Jahren präsent ist.

Ich liebte die Wiesen und Hügel des Bergischen Landes, empfand sie jedoch nie wirklich als Heimat, genau so wenig wie ich das Elternhaus als Zuhause erlebte. Mir ist es nicht schlimm ergangen dort, aber mehr oder weniger bewusst nahm ich ständig ein Gefühl von Druck wahr, etwas unerklärlich Dunkles und Schweres begleitete mich die gesamte Kindheit und Jugend hindurch. Ich wollte immer weg und ging nach dem Abitur auch sofort. In Köln und später in Bonn fühlte ich mich nicht so bedrückt und beschwert, doch auch an diesen Orten war ich nie zu Hause. In Bonn fühlte ich mich in den letzten Jahren sogar wohl, doch weg wollte ich trotzdem. Bis es dann endlich wirklich so weit war. Zum ersten Mal lebe ich nun am Ort meiner Wahl und nicht an einem Ort, an dem ich aufgrund äußerer Umstände gelandet bin. Hier fühlt es sich so an, als ob ich gut bleiben und doch auch jederzeit wieder fortgehen könnte. Wie das möglich ist? Inzwischen fühle ich mich immer öfter in mir selbst zu Hause. Ob es das war, was mir in Bonn gefehlt hat?

Wie ich merke, hat der Herr Agent deutlich etwas angestoßen mit seinem Vorschlag, gelegentlich auch noch einmal zurückzublicken. Gewöhnlich denke ich kaum noch an frühere und früheste Zeiten. Warum auch. Das Leben findet jetzt statt. Aber sind in diesem Jetzt Vergangenheit und Zukunft nicht gleichermaßen enthalten? Ein Satz von Kierkegaard kommt mir in den Sinn.

„Verstehen kann man das Leben nur rückwärts, leben muss man es vorwärts."

Ob es vielleicht doch noch etwas nachträglich zu verstehen gibt? Ich weiß es nicht. Es wird schon auftauchen, wenn es so weit ist.

Wer zunächst einmal auftaucht, als ich nachmittags vor dem Café auf eine befreundete Prien-Besucherin aus dem Bergischen Land warte, das ist Florian, der Osteopath. Wie schön. Was sagt er? Er hätte überlegt, mich anzurufen? Noch schöner. War aber ja gar nicht nötig, denn erstens bin ich zwar schon da, habe aber zweitens leider nur wenig Zeit.

Auch Osteopathen müssen hin und wieder zum Osteopathen, so auch Florian, und schon sprechen wir über Schmerzen, Behandelnde, Behandelte und über die Wirkung von Absichten und Erwartungen auf den Behandlungserfolg, Themen, die ich äußerst spannend finde, die wir aber leider nur anreißen können, da jetzt eine völlig geschaffte Freundin auftaucht. Fußmärsche durch die Umgebung, ein Klimawechsel und zu wenig Schlaf aufgrund zu harter Matratzen, das kann einen ziemlich erledigen. Nach zwei Stunden zieht es sie in ihr Hotelzimmer und mich zurück in die Wohnung, wo ich noch eine Weile Fernsehen vom Sofa aus genieße, zuschaue, wie die Abendsonne ihr rötlich-goldenes Licht über der Kampenwand ausgießt und wie dieses Licht nach und nach verblasst, um der Dämmerung Platz zu machen.

Nach dem Mittagessen stellt sich mir die Frage, ob ich sofort an den Laptop gehe oder vorher noch schnell bei Juliane einen Kaffee trinke. Ja? Nein? Ja. Ich fahre, biege in den Hof ein und sehe in ein Paar lachende Augen. „Na, siehst du", sagt Florian, „Anrufen ist gar nicht nötig." Er war bei seinem Osteopathen gewesen und hatte sich eine Erholungspause vor dem Café gegönnt, hatte eigentlich längst fahren wollen, aber gerade eben beschlossen, doch noch einen Espresso zu trinken. Passt ja alles wieder einmal wunderbar. Wir setzen auf der Stelle das abgebrochene Gespräch fort, landen bald bei der Frage, wie weit die Psyche beteiligt ist an der Hervorbringung oder Intensivierung von Beschwerden, und ich bekomme eine kleine Geschichte erzählt
Florian begann vor einigen Jahren zu laufen, in einfachen Sportschuhen, da er keine Laufschuhe besaß, nahm sich aber immer mal wieder vor, gute Laufschuhe zu kaufen. Doch er tat es nicht. Eines Tages sagte er seiner Frau, er müsse sich nun wirklich Laufschuhe kaufen, sonst würde er mit Sicherheit irgendwann

Knieprobleme bekommen. Er kaufte keine Laufschuhe, aber er bekam Knieprobleme. Sie wurden so stark, dass er nicht mehr laufen konnte und endlich doch in ein Sportgeschäft ging, sich beraten ließ und mit einem Paar richtiger Laufschuhe wieder herauskam. Von Sekunde an waren die Knieschmerzen verschwunden und kamen nie wieder. Wäre die Ursache wirklich eine körperliche gewesen, wären sie nur nach und nach verschwunden. Da hatte er sich selbst unbemerkt etwas „eingeredet". Natürlich wüssten wir beide nur zu gern, was wir uns sonst noch alles einreden, ohne es zu merken.

Als wir aufbrechen, wird mir bewusst, dass wir unter dem Lindenbaum sitzen, unter dem ich auch bei meinem ersten Cafébesuch saß. Und dann muss ich lachen. Auf dem Tischchen liegt ein ordentlicher Klecks Vogelscheiße. War der schon da, als ich kam oder kam der erst an, als wir eifrig ins Gespräch vertieft waren? Es ist gleich. Dank Barbara weiß ich nun, dass er großes Glück bringt.

Was ist Glück? Es ist unbeschreiblich. Wenn es da ist, weiß man es einfach.

Heute vor elf Jahren wurde die gesamte Welt erschüttert, als in Amerika zwei Hochhäuser in Schutt und Asche versanken. Heute vor einem Jahr wurde meine kleine persönliche Welt erschüttert, als sämtliche, im Untergrund heimlich aufmarschierten Ängste aufstiegen und mich aus meiner scheinbaren Sicherheit kippten. Heute vor einem Jahr fuhren die Schulfreundin und die Schwester, die mich tags zuvor von Bonn nach Prien gebracht hatten, wieder ab und ich war plötzlich allein. Ganz allein. Anrufen konnte ich keinen, das Telefon war noch nicht angeschlossen und mein Prepaid-Handy nur für Notfälle. Ein Notfall war ich noch nicht, aber nahe dran. Ich saß auf dem Sofa, konnte mich erst einmal nicht rühren, weil das so unerwartet kam, strömte mich dann eine Weile und langsam ging es mir wieder besser. Die Angstgefühle kehrten in den nächsten Tagen laufend zurück, traten aber nach und nach wieder in den Hintergrund und heute denke ich noch nicht einmal mehr an sie.

Völlig unbeschwert fahre ich noch einmal nach Gstadt, obwohl es mich gar nicht mehr so unbedingt hinzieht. In Gstadt wollte mir der See etwas Wunderschönes schenken, dies Gefühl tiefer Ruhe, das bisher eher selten auftauchte, und jetzt lässt er mich fühlbar wieder los und zu neuen Ufern ziehen. Aber Besuche statte ich ihm immer noch gerne ab. Schon kommt eine weitere Besucherin. „Grüß dich Aléia, so spät heute?"

„Es ist morgens schon so kühl. Außerdem ist es nicht mehr so nötig. Es zieht mich nicht mehr."

Sie auch nicht mehr? Ich erzähle, wie es mir heute vor einem Jahr erging, und erfahre, dass sie, als sie vor drei Jahren ebenfalls ganz allein nach Prien zog, bereits auf der Hinfahrt eine Panikattacke bekam. Was? Sie hatte auch plötzlich Angst? Wie beruhigend, dass wir zwei zwar am selben Tisch sitzen, aber jeder auf seinem Stuhl. Eine Doppelgängerin zu haben, fände ich nicht lustig. Auch wenn ich es vom Sternzeichen her bin, würde ich auch nicht gerne Zwilling sein. Einen neben sich gehen zu haben, der ganz oft dasselbe denkt, fühlt und auch noch tut, wäre mir nicht recht. Ich bin lieber einzigartig.

Nach einem langen Gespräch über Gott und die Welt, über unsere Ähnlichkeiten und Verschiedenheiten trete ich, inzwischen recht „hochtourig", den Heimweg an, stelle beim Einfahren in die Neugartenstraße den

Walkman ab und höre das Handy klingeln. Gudrun ist gerade in Prien und könnte in zehn Minuten bei Juliane sein. Ich auch.

Nein, doch nicht, ich habe doch unterwegs Blumen gepflückt, die müssen erst in Wasser, also zu Hause vorbeifahren, in den Briefkasten schauen, oh, Post vom Agenten, der Arbeitsvertrag ist da, den unterschreibe und schicke ich am besten sofort los, noch bevor der Briefkasten heute Nachmittag geleert wird, Tür aufschließen, Blumen in Wasser stellen, Brief öffnen, das Anschreiben mit den Änderungsvorschlägen lesen, Vertrag unterschreiben, Briefumschlag holen, ganz ruhig, meine Liebe, jetzt ist Sorgfalt angesagt, die Adresse richtig schreiben, an die Briefmarke denken, zukleben, wieder los und in den Briefkasten damit.

Als ich bei Gudrun ankomme, sind natürlich mehr als zehn Minuten vergangen und ich fühle mich wie ein aufgeblasener Luftballon, in den jetzt nur noch einer zu pieksen braucht, damit es knallt. Lieber selbst schon mal ein wenig Luft ablassen. Ruhig, meine Liebe, ganz ruhig.

Gudrun erzählt vom Stand der Umzugsvorbereitungen nach Bergen und wir überlegen, an welchen Orten dazwischen wir uns treffen können, wenn jede mit dem Fahrrad losfährt, was allerdings möglicherweise erst im nächsten Jahr sein wird, da Gudrun bereits den Flug nach Indien gebucht hat. Aber erst einmal wird jetzt umgezogen. Ich wünsche ihr, dass alles gut klappt und sie sich gut einlebt.

Wieder zu Hause, fällt mein Blick auf den Schreibtisch. Was ist denn das! Zwei Verträge? Aber ich weiß doch genau, dass ich einen in den Briefumschlag geschoben habe. Jetzt einmal ganz langsam! Herrje, ich muss das Anschreiben zurückgeschickt haben. Also noch einmal von vorn. Einen Vertrag in einen Briefumschlag, die

Adresse richtig schreiben, die Briefmarke drauf und in aller Ruhe zum Briefkasten. So. Jetzt stimmt`s. Und jetzt habe ich tatsächlich einen Agenten. Was sagen die Engel dazu? Die gaben bereits grünes Licht. „Handle", sagte „Ozeana" heute Morgen und damit ich wusste, wo es zu handeln galt, trat ihr „Gabriel" zur Seite und verwies wieder einmal auf meine Lebensaufgabe, die mit Kommunikation und Kunst zu tun habe. Die beiden hatten den Brief mit dem Vertrag wohl schon im Postauto erspäht.

Bin ich inzwischen ohne Sinn und Verstand den Karten verfallen? Nein, ich hätte auf jeden Fall unterschrieben, freue mich aber über die Rückendeckung. Da läuft jetzt einfach ein spannendes Experiment. Welche Karten tauchen wie oft und welche fast nie auf. Spitzenreiter ist und bleibt Engel Mystique, der mir immer wieder Mut macht. „Schreite beschwingt voran…..Rechne mit wunderbaren Lösungen."

Heute ist ein richtiger „Arbeitstag". Morgens schon sitze ich am Laptop, fahre mittags dann zu Juliane zum „Arbeitstreffen" mit „meinem" Agenten, bei dem wir sein Vorgehen und mögliche Zusätze zum Buch besprechen. Versprechen kann und will er nichts, ist doch klar, Geduld muss ich auch haben, habe ich glücklicherweise tatsächlich gerade, und so sage ich auch ihm zum Abschied den Satz, den ich mir zurzeit laufend selber sage. „Der Weg ist das Ziel." Hoffentlich bremst das meine Ungeduld. Es fühlt sich zurzeit allerdings wunderbar an, sich nicht selbst kümmern zu müssen, auch irdisch „abgegeben" zu haben.

Die Buchhandlung buks wird geschlossen, heute ist der letzte Tag des Ausverkaufs, ich fahre in den Ort, um ein Blümchen zu besorgen und sehe in der Ferne Christine gehen. Soll ich rufen? Nein, sie ist zu weit weg, aber es ist auch gar nicht nötig. Zuf… nein, ich mag es nicht mehr denken oder schreiben… Christine dreht den Kopf, erkennt mich, wir gehen uns entgegen und halten einen wunderbar langen „Ratsch" auf dem Bürgersteig. Gerade als wir von Brigitte und ihren Bildern sprechen, ich kann es kaum glauben, ertönt hinter uns eine Stimme: „Na, ihr zwei Engel!". Brigitte. Der Ratsch wird zu dritt fortgesetzt, bis ich die beiden stehen lasse, um endgültig in den Blumenladen zu gehen und anschließend ein letztes Mal in die Buchhandlung. Alles Gute zum Abschied und zum Neuanfang. Möge er gelingen.

Was sie anschließend macht, weiß die ehemalige Frau buks, für mich inzwischen Bärbel, noch nicht. Erst einmal zu sich kommen. Und schauen, was dann kommt. Vielleicht mehr schreiben. Noch eine, die schreibt. Was wohl? Es interessiert mich sehr. Und das Kaffeetrinken steht auch immer noch aus.

Auf dem Heimweg höre ich im Hühnerhof den Traktor und sehe, wie in einer großen Schaufel eine Ladung Ziegel hochgehievt wird. Das Dach am Schuppenanbau wird gedeckt. Langsam aber sicher geht es voran. Hier wie da.

Ein herrlicher Tag. Die Sonne strahlt und der Himmel ist blau, so blau, wie er blauer gar nicht sein könnte. In Guggenbichl sitzen drei ältere Herren nebeneinander auf ihren Rollatoren, der mit dem Sauerstoffschlauch in der Nase lächelt mich so freundlich an, dass mir auch innen ganz warm wird. In Hochstätt grasen die Ziegen, nebenan die Kühe, die Balkone hängen immer noch voller Geranien, auf dem Hochspannungsseil sitzt ein Greifvogel, von Rimsting her ertönt Glockengeläut. Idylle pur. Zwei Düsenjäger donnern daher. Der berühmte Wermutstropfen.

Am See ist weit und breit kein Wermutstropfen zu entdecken, sondern nur eine zauberhaft hellblaugraue Bergwelt und ein schiefergrauer See, der in der Ferne wie flüssiges Silber im Sonnenlicht gleißt. Auch der Schaum meines Cappuccinos glänzt derart, dass ich die Sonnenbrille hervorhole. Es tutet. Ein Dampfer legt ab und fährt davon, hinein ins überirdisch anmutende Gefunkel in der Ferne. Am Strand schnattert die Entenfamilie leise vor sich hin, im Strauch neben der Terrasse tummeln sich die Schmetterlinge und immer mal wieder hüpft ein Spatz herbei, um zu sehen, ob nicht inzwischen etwas für ihn unter den Tisch gefallen ist.

Aus dem Silberstreif am Horizont ist inzwischen ein Silbersee geworden. Es glittert und flittert unaufhörlich, die Motorboote ziehen regelrechte Leuchtspuren hinter sich her und jetzt zieht sich das Silber in einer breiten Spur sogar bis zu mir her. Und allüberall auf den Wellenspitzen, seh ich silberne Lichtlein blitzen. Es ist wie Weihnachten im Sommer, ich kann den Blick kaum abwenden und wenn ich nicht aufpasse, bekomme ich darüber noch einen Silberblick.

Ich sitze und schaue und plötzlich weiß ich, wie es nach dem Ende des Buches weitergehen wird mit mir und meinem Schreiben. Ich werde von Prien aus mehrtägige Rundwanderungen unternehmen und darüber schreiben. Hey, ja, da habe ich total Lust drauf. Ich werde zum ersten Mal im Leben ganz alleine losziehen. Auf den

Jakobsweg in Spanien, den ich vor elf Jahren zehn Tage lang mit einer Freundin ging, die mir anschließend die Freundschaft kündigte, habe ich mich nicht allein getraut. Aber heute und in Bayern traue ich mich. Es wird auch nicht der Jakobsweg sein. Ich werde nur die Wege gehen, die ich mir selber heraussuche. Kann ich das jetzt auch symbolisch sehen? Außen wie innen? Dann bin ich auf dem besten Weg, den eigenen Weg zu gehen.

Der Weg ist das Ziel. Dieser Satz kommt mir in den letzten Wochen häufig über die Lippen. Nehme ich da wieder einmal etwas sehr wörtlich? Egal. Aufbrechen und die engen Kreise um Prien weiter ziehen. Ja, ich traue mich.

Es wird Zeit, auch von hier aufzubrechen. Ich schaue noch einmal auf den See und spüre, dass es mir ein wenig schwer fällt, ihn jetzt zu verlassen. Dieser Anblick! Am liebsten hätte ich ihn immer. Geht nicht. Ich weiß es ja. Mit einem Ruck wende ich dem himmlischen Anblick den Rücken zu und fahre nach Prien zurück zur Mittagspause mit Christine. Sie ist in einer Phase der Umorientierung und wird bald fortziehen. Auch Bärbel ist jetzt in der Phase der Neuorientierung. Ich habe keine Telefonnummer von ihr. Ob ich sie jemals wiedersehen werde? Ja. Einige Meter vor dem Café steht sie auf dem Bürgersteig und lädt aus einem Auto Kisten aus. Und dann gibt sie mir ihre Telefonnummer.

Wie wird das Wetter heute? Es kann sich nicht entscheiden. Dickes, graues Gewölk hängt über dem Ort, doch hin und wieder wird es licht und manchmal lugt sogar schüchtern ein kleines Sonnenstrählchen hervor, um jedoch sofort wieder verdeckt zu werden. Ich kann mich ebenfalls nicht entscheiden. Fahre ich nach Gstadt oder nicht? Ich mache mein Morgenyoga, dann die Wohnung sauber, schaue hinaus, als es gerade wieder heller wird, und muss zusehen, wie es schon wieder dunkel wird. Sieht so aus, als wüsste das Wetter immer noch nicht, was es will. Ich hingegen weiß plötzlich, was ich will. Ich fahre!

Am See schaue ich ins Weite, sehe keinen einzigen Berg, dafür aber schon wieder einen Silbersee, da just in dem Moment, als ich eintreffe, die Sonne alle verfügbaren Strahlen durch ein Wolkenloch auf die Erde schickt. Der See funkelt wie bei meinem letzten Besuch, als mir beim Anblick unzähliger Lichtlein aus dem Nichts heraus plötzlich ein großes Licht aufging.

Und dann! Die Berge! Langsam, ganz langsam tauchen sie jetzt doch auf aus dem weißen Dunst in der Ferne, wirken mächtiger denn je. Das graue Gewölk ballt sich zu weißen Wolken, blauer Himmel wird sichtbar, der See glitzert immer mehr und ich fühle mich einmal mehr wie Elis im Wunderland, die gerade den Schatz im Silbersee gefunden hat. Da sitze ich also wieder hier und bin einfach nur glücklich.

Ich laufe mich schon mal ein, bin zu Fuß auf dem Weg nach Eggstätt, um mit Gisela zu einer ihrer Freundinnen zu gehen, die in regelmäßigen Abständen Vorträge über gelesene Bücher anbietet, darüber hinaus auch noch Kaffee, Tee und Kuchen. Hoffentlich hat Gisela es nicht vergessen. Wir hatten ausgemacht, heute Morgen noch einmal kurz zu telefonieren, doch gestern Abend rief überraschend Ingrid an, ob sie auf die Liege könne, und wir vereinbarten den heutigen

Morgen, woraufhin ich gestern Abend noch bei Gisela anrief und ihr auf den AB sprach, ich könne heute Morgen nicht telefonieren, würde aber auf jeden Fall zu ihr herwandern. Als Ingrid heute Morgen nach der Behandlung ging, rief ich sicherheitshalber doch noch einmal bei Gisela an und landete wieder beim AB. Aber Gisela ist eine sehr aktive Frau, wer weiß, wo sie herumschwirrte. Ein wenig seltsam ist es schon, dass sie nicht mal eben zurückgerufen hat. Nicht, dass sie Sonntag überraschend ins Krankenhaus musste und vergessen hat, Bescheid zu sagen. Ach was. Aber wenn sie nun wirklich nicht da ist? Dann gehe ich eben wieder zurück. Nur schade, dass ich, wenn Gisela tatsächlich nicht da sein sollte, auch den Vortrag nicht hören werde, weiß außer dem Vornamen nichts von der Dame. Und wenn es in Eggstätt zu regnen beginnt? Regen ist angesagt. Na, dann setze ich mich in ein Café oder Gasthaus oder in die Kirche und warte auf den Bus. Wo ist das Problem? Der Weg ist das Ziel. Das ist mir gerade sonnenklar und ich fühle mich superleicht und locker

Das E-Bike steht vor der Tür. Also ist sie da. Ich klingle. Nichts. Ich gehe ums Haus. Niemand zu sehen. Ich klingle noch einmal. Nichts. Ich habe dennoch das deutliche Gefühl, es sei jemand da, und bleibe wartend stehen. Plötzlich wird die Tür geöffnet, eine fremde Frau schaut mich an und fragt, was ich möchte. Na, zu Gisela natürlich. Ob das die Putzfrau ist? Nein, das ist eine befreundete Nachbarin, die gerade gekommen ist, um die Sachen zu holen, die Gisela im Krankenhaus braucht. Krankenhaus? Ja, sie ist gestern vom E-Bike gefallen und der Lenker hat sich so unglücklich in ihren Oberschenkel gebohrt, dass eine tiefe Wunde entstand. Au weh.

„Ich wollte mit Gisela zu einem Vortrag gehen", erkläre ich der Nachbarin, „weiß aber weder Namen noch Adresse." Kein Problem. Die Nachbarin weiß beides, nennt mir Namen und Adresse, zeigt mir auf dem Ortsplan den Weg, ich finde sofort hin, werde auch ohne Gisela freundlich aufgenommen und erfahre, wie sehr die Gastgeberin sich bemüht hat, mich zu benachrichtigen. Gisela hatte kein Adressbuch dabei, wusste aber die Nummer der Eggstätter Freundin auswendig, rief sie an und bat sie, mir Bescheid zu sagen. Doch ich stehe zu meiner Überraschung nicht im Telefonbuch und auch die Auskunft konnte nichts finden. Das ist aber seltsam. Obwohl, da kommt eine ganz vage Erinnerung, dass ich bei der Ummeldung des Telefons nach Prien einen Eintrag ins Telefonbuch für unnötig hielt. Mea culpa.

Außer mir kommen noch zwei Damen und die Tochter der Gastgeberin, alle anderen haben kurzfristig abgesagt, woraufhin beschlossen wird, den Vortrag zu verschieben und einfach eine gesellige Kaffeerunde abzuhalten. Die gestaltet sich sofort ganz wundervoll interessant und offen, obwohl es erst einmal lange um Tod und Sterben geht. Gastgeberin und Tochter erzählen vom Sterben der Schwiegermutter und Oma, die von der Tochter begleitet wurde, dann vom Sterben einer Frau, die von allen fast schon fröhlich Abschied nahm und sogar ein klein wenig neugierig war auf das Danach. Später geht es ums Abschiednehmen nicht nur von Sterbenden, sondern auch von Freunden oder überhaupt. „Wir müssen doch im Leben ständig Abschied nehmen, ich habe mich ganz viel damit beschäftigt", sagt eine der anwesenden Damen und auf meine Nachfrage hin erfahre ich, dass sie schon mehrmals im Leben große Kehrtwendungen gemacht habe, wenn ihre Tätigkeit sie nicht mehr ausfüllte, dass ihre jetzige Tätigkeit als Yogalehrerin sie aber schon lange und immer noch erfülle.

Nach einiger Zeit wird das Gespräch weniger ernst, wir sprechen übers Autofahren und als ich sage, ich hätte keins, schauen mich alle verwundert an. Kein Auto? Ja, wie sind Sie denn hergekommen? Zu Fuß? Wie lange haben sie denn gebraucht? Keine zwei Stunden? Bewunderung liegt in der Luft und ich genieße sie. Ein klein wenig dumm für die Frau ohne Auto ist dann allerdings die Tatsache, dass es, als sie zum Bus aufbrechen muss, vom Himmel her nur so schüttet. Aber es wird nicht zum Problem, da die Yogalehrerin auch gehen möchte und mich gerne zur Bushaltestelle fährt, von wo aus ich dann in einem gänzlich leeren Bus nach Prien gebracht werde, wo der Starkregen bereits vorüber ist.

Zu Hause staune ich wieder einmal. Was war denn das! Das, weshalb ich gekommen war, fand nicht statt, nein, stattdessen etwas viel Besseres. Leider muss ich jetzt das Wort, das ich nicht mehr benutzen will, doch noch einmal nennen, denn heute Nachmittag jagte ein Zufall den anderen. Hätte Ingrid nicht Sonntagabend um eine Behandlung gebeten, hätte ich Gisela nicht angerufen, um zu sagen, wir könnten nicht telefonieren, hätte mich stattdessen heute Morgen irgendwann über den immer wieder anspringenden AB gewundert und wäre nicht losgegangen. Hätte ich nicht vor einem Jahr den Eintrag ins Telefonbuch verweigert, hätte mich die Gastgeberin erreicht und ich hätte vermutlich abgesagt, wäre stattdessen zu Gisela ins Krankenhaus gefahren. Hätte Giselas Nachbarin nicht genau in der Zeit, in der ich ankam, die Sachen gepackt und auch noch genau gewusst, wohin ich wollte, hätte ich nie Namen und Adresse bekommen. Wäre Gisela nicht gestürzt, wären womöglich doch genug Zuhörerinnen für den Vortrag zusammengekommen, es hätte nicht diese interessante Gesprächsrunde gegeben und ich hätte jetzt auch nicht mehrere neue Telefonnummern von Menschen, die ich gerne näher kennenlernen würde.

Der schönste Effekt dieser Geschichte ist allerdings, dass mein Vertrauen wächst. Was sein soll, wird sein, was nicht, nicht. Notfalls wird der Zufall zu Hilfe genommen.

Zur Kunst komme ich heute nicht, die Kommunikation hat den Tag voll im Griff. Morgens schon telefoniere ich stundenlang mit Freundinnen aus dem Rheinland, mittags verbringe ich mit Christine ihre Mittagspause, nachmittags ruft Gisela an und sagt, dass sie wieder zu Hause sei, auch vorsichtig wieder gehen könne und die Schmerzen erträglich seien. Sie singt ein Loblied auf all die netten Eggstätter, die angehalten, sie versorgt und umsorgt haben, die den Notarzt benachrichtigten und ihr Fahrrad nach Hause brachten. Zwei reizende junge Polizisten waren auch da und fragten „schüchtern" nach ihrem Helm. Der lag wie immer im Flur auf der Ablage, war aber ja auch nicht nötig gewesen. „Ich bin doch nicht auf den Kopf gefallen", lautet Giselas Kommentar zu meinem Kommentar über ihre Helmlosigkeit. Nein, das ist sie wirklich nicht.

Die Sonne lacht und schon bin ich wieder auf dem Weg zur Sommerresidenz, die langsam, aber sicher zu einer Herbstresidenz wird, wie mir die Farben der Umgebung unübersehbar zu verstehen geben.

Der See liegt blau und ruhig, glitzert aber und ist viel zu hell für meine Augen. Die Sonnenbrille! Schade, sie liegt zu Hause. Da schaue ich also heute lieber in den Himmel. Umgaukelt von einem Pfauenauge, umtrippelt von zwei Spatzen und sanft zur Ruhe gebracht vom leisen Plätschern der Wellen, schaue ich in die Wolken und ein Gefühl von Zeitlosigkeit stellt sich ein. Paradoxerweise ist aber gleichzeitig auch das Gefühl da, ganz wunderbar „im Fluss" zu sein. Etwas geht zu Ende, doch in nahezu „fließendem Übergang" zeichnet sich bereits etwas Neues ab. So ist das Leben eben. Immer in Bewegung.

Morgen ist Schluss mit dieser Art des Tagebuchs und leise wird Wehmut fühlbar. So wie bisher geht es nicht mehr weiter. Aber immerhin weiter. Ein starkes Bedürfnis nach Aufräumen und Zu-Ende-Bringen lässt mich den ganzen Morgen am Schreibtisch sitzen. Nach dem Mittagessen erlaube ich mir jedoch den üblichen Samstagskaffee bei Juliane.

„Hallo Elisabeth". „Hallo Barbara". „Du bekommst wie immer?" „Ja, ich bekomme wie immer." Ich hole mir eine Zeitung und setze mich auf meinen Platz am Fenster. „Hallo Elisabeth, geht`s gut?" „Hallo Anita, ja, es geht gut."

Ich lege die Hände um den heißen Becher und denke an meine ersten Besuche im Café. Ich wollte so gerne Kontakt bekommen zu den freundlichen Menschen um mich herum und ich habe ihn bekommen, worüber ich sehr dankbar bin.

Die Kirchturmuhr schlägt. Es wird Zeit, wieder an den Schreibtisch zu gehen. Begleitet vom Läuten der Kirchenglocken trete ich den Heimweg an, schaue umher, fast schon, als sähe ich alles zum letzten Mal. Das ist keinesfalls der Fall, aber ich beschreibe eben zum letzten Mal, was mir auf diesem Weg auffällt. Ist er da? Ja, da liegt der Mann wie gewöhnlich im Fenster des ersten Stocks und schaut auf die Straße hinunter. Lange nicht gesehen habe ich den Taubenschwarm, den ich so gerne beobachte, wenn er seine Achten dreht, und noch länger nicht die beiden Tauben auf dem Dach nebenan. Wer weiß, wo die jetzt herumturteln.

Es hat kräftig geregnet diese Nacht und heute Morgen ist es bedeckt und trüb. Berge sind keine in Sicht, der Herbst ist es immer deutlicher. Plötzlich werde ich neugierig. Weiß mein himmlisches Unbewusstes, dass heute Schluss ist? Es weiß es und gibt es auch zu. Engel Caressa verkündet mir, dass ein Zyklus meines Lebens zu Ende gegangen sei, dass ich meine Engel um Beistand und Führung bitten solle für meinen nächsten Schritt.
Nachmittags kommt Gisela und holt mich ab zum Abschlusskonzert des Harfen-Meisterkurses in der Kirche von Sachrang. Wir sind recht schweigsam. Ob es auch am Wetter liegt? Es beginnt zu regnen, dabei wollten wir doch vor dem Konzert die Ölbergkapelle besuchen. Mit Schirm gehen wir trotzdem los, doch Giselas Oberschenkel macht sich deutlicher bemerkbar, als ihr lieb ist, und so kehren wir um und schlendern durchs Dorf, bis es Zeit ist, zur Kirche zu gehen.
Mein Gott, Barock zuhauf! Und direkt neben mir an der Wand eine Mutter Gottes mit leidvollem Gesicht und Schwert in der Brust. Da mag ich gar nicht hinschauen. Da schaue ich mir lieber die bezaubernden jungen Mädchen an, die sich eine nach der anderen an die

goldene Konzertharfe setzen, und so gehen diese Aufzeichnungen nun also nicht mit Pauken und Trompeten zu Ende, sondern mit mehr oder weniger sanften Harfenklängen, die ihnen zum Abschluss noch eine recht würdige Note verleihen. Eine himmlische dazu. Angesichts so vieler reizender Harfenspielerinnen kann Gisela es sich nicht verkneifen, die Bemerkung zu machen: „Wie die Engelein im Himmel."

Dann ist alles vorbei und wir sind auf dem Heimweg. Es dämmert, regnet aber nicht mehr. Weiße Dunstfelder ziehen an den Bergen entlang, verhüllen sie eine Weile, um sie dann teilweise wieder sichtbar werden zu lassen. Ein geheimnisvoll romantischer Anblick, der mich an meine derzeitige Situation erinnert. Die Zukunft liegt im Nebel, doch hin und wieder leuchtet eine Möglichkeit auf. Ob sie dann auch in Erscheinung tritt, ist jetzt noch nicht zu erkennen. Keine Ahnung habe ich, wie es tatsächlich weitergehen wird. Wie geplant? Ist es das, was das Leben durch mich gerne erleben würde?

Der Blick in die Zukunft ist mir nicht möglich, der Blick zurück sehr wohl und so bin ich sehr, sehr dankbar für das, was ich in diesem Jahr erleben durfte. Sehr dankbar bin ich auch meinen Kindern und all den Freundinnen, die mich bereitwillig haben fortgehen lassen, gleichermaßen all den Menschen, die mich so schnell haben ankommen lassen. Zum Glück in Prien.

Bibliografische Information der Deutschen Nationalbibliothek: Die
Deutsche Nationalbibliothek verzeichnet diese Publikation in der
Deutschen Nationalbiografie; detaillierte bibliografische Daten
sind im Internet über http://dnb.d-nb.de abrufbar

Herstellung und Verlag: BoD - Books on Demand,
Norderstedt
ISBN 9783750482470